亦教亦美

浙美版美术教育论文集 **1**

浙江人民美术出版社

前　　言

　　在推进素质教育的今天，人们认识到美术教育在提高与完善人的素质方面所具有的独特作用。中小学美术新课程标准打破了我国原有中小学美术教学的知识框架，在课程功能、结构、内容等方面都有了重大创新和突破。基础教育课程改革在全国实施已有五六年了，作为处在改革阵地前沿的教师，必须明确新课程改革所包涵的基本理念，切实在教学中贯彻这些理念，才能创造出一片新天地。这对广大美术教师来说是个严峻的挑战，更是不可多得的机遇，可以说，每一位教师都将在这场课改面前实现新的"蜕变"，新的跨越。

　　在这样的大背景下，为了进一步推动新课程实验工作，探索新课程教学过程和方法，交流总结使用浙美版美术教材的教学经验和成果，加快我国的美术课程改革，推进美术教学研究，提高中小学美术教师的科研水平，中央美术学院院美术教育系与浙江人民美术出版社联合举行了这次中小学美术论文评选活动。活动开展以来得到了一线中小学美术教师的响应，选送的论文较好地体现了新课程改革以来使用新教材的教学实践与创新，能抓住课改和教学中的热点问题进行研究，从理论和实践中阐述了培养学生自主、合作、探究学习及创新能力等方面的有效途径和方法。所有文章都可看出中小学美术教师对新课改抱以极大的热情和努力，他们积极体会美术教育的意义所在，紧紧围绕新课程的教学设计改革而展开思路，真实反映出当前基层美术教学的研究成果。

　　凝聚着各地美术教师的智慧和心血的论文成集出版了，论文的内容非常丰富，有对新课程改革中各种新理念进行的积极探究：民间艺术、自然景观等地方文化资源的开发利用，教学课题中人文、情感价值的体现；有对教学方法的探索和实践：综合学科之间的互动，各种探究性、体验性教学的实验，对学生学习兴趣的引领等；有教学过程的新颖设计：美术创作与学生生活的结合，课堂教学节奏及管理的把握，美术技法与学生能力的培养，表现性评价的运用。另外，还有对以往的教育观和教学模式等进行的反思，针对新课改中所存在误区的相应策略，以及在使用新课标教材过程中创意性实践的思考。论文的形式也很多样化，有教学案例、图表说明、数据统计、作品展示等，充分体现了教师们通过实践总结经验的最大优势和严谨的治学态度。

　　中小学美术教育是国民素质的教育的重要组成部分，需满足学生终身发展的需要及培养学生终身学习的愿望和能力。在今天这样一个学习型的社会中，教育的价值是基本不变的，而教育的方式却必须不断改变——只有改变才能适应时代的发展。我相信，论文集的出版定会引起广大美术教师对美术新课改的进一步思考，促使研究的深化，也有助于进一步发现、把握新的问题或新的形势，从而促进美术教育研究水平的不断提高，共同推动我国中小学美术教育改革更快更好地发展。

2008.1.8

目录

自酿的美酒分外甜

——论新教材《暑假生活记录册》一课的妙处

浙江省玉环县楚门镇一中　　林娜

【摘要】《暑假生活记录册》的妙处所在：一、以"兴趣"开头，以"兴趣"结尾；二、以"了解欣赏"开头，以"合作创造"结尾；三、以"图文结合"开头，以"写书立著"结尾；四、以"探究实践"开头，以"体验成功"结尾。

【关键词】自主创造　　实践探究

一本好书，历来就是我们不可或缺的精神食粮。每个人，自从开始接触到文字，对书籍，尤其是一本好书的需求就可谓是与日俱增。古人说得好，"读书破万卷，下笔如有神"，这又从另一方面告诉我们，读好书、多读书的重要性和迫切性。

但在学生中，对书本的态度总是多样的。一些学生对书持有一种近乎神圣的崇拜，爱若珍宝，对从书上得来的知识更是奉若神明；而另一些学生对书却是一种无所谓、不屑的态度，他们手中的书，在一学期的课结束后，往往成了一些纸艺品或是如片片"蝴蝶"火中化，这样的态度无疑让人痛心。当然，在这样两种态度的中间总有那么一部分学生的态度是让我们感到欣慰的，他们既不盲目崇拜书中知识也不糟蹋书的诚意，极其理智地对待一本好书。但这样的学生太少，这常常让身为教育者的我发出失望的感叹。虽然在以往的美术教材中也有安排《书籍装帧》这样的课，但课题的内容大都只是让学生对书的封面有所了解而已，不能使学生对书籍的装帧设计有比较深入的了解，无法对书籍产生更大的兴趣，不能把这种兴趣转化为对书本的珍惜，更谈不上对从书本中获取的知识有深刻的认识和灵活的运用。

现在，浙美版的美术教材中安排了《暑假生活记录册》这一课。本课除了让学生了解书籍装帧设计的基本知识和学习封面、版式的设计外，还希望通过制作记录册，培养学生的动手能力和规划能力，最后

以学生自创 "记录册" 的形式结束这一课，使学生学会对日常生活的点滴进行记录和感悟，进而懂得珍惜光阴的道理。

我认为这样的内容编排是对以往教材中仅仅提到"书籍装帧"这一知识点的既恰如其分又有力的补充。我想：它从以下几个方面显示了这一课设计的优势。

一、以"兴趣"开头，以"兴趣"结尾

"兴趣"一词在美术教学中向来是被提到最多的。我们的学生只有十三四岁的年纪，就只是些半大的孩子，对语文、数学等主课的学习，他们知道那是必须得认真对待的。但对美术课，他们更多的是凭兴趣来决定自己的态度。如果美术课的内容设计过于单一，或带有太强的技巧培养性质的话，可能不会让大多数学生产生积极参与的兴趣。对于这一点，本课虽是以介绍书籍装帧设计为主，但却能充分考虑到学生的年龄特点，在课的开始首先以"暑假生活记录册"导入该课主题，在学生对即将到来的暑假的美好期待中展开教学，使学生对此课产生兴趣。然后通过学习书籍装帧设计的一系列知识后，在最后的"学习建议"中又把学生的学习兴趣引回到"暑假生活记录册"，首尾呼应，不能不说构思巧妙。

二、以"了解欣赏"开头，以"合作创造"结尾

每个人对自己即将进行的事情，如果不具备充分的了解，那完成这件事的成功率就会降低一半。所以，在交给学生"创造一本好书"的重任的同时，要让学生更充分地了解，一本会对我们的思想、生活产生重要影响的好书，是如何从一张张白纸被制造成一本空白册子，而后又被作者赋予个人色彩，从而使它成为一本真正的书。这其中的过程是繁复的、辛苦的，却又是极富挑战性的。

从这个目的出发，课程在内容的编排上，又从以下几个方面进行了体现。

首先，是注重对学生的审美能力的培养，把生活记录册的形式、色彩及内容，通过形式的美感，使学生对书籍装帧设计产生兴趣；接着是赏析封面设计的艺术美感；最后介绍封面与版面协调统一的关系。整课内容使学生明白，一本好的生活记录册就是一本好书。所以，学习、掌握了图书知识，就可以创造自己的生活记录册。

其次，以技能训练为手段开展教学。教材以大量的篇幅介绍书籍装订的知识，让学生明白用不同形式装订的书籍会产生不同的效果。通

过对书籍装订技法的训练，培养学生的实际操作能力。书籍装订也是书籍装帧设计中必不可少的步骤。在培养学生实践能力的过程中，重要的是通过美术活动培养学生认识美、感受美、创造美的能力，从而提高学生的全面素质。

最后，面向全体学生，注重协调发展。本课的教学活动以学生为主体，师生互动，将学生对书籍装帧设计知识的学习、设计、制作活动放在重要位置，使每个学生的创造潜能都得到开发。在教学上采取小组合作的形式，相互配合，互相帮助。如在书籍制作过程中，封面设计、内页编排、装订成册等各项工序都可通过分工合作来完成。

三、以"图文结合"开始，以"写书立著"结尾

经过上面两个方面的实践，我们的学生的手中都已经有了一本空白记录册。这本空白册子虽不能和街面上那些制作精美的册子相比，但却因浸润了每个人的汗水而显得格外的沉甸甸。对每个学生来说，这是投入了他们太多精力和心血完成的一件作品，如何使自己的作品变得更有趣更有美好的意义，是他们共同思考的问题。同时，对我们教师来说，如何使我们的美术课的意义得到进一步的升华，也是在这一课中需要得到解答的。这样，师生间的互动就因有了明确目标而积极起来了。教师如何对学生进行引导，我想用以下两个方面来说明：

1．日记"转换秀"

在这里我引用了现今最热门的一个词"秀"，此词是英文单词"Show"的音译。在现今这个社会各种秀场比比皆是，到处都是展示自我的空间平台，这些平台对学生的影响也是显而易见的，那么我们为何不也来秀一秀呢？因此，我想到学生平时记录日常生活的点滴和感悟，就是以日记的形式进行的，而这样的形式对一些在文字表达上有所不及的学生来说，是比较困难的。如果我们用图文结合的形式对日记进行一场"转换秀"的话，带来的效果是不可估量的。当我在课堂上提出这个提议时，马上就得到了学生们的积极响应。在这种图文结合的形式中，文字只占小部分，整张页面由图画为主。记录的任务也不再是硬性的，而是给学生一个暑假的时间，让他们完成力所能及的一本记录册。

2．记录成书，我也是名人

这年头，写书立著的人太多，不再像以往只有学富五车的学者才能写书，只要你有点名气，就可以写本书来娱乐大众。这种社会现象

虽带来了让人浮躁不安的气氛，但却也让人的个性有了更大空间的发挥，能使人感悟到"以人为本"的魅力。

当我对学生提出"记录成书，我也是名人"这样的倡议时，他们一开始很惊讶，而后就喜形于色，欢呼雀跃起来，他们没想到自己也能尝一尝当名人的滋味。在他们从兴奋中平静下来后，我又提出了当这本书完成后，我们将举行一个盛大的展览活动。此时，平时比较积极的几位学生的脸上已经呈现出一种胸有成竹的神色，从他们的表情中我知道自己这步棋走对了。用这样的方式唤起学生对获得成功的渴望，是顺其自然的。

四、以"探究实践"开头，以"体验成功"结尾

图书设计已有三千年以上的历史，从书板型书籍到书卷型书籍，再到册页型书籍，反映了人类在视觉传达设计领域不断探索求新的精神。这样一个较大的概念，怎样把它进行简单化，最后成为学生所能掌握的知识点，在课文的内容编排上应是个重点，也是个难点。而浙美版教材中这一课教学内容的设计却能根据学生的年龄特点和需求，选择适当的方法和切入点，创设恰当的探索实践活动，让学生在和谐的学习活动中体验、感悟和认知，最后以获得成功感而结束，这是难能可贵的。

每个人对自己花费了大量的心血和精力得到的成果，都会有一种特别的情感，不管这成果在他人眼中如何，他都会以非常热爱的态度去对待它。这样的情感，对我们的学生更是如此。他们通过本课的探索实践学习，了解了书籍的一般制造过程；又通过一个暑假对自己的生活点滴的记录，感受了光阴的流逝，也懂得了如何去珍惜时间；最后通过整理"出版"展览，更是感悟到一件作品的成功是来之不易的。

我想，这也印证了一句话："自酿的美酒分外甜。"

这一课的授课时间只有短短的三课时，但它的完成时间却持续了一个暑假，从上一个学期末直到下一个学期初的展览，课程才算是真正的结束。这样的美术课，它所具备的意义已经有了质的变化，它把从"纸上谈兵"变成了真正的实践创造，把美术知识与实际生活紧密地结合在一起。这是本课最明智的地方。同时，这样的美术课让我们的学生从一开始目标就很明确，让他们能真正地投入激情。当我们的学生有了积极性后，什么事就都变得简单了。

不过，我觉得本教材的编排在面对农村孩子时，要求还是显得有

点高。我想应该把作业要求的范围放宽一些，题目也可以是多样的，不应该只是局限于暑假生活的记录，也可以是平时学习生活的记录，到学期结束时集合成册，就是一件成功的美术作品。

以上是我上这一课时的感受，总的来说，经过本教材的实施运用，能让我们的学生通过自己动手创作，得到较大的成功感，这就已经具备了一本好教材的条件了。

新课程背景下的乐清市中小学美术教学现状调查

浙江省乐清市教育局教研室　　朱源生

【摘　要】我针对乐清市中小学美术新课程实施几年来取得的成绩和存在的问题进行了调查、分析、研究，着重对师资建设、课程资源配置、课堂教学改革、课堂教学评价等进行调查和数据统计，并提出加强美术教师的继续教育、改变教学理念、改进课堂教学评价方法、建立集体备课制度等对策和建议。我希望借此次调查，为课改决策部门提供有价值的参考。

【关键词】美术新课程　　课堂教学　　现状与调查

课程的改革，势必带来教师的课堂角色、学生的学习方法、课堂的教学组织形式和评价机制等一系列因素的变化。在新课改实施的这段时间里，美术教师取得了哪些成功的经验，遇到了哪些阻力和困难，教育管理方面还存在哪些问题和不足，作为教育管理和科研部门必须有所了解和把握，以便及时调整和改进。基于以上目的，笔者就乐清市中小学美术新课程实施情况进行了一次有针对性的调查，希望此项调查能为乐清市美术新课程的进一步实施提供一些有价值的参考。

一、调查的内容、范围、对象和时间

调查的内容：师资队伍建设、课程资源配置、课堂教学改革、课堂教学评价等。

调查的范围：乐清市（城乡）67所中学和102所小学

调查的对象：乐清市部分中小学美术教师

调查的时间：2005年6月

二、调查方法和过程

本次调查主要采取问卷调查法，以无记名方式填写，当场收回，分类整理。共发放问卷100份，回收有效答卷98份。问卷内容主要分为三大部分：一是被调查教师的背景资料，包括教龄、学历、职称等；二是被调查者在课堂教学实施中的一些基本情况，包括课程资源、课堂教学及课程评价三方面；三是对目前教师的备课形式和学校美术教研活动的体会和建议。

三、调查结果

（一）教师基本情况　表一

教龄	1—5年（35%）	6—10年（46%）	11—20年（17.2%）	20年以上（1.8%）
学历	中专（14.5%）	大专（64.5%）	本科（21%）	本科以上 0
职称	初级（61%）	中级（35.8%）	高级（3.2%）	高级以上 0

从上表中显示：教龄在1—10年的教师占了总数的81%，大专以上学历的占总数的65.5%，但仍有14.5%的教师不符合学历要求，为中专学历。占总数61%的教师的职称目前还是初级，中高级职称只占总数的39%。

上表数据表明，我们的美术教师队伍整体上还非常年轻，大部分教师处于成长期，需要加倍的努力，不断提高自身素质，才能适应新课改的发展和要求。一些在学历、职称上还不符合要求的教师，除学校要创造条件予以提高外，其自身更要积极主动地去学习，以不断提高业务水平。

（二）课程资源情况　表二

学校配备情况	美术专用教室、储藏教具、工具、材料的场所（8.2%）	美术教学设备及器材（电视机、录像机、投影仪、白板、演示幻灯片幕布等）（58.6%）	多媒体教学设备（33.4%）	展示美术作品的场所（66.3%）	美术书籍、杂志、幻灯片、光盘等美术资源（32%）

根据《美术课程标准》，美术课程资源大致可以分为校内和校外两部分。从附表二统计的数据中可以看出，乐清市目前的校内课程资源不尽如人意，有专门展示美术作品场所的学校为66.3%，配齐美术教学设备及器材的学校占58.6%，有多媒体教学设备的学校占33.4%，有美术书籍、杂志、幻灯片、光盘等美术资源的学校仅占32%，而配备美术专用教室、储藏教具、工具、材料场所的学校仅占8.2%。

（三）课堂教学实施情况　表三

表3—1

试教后，觉得新教材课堂教学的改变主要是	A．教材内容变了	B．教学目标、方式变了	C．两者兼之（99%）

从上表中可以看出，觉得教材内容、教学目标、方式都变了的教师和学生占99%，这说明我市的新课程改革已全面走进了校园，走进了师生之中。

表3—2

你常常使用哪些教学媒体	投影仪（51%）	电脑平台（38.7%）	挂图或补充资料（54.7%）	录音机（20.7%）

经统计，在教学中使用投影仪和电脑平台结合的占8.7%；投影仪和挂图或补充资料结合的占10%；投影仪、挂图、录音机结合的占17%；投影仪、电脑平台、挂图或补充资料结合的为3.7%；上述教学媒体均有使用的占14%，仅使用了投影仪的占2%；使用电脑平台的占11%；使用挂图或补充资料的占24%。从统计调查表中获知：约51%的教师使用投影仪来教学，约38.7%的教师已使用了电脑多媒体的工具。但是，还有一些老师仍只是利用挂图或补充资料、录音机在教学。其原因可能是与学校的硬件设施未跟上有关(见表二课程资源情况表)，也可能是一部分教师自身的问题，他们尚未掌握使用多媒体教学的技术。

表 3—3

根据你的观察，大部分学生对你所任教的学科往往是	预先准备资料（32%）	上课兴致高（53%）	乐意上课（42%）	被动听课（5%）

此表统计数据显示：约95%的学生都乐意上课并且兴致很高，有32%的学生预先准备了资料。这说明美术课由于其丰富的教学内容、多样的教学形式、灵活的教学方法而受到学生的喜爱。

表 3—4

你目前在课堂上的教学模式采用	固定	随教材内容而变化82%	随意4.6%	讲授为主	绘画演示13.4%

多种多样的教学要求，需要多种多样的教学模式。从表3—4中，我们不难发现教师们的教学不再是一成不变的了，而是体现了教学方法的多样化。此表数据表明有82%的教师在课堂教学中的教学模式是随着教材内容而变化的，另有13.4%的教师还用结合绘画演示的模式进行教学。

表 3—5

你采用的备课方式是	课时教案（41%）	单元教案（1%）	先单元后课时（12.3%）	课（节）为单位的教案（45.7%）

要上好一节美术课，充分的课前准备是必要的。上表中显示，大部分教师的备课方式是采用课时或以课（节）为单位的教案，采用该两种方式的占总数的86.7%。这显示了广大美术教师高度的责任心。

表3—6

你校教研组备课的形式采用	全体会议讨论（5%）	分年级分工讨论（34%）	个人独立备课（57%）	单元分工备课（4%）

新美术实验教科书中设置了融美术与各艺术领域为一体，以及美术与其他学科相关联的内容，以引发学生产生探究新的艺术形式、探究艺术与其他学科关系的兴趣，学会学习迁移的方法。这就需要我们加强教师之间的互动，将师师互动纳入教学的流程之中。通过教师与教师之间就所教授内容的互动，教师之间可以相互启发，相互补充，实现思维和智慧的碰撞，从而产生新的思想，使原有的观念更加完善和科学。但是，此次调查结果表明，只有5%的教师采用全体会议讨论的形式备课，34%的教师采用分年级分工讨论，4%的教师采用单元分工讨论，而占总数57%的教师采用的是个人独立备课，教师之间的互动太少了，因此在这方面还有待于加强。

表3—7

你使用的"探究性教学"的方式	每课时必用（6.5%）	因材而用（85%）	每单元2课时（7.5%）	课内没有展开（1%）

随着教育、教学改革的不断深入，改变学生的学习方式，倡导和探索探究性学习，无疑是信息时代对学校教育要求的体现，是培养学生创新精神和创新能力的一种新的尝试和实践。表3—7中约99%的教师在教学中采用了"探究性教学"的方式，其中占总数85%的教师选择了因材而用这一方式，这说明课程改革的新观念已经融入教师的教育教学观念之中，并且逐步内化为教师的实际行动。新课程的"教学过程"已变得灵动活泼，不再是一个封闭系统，也不再拘泥于预先设定的固定不变的程序，而是将预设的教案在实施过程中开放地纳入直接经验和弹性灵活的成分，不让"活"人围绕"死"的教案转，而是使师生在互动中即兴创造，超越预定目标的要求。

表3—8

课堂上的合作参与教学，你大多采用	多提问（6%）	学生自问（2.5%）	小组讨论（22%）	师生相互问答（39%）

　　该项调查的目的是为了了解课堂合作方式，从调查结果来看，目前美术课堂的合作参与教学的气氛较浓，教师与学生之间从原有的"权威——服从"关系逐步演变成"指导——参与"的关系。

　　（四）学生学业综合评价　　表四

表4—1

作业评改方式	分数30%	等级50%	评语10%	评语与等级相结合8%	互评或座谈2%

　　美国心理学家詹姆斯说："人最本质的需要是渴望被肯定。"学生的作业受到教师和同学的好评，他们的心情是无比兴奋的，将成为巨大的推动力，促使他们以更大的热情投入到下一次的学习活动中去。因此，给学生作业做出评价除了表明学生真实的学习结果外，还应对学生的学习成果作出鼓励性评价。

　　从表4—1中，我们欣喜地看到美术教师已经在尝试一种更有时代气息的作业评改方式，即以结论性与过程性相结合的评价方法，目的就是让学生充满兴趣与自信，虽然还不是很成熟，但毕竟迈开了通向成功的第一步。

表4—2

目前你对学生的学业评价主要采用	作业批改（49%）	学生成长袋（14.5%）	学生课堂表现记录册（15.5%）

　　学生学业评定方式是全面评价学生的重要指标。通过上面的统计数

据我们可以得知，目前对学生的美术学业成绩的评价主要是通过老师对作业的批改进行的，形式比较单一，这种只注重对学生学习成果的评定而忽略学习过程的评价是不全面的。应当让课堂学习表现也成为学业评价的重要组成部分，还要根据美术教学的要求和特点，设计多元化的评价要素，合理制订学生学业成绩比例，构建多元化的美术课学业评价结构，优化美术课堂教学的效果，以促进学生学业的进步。

（五）备课流程情况

根据调查结果显示，目前我市中小学美术教师的备课流程大致为以下模式：

1. 理解、认识课程——寻找备课资料——设计教学过程——制作课件或上课资料——课前准备。

2. 导入语——总结前一课时的教学内容及教学效果——导入本课的教学内容——教材的自述式的整理、概括——教学重点、难点的概括——整个教学过程的设计。

四、问题分析

这次调查表明：

（一）从教师及其教学实施上看：① 总体上我市的中小学美术教师对课改表现出较高的热情，教学理念有了较大的转变；② 许多美术教师打破了以讲授为中心的传统教学模式，转变为以兴趣为动力，采用多元化、多样化的教学内容和形式，多方面多角度地培养学生的审美能力和艺术创新能力，体现了"素质教育面向全体学生"这一基本理念 ；③ 在集体备课活动中，新课程教学研讨氛围比较浓厚，教师基本上能体现新的课程理念和《美术课程标准》精神；④ 学科综合意识增强，美术人文意识自然形成，教学设计更具人性化；⑤ 新教材课题的主题化拓展了教师教学设计空间，促进了教学个性化发展；⑥ 教学媒体丰富，教学手段多样，视觉表象质量改善；⑦ 教学评价更注重教学过程和教学行为，评价手段更加多样和完善，为了学生发展而进行的评价的目的更为明确。

（二）从学生学习及其表现上看：① 课堂学习氛围浓厚，学习更加民主和宽松，学生学习兴趣明显提高；② 师生双向交流多，形式多，趣味性增强，教师逐渐体会到了以往不曾体会到的角色地位；

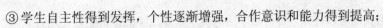

③学生自主性得到发挥，个性逐渐增强，合作意识和能力得到提高；
④学生的审美情感逐渐改变，审美能力增强，思维活跃，探索意识提高，创造能力得到发挥和展现。

调查中还发现存在以下一些问题：

（一）观念的转变并非一蹴而就，理论讲得头头是道，实际操作却困难重重，普遍存在理论和实践操作"两张皮"现象，尤其是把握"度"的问题。比如学科特点和学科综合的适度结合，学生活动的"放"和目标达成要求的"收"，以及让人头疼的审美创造、审美体验要求和直观媒体设备、操作学具耗材缺乏的客观现实问题等。

（二）美术新课改还遇到一定人为的阻力。一些学校领导存在偏科现象，缺少全局意识，应付的多，实质性支持的少。学校对美术教学的投入没有改善，教师教学才能不能很好地得到施展。美术教学环境、教学资源的配置并无明显的改善。

（三）据目前统计，我市有人美版、湖美版、浙人美版等三个版本的新教材，加上义教浙版老教材，共有四个版本在同时使用。在教研上既存在着有可比性的利，也存在须加以平衡、协调的弊。

（四）新教材教学配套材料单一化，适应性不够。比如现有中小学美术新教材只注重教材的多媒体光盘配套，而少有能适应目前农村美术教学所需的必配的有关材料，如幻灯、挂图等。

（五）新教材设计所给的教学能动空间虽然扩大了，但实际上教学的时间相对来说减少了，可由于教师对自身素质和业务水平的认识不清，使得对课堂教学处理中美术专业技能教学的"度"难以把握。

（六）由于教师对课改新理念的理解不一致，使得在教学上存在一定的自由化和随意性。

（七）课堂教学存在"花"、"空"的现象，教学流于形式，缺少对学科知识结构的把握和内在体系支撑的理解，滥用拓展与综合，"荒了自己的地，去种别人的田"。

（八）硬件设施不能满足新教材的美术教学活动，教材配套课件质量差，难以操作。学生学习材料没配套，学校缺少与教学相适应的媒体设施，即使教学方式在转变，如果不能改变落后的教学手段，教学质量也难以得到根本的改善。

五、建议

基于上述调查分析，笔者以为，今后我们要在以下几个方面努力：

（一）加强教师培训与交流，不断提高其教学水平。鼓励年轻的教师们积极参加各类在职继续教育，学历与非学历并举，努力打造一支充满活力、勇于探索、业务素质高、教学基本功过硬、具备终身学习意识的美术教师队伍。

（二）要充分开发利用信息技术，整合现代信息技术与美术的资源，丰富教学手段，以开拓学生视野。

（三）改革备课方式，提高备课质量，建立集体备课制度，定期进行交流研讨。提倡教师写课后记，反思个人教育教学行为，鼓励教师大胆创新。

（四）教师要认真学习《美术课程标准》，切实转变观念，努力钻研、了解教材，并根据学校和学生的具体情况以及当地的自然资源环境，适当地调整和创造性地使用教材内容。

（五）要根据美术教学的要求和特点，建立与教学相适应的科学、合理的多元化的评价体系，真正促进每一个学生的全面发展。

（六）学校要改变旧观念，重视美术教育，要在教学经费、教学资源配置、教学资料和外出学习、培训等方面给予最大可能的支持和保证。

参考文献

1.《美术课程标准解读》 尹少淳主编 北京师范大学出版社 2002年
2.《学校教育科研过程与方法》 施光明 俞晓东主编 新华出版社 2002年
3.《美术学科教育学》 常锐伦著 首都师范大学出版社 2000年

一个全新的动感活跃地带

——从建构主义学习理论出发看美术新课程改革中的教学控制

浙江省宁波镇海区应行久外语实验学校　　　　郇冬波

【摘　要】教学是逐步减少外部控制、增加学生自我控制的学习过程。本文分析了建构主义理论指导下的美术教学新局面及其引发的教学控制上的困惑，倡导形成一种发展的优化的教学控制，以适应自主的、多元的、开放的新课改的进程。

【关键词】教学控制　自控与失控　建构主义　行为表率　人文性

在一堂美术公开课上，教师引导学生开展了一系列丰富多彩的教学活动：看动画片、集体舞蹈、做游戏、玩泥巴、小组竞赛等等。在后座的听课教师中发出了极小的议论声：“这样热热闹闹的下去，学习还不乱了套？”“是啊！恐怕中国的教育改革又要从一个极端走向另一个极端了。”两位教师的话，犹如一石激起千层浪，引发了我深深的思考，“没有规矩，不成方圆”，千百年来，众多的规矩让课堂变成了严肃而紧张的场所，板着脸的先生和厚实沉重的戒尺，代言着绝对权威的师道尊严和教学控制……传统的教学理念为我们培养了大批“知识应用型”人才，却依然无法填补21世纪对“智能创新型”人才强烈需求的空缺。不创新，国家就不能发展，甚至无法生存！我国素质教育的全新指导方针是：“要实施以培养学生的创新精神与实践能力为重点的素质教育。”因此，新一轮的课程改革如火如荼地开展了。

主张“以学生为中心，强调学生对知识的主动探索、主动发现和对所学知识的主动建构”的建构主义学习理论很快得以重视、推广和实践。用学生的话来形容：“课堂也成了一个全新的动感地带！”就如同这堂美术公开课，学生一个个兴高采烈，以学生自主的“探究式学习”和“自控式学习”被倡导得淋漓尽致。而在这“静”与“动”的变化过程中，我们首先感到疑惑的就是：学生能不能“自控”？教学会不会"失控"？建构主义学习理论指导下的"学生自主学习"和教学控制是不是一对矛盾体？本文就关于建构主义学习理论对美术新课程改革中的教学控制问题，谈几点个人体会。

一、建构主义学习理论基本理念

建构主义的"图式"概念：

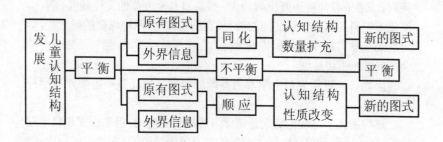

皮亚杰提出：儿童与环境的相互作用涉及两个基本过程，即"同化"和"顺应"。同化是指把外部环境中的有关信息吸收进来并结合到儿童已有的认知结构中，顺应是指外部环境发生变化，而原有认知结构无法同化新环境提供的信息时，所引起的儿童认知结构发生重组与改造的过程。同化是认知结构的量变，而顺应则是认知结构的质变。

该理论的核心理念是：学生是信息加工的主体，是意义和认知的主动建构者，而不是外部刺激的被动接受者和被灌输的对象；学习不是简单的信息积累，更重要的是包含新旧知识经验的冲突，以及由此而引发的认知结构的重组；学习过程不是简单的信息输入、存储和提取，而是学习者与学习环境之间一种互动的过程。

二、建构主义学习理论与教学控制的关系

建构主义所倡导的自主学习策略和基于情境合作的学习方式，以及基于问题的研究性学习相结合的学习理论，特别有利于学习者创新意识和创新能力的培养，因此，这一学习理论正愈来愈显示出其强大的生命力，在世界范围内日益扩大其影响。在国内新课改进程中，许多教师也采纳了建构主义学习理论，并将其付诸于实践，但随之出现了许多问题，较为集中的是：

问题一：有没有操作性较强的教学模式？

事实上以建构主义学习理论为指导的教学理念,到目前为止尚未形成严密而完整的理论体系,并且这一理论的核心是"以人为本",教师拟定的教学目标、教学情境、教学过程,都需要从学生实际出发进行"因材施教",所以自然也就没有一套操作性较强的教学模式能让我们"生搬硬套"。因此,首先教师必须参与课程研究和课程开发。新课程是优化教学控制的基础和前提,我们应该深入理解国家课程改革和积极开发校本课程。其次,教师应不断更新知识,提高自身全方位的文化涵养。再次,淡化本学科与其他学科之间的边界,在信息发达、风格纵横的时代里,学习型的教师需加强自身和其他学科的合作性教学活动,当然还应该与社会发展保持密切接触。

问题二:以学生自主学习为基础的教学环境还需不需要"教学控制"?

建构主义学习理论特别强调学习者的自主建构、自主探究和自主发现,活跃的课堂是建立在民主和谐的学习氛围之上的。在教学过程中,学生的错误应得到允许和理解,学生的自由言论应得到肯定和支持,纷乱的秩序既不能管制和打击,也不可约束和禁止,这种"自主"看起来似乎完全与教学控制相冲突、相矛盾。两者是否"鱼和熊掌不能兼得"?

实际上,建构主义学习理论与教学控制之间不仅是协调统一的,而且学生的自主学习恰恰更需要有效的教学控制。

首先,此"控制"不是传统意义上的教学控制。传统的教学控制是偏重对学生的控制,即"严师出高徒",它已经等同于"学生管理",规则和惩罚是最常见的控制手段。而新的教育观念认为:教学是逐步减少外部控制,增加学生自我控制的学习过程。新的教学控制必须以体现师生间的平等关系为原则,它应由"对人"的控制转变为"对物及对教学各因素之间的关系"的控制。教学控制的过程,实际上是一个激发学生创造性的过程。

其次,建构主义学习理论倡导以学生为主体,但并不忽略教师的"主导"作用。学生的人生观、世界观、学习观等都处于逐步发展的阶段,儿童的意志、情感较为薄弱,自控能力不强,需要教师的引导和管理,教师的教学控制必须根据学生自控能力的水平而定,并以促进学生自我控制能力为目的,这样才能确保教学系统的良性运行和教学目标的实现。

问题三:建构主义学习理论所需要的"教学控制",它的有效性体现在哪些方面?

建构主义强调理想的学习环境，应当包括情境、协作、交流和意义建构四个部分。有效的教学控制就相应地体现在以下几个方面。

首先，可以设计适宜情境，激发学生的求知欲和学习兴趣。

强烈的学习愿望是学生主动建构知识的最主要动因，教师通过巧妙的引导和调控，让学生进入一个身临其境般的学习情境空间，最大限度地激发起求知欲和学习兴趣。一方面，在美育中渗透人文和德育，例如组织学生阅读一些美术作品及画家的历史、文化背景故事。用苏霍姆林斯基的话说："阅读能成为一个强大的教育力量。"另一方面，在情境中唤醒学生对生活的美好记忆，积累创作素材，提高学生创作和表现的欲望，使笔下的作品更具生命力。

其次，可以维护课堂纪律，促进协作学习和思维共享。

在活跃的课堂里，偶发事件和秩序失控现象是常有的，即使在绝对权威的传统教学控制下，也不能避免学生思想开小差或扰乱纪律的情况出现，所以课堂纪律的好坏不是看表面的"动与静"，而是看学生是否积极参与到知识建构中去。高明的教师并不是能够明察秋毫地预见到课堂上的一切动态，而是能根据具体情况，组织学生协作学习，开展讨论和交流，引导小组协作朝有利于意义建构的方向发展，减少组内或组际的摩擦和冲突，遇到秩序失控时，能在不知不觉中作出相应变动，既保护了学生的自尊，又维护了课堂纪律，形成一个"个体主动，群体互动"的局势。

再次，可以调整学习资源，促进多向交流和自主探索。

俗话说"巧妇难为无米之炊"，经常会有学生因忘带美术学习用具和图片之类的资源信息而不能在课堂上开展创作练习和意义建构，有效的教学控制能够让这些学生得到教师和同学们的多方帮助、协作和支持。另外，学生的自主学习是建立在大量的信息基础之上的，丰富的学习资源是建构主义学习必不可少的条件，因此教师还要运用教学控制帮助学生找寻有用信息，避免信息污染，例如事先建立一个系统的信息资源库，同时提供学生正确使用搜索引擎的方法，让学生在互联网上自主探索而又不至于迷失方向。

总之，有效的教学控制不是要管住学生的"人"，而是要管住他们的"心"。建构主义学习理论给教师角色的定位是美术课堂里的"主持人"，是学生建构知识的忠实支持者，是教学情境的创设者，是教学活动的组织者和指导者，是学生心语的倾听者和反映者。教师从传统的权威形象变成了学生的合作伙伴，只有引导学生用"心"学，才能形成积极有效的意义构建。

三、发展和优化教学控制

如何让教师通过提升教学控制水平，以适应和促进新课程的发展，是我们面临的新课题。我个人在用建构主义教学理念指导教学实践的过程中，总结出了两大方面有效发展和优化教学控制的方法：

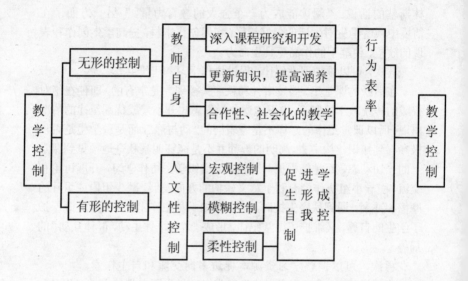

（一）行为表率的无形控制

首先，教师需要更新教学理念。我们接受的都是上个世纪的教育，是传统的灌输型教学模式培养出来的教师，对于"控制就是管制"的理念几乎"根深蒂固"。要提升和优化教学控制水平，只能加强新课程研究和开发的力度，在不断的探索尝试中成长。其次，"身教重于言教"，教师应该成为学生的楷模，以深厚的文化底蕴和高超的艺术技能来"以知服人"，以豁达和仁爱的胸襟来"以理服人"，用广博的知识、高尚的情操、慈祥的面孔，使学生"亲其师而信其道"。再次，倡导师生平等，以一种合作性、社会化的方式展开"诱导"教学，"诱"其想学，"导"其乐学，在轻松愉悦平等的氛围中激发学生学习美术的持久兴趣。

（二）体现人文性质的有形控制

在《美术课程标准》倡导的自主、多元、开放的教学过程中，必定会有学生在情景游戏中"玩过了火",必定会有在探究学习过程中引发的学生间的争执,必定会有学生在探索新的绘画技法中发生偶发事故,教师将面临既不能挫伤学生的探究热情、学习兴趣,又要确保教学程序良性运行的难题,这就需要我们进行体现人文性质的教学控制。

1.倡导宏观控制,就是在宏观层面对整体教学过程的控制

如果教师在宏观上对教学没有比较全面的把握和控制,整个教学就有可能失控。教师应该有所为和有所不为。心理学研究表明:小学生(特别是低年龄段的学生)爱玩好动,注意力集中时间短,无视学生个性发展的"规范"就是扼杀。创新是头脑中最机敏的机能,也是最容易受到压抑的机能,因此,在具体的事情上,教师没有必要面面俱到,应把行动的着力点放到最需要控制的地方,比如在探究学习的课堂上,纪律控制并不是关键,如何激发和维持学生的探究兴趣才是教学控制的重点。

2.实行模糊控制,婉约处理

课堂教学时间是宝贵的,如果教师对于发生的小混乱事事都要调查清楚,获得精确的反馈信息,而后再采用明确的有针对性的方案和控制措施给予处理,这必定会浪费大量的时间,同时也会影响学生的情绪,使教学中断。因此在复杂的事态下,或暂时没有好的控制措施时,我们最好采取不定性和边缘性的控制措施——模糊控制,大略地婉约处理一下或延迟行动,这样既可以让教师避免匆忙决断而失误,又可以激发学生的自主控制行为和教学系统的自调功能。

有一次美术课上我发现一个同学老是低着头弄他的同桌,我无法看清他到底在干什么,他的同桌也没有"举报"他。为了不耽误教学进度,我没有点名批评他,只是含蓄地说:"大家得仔细观察黑板上的画,如果你低着头,可就错过了好风景呀!"这个同学一听,抬起头看了我一眼,我们目光相撞,他立即领悟了我的话中话,停止了先前的举动。课后我找他谈话,才明白原来他不小心将同桌的颜料碰撒了,所以不停地帮同学擦拭。我暗自庆幸没有在课堂上盲目地批评他,我的模糊控制既维护了他的自尊,又使他意识到自己的不当行为,很好地达到了提高自控能力的目的。

3.采用柔性控制,以柔克刚

对待学生可以通过规章制度严加约束,也可以进行引导和沟通来协调教学。学生犯了错误时要追究,但更需要与他们进行交流和沟通,了解他们的所思所想,并给予充分的情感关怀和心理帮助。我在上《泥

条头像》一课时，前面的教学过程一直很顺利，学生们表现出极大的学习热情，每个小组都在规定的时间内完成了理想的作品。到了作业评价的环节，有几个小组的成员发生了激烈的争论，他们坚持认为自己小组的作品是最棒的。引发这场争论是孩子们的天性使然，但这爆发性的争执大有愈演愈烈的趋势，这时如果我简单而鲁莽地喝令他们停止争辩，无疑会打击他们的上进心和集体荣誉感，挫伤他们的创作积极性。所以在剩余不多的时间里，我先用平静的微笑和谅解的目光肯定了学生"好强"的行为表现，然后飞快地把他们的作品收集到讲台前，幽默地高叫道："卖泥条头像喽！"学生们愣住了，我立即说："你们刚才的表现就好比'王婆卖瓜，自卖自夸'啊"。许多学生惭愧地笑了，我趁热打铁："'夸'其实也是对自我学习的认可和评价，它也需要一定的欣赏能力和文学功底，今天老师给你们布置一个作业，请大家在课后就各自的杰作写一篇评价文章，看哪个组评得最具条理和说服力。"如此一来，课堂上无序的吵闹现象被悄然化解了，学生的兴趣转移到了学习的另一个层次——学习评价上。

当然，由于事先无法预测学习过程中将发生的风波，柔性控制需要教师能动、随机地实施，这就需要我们加强教育学和心理学训练，发展健全的人文观和人本主义思想，随时调整教学控制才能适应探索性的和变化着的教学环境，促进学生主体性的发挥和个性的张扬。

综上所述，随着建构主义学习理念的实施，教师的教学方式和所扮演的角色发生了变化，课堂成了一个全新的动感活跃地带。尽管其教学控制将一同改变，但重要性并未减弱，它永远是教学系统正常运行的一个不可缺少的因素。只要有教学存在，就会有教学控制，只是教学控制的侧重点、方式方法需要得到调整、发展和优化。通过教师的教学控制来激发学生的自我控制，我们可以看到教学控制将伴随新课程和建构主义学习理论的进一步发展而焕发出新的生命力，使学生的身心得到释放，让每一堂美术课都是精彩的呈现。

参考文献

1.《建构主义学习环境下的教学设计》 何克抗　北京师范大学现代教育技术研究所

2.《今天怎样当教师》 钟志贤 《中国教育报》

3.《在第三次全国教育工作会议上的讲话》 江泽民　《人民日报》

4.《给教师的建议》 苏霍姆林斯基　《教育科学出版社》

浅论小学美术新课程教学中的几个误区

浙江省杭州市东园小学　·　戴文莲

【摘　要】在新课程理念的影响下，新的教学行为不断涌现，"激发兴趣"、"合作学习"、"内容整合"、"提倡综合"等，给美术课堂教学带来了崭新的面貌。但由于理解的偏差或其他原因，在实施过程中容易陷入以下误区：如"只求兴趣"、"小组学习"、"内容组合"、"尽量综合"等，与新课程的初衷背道而驰，一定程度上影响了新课程的推进，值得我们深入剖析与反思。

【关键词】激发兴趣　　合作学习　　内容整合　　提倡综合

随着新课程改革的不断深入，从教师的教学方式到学生的学习方式都发生了日新月异的变化。在与新课程朝夕相伴的日子里，我们聆听了许多关于《美术课程标准》解读的报告和讲座，观摩了许多新理念下的"公开课"、"研讨课"、"展示课"、"评优课"。美术课堂教学确实发生了可喜的变化，但实施过程中在某些方面也有待于我们进一步地探讨与反思。笔者将以下面的课例为例，来分析一下新课程美术课堂教学上容易陷入的误区，与大家商榷，共同提高。

误区一、　激发兴趣　→　只求兴趣

课例：在上浙美版第四册《彩蝶飞飞》一课时，有位教师为了激发学生学习美术的兴趣，将课时的小部分时间用于制作一只漂亮的纸蝴蝶，而大部分时间用于让学生玩纸蝴蝶飞的游戏。相应现象：有些学生用对折的方法剪好蝴蝶外形后没有给蝴蝶画上漂亮的花纹，只是随便地剪两个洞，手指套入小洞一紧一松，就去玩耍了；有的学生寥寥几笔勾画一下花纹，也拿着纸蝴蝶去玩了；还有的看着别人玩得那么开心，自己很羡慕，也就匆匆画完，最后师生一起玩纸蝴蝶飞的游戏，作为课堂的结束。

分析：上一课例中，课堂气氛活泼，学生玩得开心，但一节课下来许多孩子仍然不知道如何给蝴蝶画上漂亮的花纹，也不知道如何才能让蝴蝶飞起来。在这节课中学生真正学到了什么呢？这位老师过分地追求以兴趣为动力，过于重视学生的实践，而忽视了美术基本知识与技能的掌握，也忽视了以审美为中心这一重要理念，只追求形式上的热闹以致美术课变成了活动课。过分地追求美术的趣味性、娱乐性会使美术教学误入歧途。《美术新课程标准》的基本理念是特别强调激发学生学习美术的兴趣，兴趣是学习美术的基本动力之一，但并非纯粹是表面上的、形式上的、为兴趣而"兴趣"的。

笔者认为，这位老师误认为让学生玩纸蝴蝶的游戏能激起学生学习美术的兴趣，其实这堂课相应的现象表明学生是对玩纸蝴蝶的游戏产生了兴趣，但没有激起学生对如何给蝴蝶画上漂亮的花纹及如何能让纸蝴蝶飞的学习欲望。有些教师忽视了激趣的方法，把"兴趣"片面地理解为"边玩边学"，在娱乐中学，那是低层次的乐趣和自趣，不能使学生学习美术的兴趣持久，从而走入了一个误区。这是一种既有悖于传统，又违背"视觉造型艺术"学科特点的"蹦跳嘻哈"式教学方法，教学质量就可想而知了。因此我们要摈弃那种无视学生对美术知识技能的学习兴趣，一味追求"兴趣"的做法，我们要将情趣与认知相结合，以轻松、活泼、多样的方式呈现课程的内容，进行教学，激发学生学习美术的兴趣，并使之持久。应该充分发挥美术教学特有的魅力，抓住美术最本位的东西来进行教学。

误区二、合作学习 → 小组学习

课例：如浙美版二年级《面具》一课，18分钟精美的面具欣赏和精彩的教师讲解结束后，教师请学生自由组合，合作完成一个面具，然后上台表演。女孩子们凑在一起，在一位能干的同学的组织下，开始分工制作面具（一位美少女形象）。那个女孩子发令："你做卷起来的头发。""你做立体的鼻子。"……男孩子凑在一起的小组则打算做一些怪兽、奥特曼等具有男性特点的面具。也有一些临时组成的小组为做什么样的面具发生了争执，自然是不欢而散。还有几个人左右观顾，仿佛还没有寻找到合作的伙伴。大约十来分钟后，老师宣布合作学习到此结束，并请经过教师亲自辅导的小组上台表演。从效果来看，小组合作学习似乎有一定的成效。

分析：走进我们的美术课堂，合作学习似乎成为一种时尚，而我们很多教师把"合作学习"从字面上简单地理解为以小组为单位共同学习。《美术课程标准》指出："所谓的'合作学习'是指一种有系统、有结构的教学策略，即根据能力、性别等因素将学生分配到一异质小组中，鼓励同学彼此协助，互相支持，以提高个人的学习效果，并达成团体目标。"但是在上一课例中究竟有多少做法是真正的合作学习呢？教师教会学生如何有效地合作了吗？从表面看，上一课例的课堂气氛比较活跃，但从实际的教学效果看，由于没有很好地分组，讨论、制作时间给得不够，合作学习显得匆忙、零乱，教师没有及时对每个小组进行监督和指导。

专家指出，合作学习由以下要素构成：即积极地相互支持配合；积极承担在完成共同任务中个人的责任；所有学生都能进行沟通，小组成员之间相互信任；对于个人完成的任务进行小组加工，以及对活动成效进行评估等。

笔者认为，由于小学二年级学生年龄偏小，自我管理能力差，还没有形成合作学习的意识和能力，教师应该对学生的分组进行认真的研究设计，最后按照异质分组，就是说每个小组成员的组织能力、学习能力、学习成绩、思维活跃程度、性别等都要均衡。在小组活动过程中，教师应该及时提醒和指导每个组的学生进行相互讨论和交流，尤其关注困难学生在活动中的表现，让他们多一些机会。小组合作学习中出现的有些问题是学生不善于合作，不知道怎样合作造成的，更缺乏从事合作学习所必需的有效技能。因此，教师在教学中应该要有意识地逐步培养学生的合作学习能力，如学会收集资料，学会如何表达自己的观点，学会讨论问题，以友好的方式对待争议等。

误区三、内容整合 → 内容组合

课例：一位教师在教浙美版四年级《精彩的戏曲》这课时，将40分钟的美术课分成几个板块。首先是听戏曲片段（2分钟），让学生猜猜是什么戏曲；接着让学生观看京剧《穆桂英比剑》戏曲片段（5分钟）；让学生上台模仿表演穆桂英舞剑（8分钟），并介绍京剧是融音乐、美术、文学、表演、武术、灯光、服装、道具于一体的综合艺术；而后讲解和欣赏京剧中的角色以及脸谱（5分钟）；作业要求学生根据熟悉的一个神话故事中的人物，小组合作完成以人物的特点和身份做道具（10分钟），最后教师请各小组上台表演，课就这样匆匆结束。

分析：这堂课真可谓内容丰富，精彩的课件、优美的戏曲，紧紧地吸引着孩子们的视线。或许，孩子们真的在这节课上感爱到了精彩的戏曲魅力，但是每一项教学内容是否很好地达成了教学目标？孩子们有没有发自内心地喜欢上这节美术课？有没有从中掌握一些美术的基本知识和技能？回答肯定是"否"。一堂课要有所得固然容易，而要多得实则不易呀！

笔者认为，《美术课程标准》实施到现在，笔者听过、看过的美术课不少，大部分形式新颖，构思巧妙，让人不得不佩服教师的教学设计，但整节课下来，就是没有让人找到这是一节美术课的感觉。究其原因，是这些老师太过注重了与其他学科的整合，结果整合来整合去，却偏偏把美术课的特点给整合完了。一节好的美术课不在于用了多少先进的多媒体教学手段，或者说使用了多少素材，关键还是在于是否能体现美术课堂教学的特点。以上这位教师把有关联的内容和能体现教师知识广博的东西都放进去，结果把一堂美术课变成了不伦不类的"大杂烩"。教学没有重点和中心，也就失去了美术课应有的特色。

美术新课程教材编排给了我们美术教师更为广阔的设计空间，我们应该把各项内容有机地整合起来，而不能只追求表面上的内容丰富，将多项内容大拼盘，简单地组合起来。真正的学科整合不能像泡沫一样看似五光十色，实则没有真正有价值的东西。要学会抓住美术课堂的基本特色不变，引入其他学科的知识是为了更好、更生动地讲解美术知识，而不是让它们侵占了美术的课堂。我们应当把学科整合的重点放在教学目标与教学方法上，而不是表面形式上；我们应当让孩子真正学有所得，切实提高他们的美术素质。

误区四、 提倡综合 → 尽量综合

课例：以上的课例为例。

分析：让孩子们在课堂上花费了那么长的时间听戏曲、看京剧、表演舞剑、做道具等有无必要？教师的用心可谓良苦，充分体现了美术学科与音乐、体育、手工相互综合的理念，而且通过此举让所有听课的教师一目了然。可是，这么做是得不偿失的，我们完全可以在课前准备或课后延伸的时段里让孩子们了解这些东西。

此次课程改革，综合性是特点之一。综合课程的出现，包括学科内部的综合，超越学科设置的综合实践等。首先是改革以往因为学科独立性过强，而造成学生学到的知识、技能过于孤立、片面、僵化，与现实生活脱离的弊端。生活中的很多事物都是综合的，但综合需要有一定的条件，作用也要有限度。笔者认为，美术课的综合可以理解为：A．与其他学科，如语文、外语、音乐互相沟通，互相联系。B．美术学科自身各个领域（或门类）之间的综合，如绘画与设计综合、设计与鉴赏综合，或主题性的美术表现，可以有综合材料、综合资源整合运用。C．综合探索与活动策划，这是美术与社会生活实践的结合沟通综合。在当前形势下，综合还是一项研究探索的教学活动，不要滥用，更不要片面强调，课课综合、处处综合。综合是以美术课独立设课为前提的，"皮之不存，毛将焉附"，美术课的独立存在都否定了，还需要综合吗？所以要适时适量，精心设计，使综合性的优势发挥出来，这是当前改革的一个课题。

笔者认为，美术课程的综合是以美术为本的综合。能否适当适量地实施学科综合，直接影响教学中能否很好地贯彻以美术为本的教学原则。当前许多教师为了突出课程的综合，将美术课的教学重点偏离了，把美术课上成了历史课、地理课、舞蹈课、活动课等，让非美术的内容或泛美术的内容充斥课堂，从而湮没了美术学科的特点，冲淡了美术本身的鲜明个性，导致在教学上偏离了以美术为本的原则。

新课程是一种理念，更是一种行动。教师要真正走进新课程，需要实践和体验。相信随着课改的纵深发展，我们对《美术课程标准》的理解将不仅仅停留在认识层面，而是认真落实到日常的美术教学工作中来。新课程需要我们教师学会去运用与实践新理念，而不是一味追求表面的时髦，走入另一个误区。美术课改也将会在教师们不断的反思中前进！

参考文献

1.《全日制义务教育美术课程标准（实验稿）》　北京师范大学出版社　2001年

2.《美术课程标准解读》　北京师范大学出版社　2002年

给课堂一个"放大镜"

——谈教材中传统文化内涵的挖掘

杭州市西湖小学教育集团 黄韫

【摘 要】把挖掘教材文化内涵的过程喻称为教师拿着的"放大镜",是希望通过教师对教材表面的可视教学内容的研究和分析,挖掘对学生的全面发展有益和传承传统文化内涵具有重要意义的隐性教学资源,为学生提供可深学厚习的各种文化因素;另一方面,我们希望学生通过对学习内容的认知、深入理解与背景文化的掌握,使学习能力及迁移能力得到应有的宽度和深度发展,本文以浙美版教材第一册《花式"点心"》一课为例,对教材中传统文化内涵的挖掘进行了尝试和探索,提出了一些方法和思考。

【关键词】"放大镜" 传统文化 挖掘

一、课例呈现

《花式"点心"》课例一:

1.看点心

(1) 欣赏:歌曲《生日歌》,请学生结合实际情况,说说自己或家人是如何过生日的?引出有关蛋糕的图片,揭示课题《花式"点心"》。

(2) 欣赏各种造型的点心图片,介绍点心的种类,简单介绍有关点心的一些知识或趣闻。

2.做点心

(1) 交流搓、团、压及拉等方法,讨论泥塑点心的制作方法和步骤。

(2) 作业的主题:用彩泥做几个好看的花式"点心"。要求:给自己做的"点心"取一个好听的名字。

3.评点心

(1) 用"点心店"、"花式饼屋"等形式展示作品(可以小组为单位)。

(2) 通过"选购自己喜爱的点心"的方式对作品进行评价。

《花式"点心"》课例二：

1. 放大点心世界的小点心

(1) 提问学生喜欢吃什么点心，播放多种点心图片。

(2) 让学生说说所知道的当地有名的点心，揭示课题《花式"点心"》。

2. 挖掘传统点心的不同特色

(1) 分辨不同点心所从属的国家。

(2) 连线了解点心和节日相关知识，分析点心的特点。

中秋节——月饼；元宵节——汤团；春节——饺子。

(3) 了解包饺子的方法，比较中外食品不同的制作方法。主要分析饺子为什么要把馅包在里面，而外国的食品是以夹为主。

3. 延伸从会做点心到做其它

(1) 欣赏图片，理解饺子具有丰富的内涵，请学生一起包饺子。

(2) 展示饺子，让学生说说自己在这节课的收获，对中国文化的认识。

二、小学美术教材中文化内涵的思考

《美术课程标准》关于课程性质的论述："美术课程具有人文性质，……"课程的价值中关于"引导学生参与文化传承和交流"的论述：美术是人类文化最早和最重要的载体之一，运用美术形式传递情感和思想是整个人类历史中的一种重要的文化行为。通过对美术课程的学习，……共享人类社会的文化资源，积极参与文化的传承，并对文化的发展作出自己的贡献。

在教材中，有些内容直接体现着传统文化的传承，如浙美版教材中的《中华扇子》、《亭子》、《民间木雕》、《有趣的脸谱》、《茶香四溢》、《风筝风筝飞上天》、《十二生肖》等。但有些教学内容看起来却并不是直接与传统文化相关，如《我做的笔筒》、《花瓶》、《花式"点心"》等。在教学中，教师要把更多的传统文化因素通过各种方式融入这些课中，让学生既学到技能，又感受到传统文化的魅力。

我们应该采用什么方式才能达到期望的效果呢？在处理教材及开展美术教学的过程中，教师需要一个无形的"放大镜"，开展对教材内涵的"深度挖掘"，比如"放大"教材中隐性的传统文化内涵，并在此基础上通过"放大"知识点及技能技巧等学习内容，达到审美能力提升及迁移的目的。

所谓隐性文化的内涵，就是指隐藏在实物背后需要挖掘和考证的一些与其相关的历史渊源、审美意境及人文底蕴。大多数的美术教材中所呈现内容都是比较具体的，如《花式"点心"》一课，单独把教学内容拿出来看，只是一个点心制作的学习内容，但如果教师真正读懂教材，就会发现点心的背后有着强大的文化内涵为支撑点，如点心的造型特色所涉及到的不同地方的饮食习惯与民俗，某个时代或地域的审美倾向等。我们可以通过欣赏、制作，来引导学生了解传统点心文化中的一些精髓。

三、用"放大镜"挖掘教材中的传统文化内涵

（一）用好"放大镜"的放大功能，放大教学中微小的传统文化价值点。

教学内容所具有的文化内涵，只有在足够重视的状况下，才会被发觉和挖掘。我们不忽视每一个微小的传统文化教学的价值点，并将其有效放大，从而使得学生能够进行深入理解。

所谓"微小"，是指比较容易被教师忽视的传统文化点，如果教师不注意挖掘和思考分析，很容易把这些微小的价值点"走马而过"，这不仅失去了一次教学的机会，长而久之，也容易使教师养成不注意挖掘教材内涵的习惯。

《花式"点心"》一课，我们可以从"小点心"看到"大饮食"，再从"小饮食"看到"大文化"。如果用"课例1"的教学方法，主要过程是"欣赏→指导创作→讲评"，作业形式是让学生用橡皮泥制作出各式各样的点心，相信大多数学生可以制作出漂亮的饼干和蛋糕等，鲜艳的色彩搭配，丰富的形状把握，这一节课效果也会不错。但不管外国的点心也好，中国的点心也好，它们都有自己的由来和含义，都有着自己的文化背景。比如，中国点心的制作技巧以包裹为主，而外国的点心以夹为主；中国点心的造型和制作图案蕴含着的内涵，中国的点心从起源到发展的一个过程，这些都是可以成为挖掘的内容之一。

要想在这课内容中，挖掘传统文化的内容，体现传统文化的内涵，让课堂更有意义和深度，就需要找到一个教学的中心点，也就是富有中国特色的点心，将其"放大"，从中挖掘点心背后的文化。如"课例

2"，中国传统点心有很多：饺子、月饼、汤圆、粽子、清明团、重阳糕等等，每一种点心都是很好的教学内容，如：饺子是年三十晚上必备的美食，因为它表达着人们对美好生活的向往与诉求。饺子的每一个部分，都蕴涵着中华民族文化：饺子在包制时，要把面皮对折后，用右手的拇指和食指沿半圆形边缘捏制而成，要捏细捏匀，谓之"捏福"。 把捏成弯月形的饺子两角对拉捏在一起，呈"元宝"形，摆在盖帘上，象征着财富遍地，金银满屋。将饺子边缘捏出麦穗形花纹，像一颗颗粒饱满、硕大无比的麦穗，象征着新的一年会五谷丰登。把饺子包成几种形状，预示着来年能财满屋，粮满仓，生活蒸蒸日上。

从点心说到民俗，从民俗说到传统文化在点心上的体现，我们可以感受各个地方不同点心的不同特色，更能达到对传统文化认识的目的。如：辽宁老边饺子玉润玲珑，味美适口；陕西的酸汤水饺，酸辣出头，汤饺并和，风味独特；天津白记水饺薄皮大馅，清香不腻；河北的老二位饺子油而不腻，鲜香适口；黑龙江白鱼水饺薄皮馅大，味道鲜香；内蒙古羊肉饺光亮透明，口味咸鲜；山东的高汤小饺小巧精细，吊人胃口；江西的仁海棠饺馅松；广西的马蹄米粉饺皮薄、色白，清甜爽脆等等。以此我们看到点心跟城市、跟文明有不可剥离的关系。

无论哪一种中国传统食品，我们都可以发现，不管是包装设计还是造型、纹样都有特定的民族内涵，因此只要找准其中一点，然后将这个点挖深、挖透，就可以看到点心不是单纯的一种食物，而是和我们生活、文化息息相关的事物，这样才能让我们的课堂更生动和富有实效。

"放大"的过程，要求美术教师需要有洞察时机的能力，有较高的对教材的理解和课堂处理能力，体现出教师的综合能力和水平。

（二）用好"放大镜"的"透视"功能，挖掘出身边资源的传统文化感知点。

透视功能可以让我们由表及里地看到事物的背后内容，也可引导学生感受到事物内在的意义。在教学的三维目标中，我们看到学生通过一定的过程和方法，在掌握知识技能的同时，能获得情感体验和审美观的提升。其中知识技能是显性的目标，而情感态度就是隐性的目标。

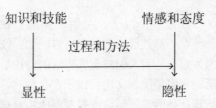

课程资源的开发与利用对于学科课程标准的实现、教学水平的提高有很重要的作用。我们身边可利用的资源有很多，如：教材资源、生活资源、社会资源、人力资源等。有挖掘资源的意识，并且能有效地将资源转化为教学资源，就能让我们的教学 "如鱼得水"。

1.结合节日的文化进行教学

节日是一种民俗文化，寄托着人们对美好生活的向往和热爱。《花式"点心"》一课，结合节日来进行教学就显得非常有意义，因为在节日的特定环境中教学，把教学内容与学生生活紧密联系，引导学生将节日里的生活经验与节日文化的学习相结合，学生的情感体验就会加深。如：中秋节前上课可以着重于月饼；重阳节前上课可以着重于重阳糕；元旦前上课我们可以着重于饺子等。课堂上为学生营造一个节日的氛围，让学生表达出对节日的感受，使美术真正成为表达情感的一种方式。另外，讲点心的时候结合着节日来讲，也会很自然地让学生了解节日和点心之间的联系，更进一步的了解中国的传统文化。

2.结合身边的资源进行教学

不管在制作的方法上，还是在点心的品种上，由于地域的不同，点心的特色也各有不同。我们身边最有名的点心的是什么？它的特色在哪里？这些都成为我们可以挖掘的生活资源之一。另外将课堂放到校外，联系当地有名的点心店，将学生们带去参观，了解制作的过程和方式，进一步了解点心的由来，这也是可以利用开发的身边资源。还可以邀请点心制作师或者学校的厨师到课堂中，介绍点心，展示点心的制作过程。通过这些资源的挖掘，让学生激发学习的兴趣，进一步了解传统点心，进行了解家乡、热爱家乡的教育，也从而更深地理解中国的传统文化。

什么内容的美术课在什么时候上，什么情况下上怎样的美术课，如果教师能够有效地结合时机，将会使教学不断推向高潮，使学生学习情绪高昂。教师尽量将课本上的内容与我国的传统文化、学生的日常生活结合起来，从细微处不断挖掘点点滴滴的素材，从生活用品、饮食习俗、自然景色、节气变换、风俗习惯等方面，向学生讲解并展示我国多姿多彩、博大精深的传统文化，使课堂成为宣传和发扬传统优秀文化的阵地，同时，文化学习的过程也就成为一种美的享受过程。

教材（目标要求）————→ 学生（能力认知）

教师（课堂媒介）

（三）用好"放大镜"的"聚焦"功能，把零星的散点汇成有序列关系的线。

所谓"聚焦"，是指把原来散状的东西集中在一起，或连接成线的形状，使得教学更有序列和系统。

浙美版的美术教材中，有很多可以体现中国传统文化的教学内容，这些内容呈散点分布在每册的教材中，如第一册《花式"点心"》、第三册《壶的聚会》、第五册《自制棋子》、第七册《龙的传人》等。如果教师能深刻理解并挖掘教材，将这些散点汇合在一起，就能形成一个有序的传统文化教学体系，在这个由散到聚的过程中进行学习，会更有利于学生文化意识的形成，促进热爱祖国的文化情感。这个过程也是"捡珍珠"的过程，当我们把散落在教材中具有文化价值的一粒粒"珍珠"捡拾起来并串起来时，它们就会成为一串美丽的项链。

（四）用好"放大镜"的"瞭望"功能，以达到学会知识迁移的最终目的。

"瞭望"就是看远的东西，把面前的教材变成学生成长的发展性教材，这时候"放大镜"就成了"望远镜"，使教材有了更深刻与广泛的意义。

美国著名教育家杜威提出"生活即教育"、"在做中学"的教育思想。杜威认为，知识就是经验，而经验就是人与自己所创造的环境的"交涉"。美术学习的过程是实践的过程，强调学生的亲历参与、实践体验。所以，学生要学习知识，要获得"经验"，就必须与社会、自然有所接触和参与，也就是要去行动。行动是获取真知的唯一途径，只有当学生主动、积极地去"做"，才能观察周围世界，探索世间万物之间的联系，才能更深入地进行思维。

教师通过手中的"放大镜"，让学生在讲、学、感知中也获得了一个"放大镜"。这个"放大镜"，使学生在课堂中深度参与，使学生学会知识的迁移，学会由此识彼。

　　1. 通过课堂内的参与，掌握技能技巧

　　"课例1"和"课例2"，教师都给了学生动手参与的机会，但是不同的是，"课例1"做"点心"的材料是橡皮泥，而"课例2"是真枪实干地动手包饺子，虽然同是动手制作，但是对学生来说这是完全不一样的体验过程。"课例2"的动手操作，让学生的学习和生活离得很近。比较容易的点心制作流程，使他们能很快地接受，并快乐地进行操作。学生亲手做，自己吃，做好了带回家孝敬长辈，这些都是很好的传统文化教育和亲情的教育。

　　2. 通过课堂外的操作，使用"渔"的本领

　　知识和技能只有运用起来，才能真正达到学为所用的目的，鼓励学生把课堂内学会的知识迁移到平时的生活中运用，是教学的一个重要任务。学生愿意将课堂上学到的知识展现给家人看，愿意把学到的技能运用在日常的生活中，并以此为荣。这不仅是一种学习的态度，更是一种深化和巩固学习的重要方法。比如在家里包饺子的时候，他们不仅愿意和大人一起来做，而且能做出不同于常规样式的有创意、更美观的饺子，把课堂上学到的饺子的各种形状进行创造性地运用。有的学生还能在生活中主动地要求在某个时间向成人展示他们的"手艺"那就说明，我们的教学不仅帮助掌握了一些知识，学会了一些方法，更重要的是，通过教学让他们树立了用"渔"造"鱼"的观念，这也是教学的真正意义所在。

　　在课堂中，学生拥有了"放大镜"，也就是拥有了学习的本领，在了解文化的同时让自己更加有修养、有内涵，通过学习，学生愿意主动投入感知文化的世界。课外的操作，他们更是得到了一种文化认识的成长。

　　四、合理使用"放大镜"的成效和思考

　　（一）变化与成效

　　以《花式"点心"》一课为例，随机抽取一年级的两个班级，共78个学生，在"课例2"的课前和课后进行了调查，填写了调查表，但是出现的结果却不同。

"我喜爱的点心"调查表

课前统计	项目内容		饺子	汉堡包	蛋糕	月饼	其他
	我最喜欢吃的点心		11人 14%	14人 18%	43人 55%	6人 8%	4人 5%
	喜欢原因	好看	31人占40%				
		好吃	46人占59%				
		有意	1人占1%				
	它是	中国的	知道的43人占55%				
		外国的					
课后统计	项目内容		饺子	汉堡包	蛋糕	月饼	其他
	我最喜欢吃的点心		33人 42%	8人 10%	10人 13%	21人 27%	6人 8%
	喜欢原因	好看	17人占22%				
		好吃	34人占44%				
		有意	27人占34%				
	它是	中国的	知道的78人占100%				
		外国的					

从上面的比较数据中，我们获得以下信息：

（1）上课前，学生大多数喜欢的是又好吃、又好看的外国点心；而在课后，学生喜欢中国的点心的人数多起来了。

（2）上课前，学生能够区分这是中国还是外国的点心的人数为一半多点；在课后，学生基本能够区分中外点心的不同。

（3）上课前，大多数学生不了解这些点心内在的含义。学习后，学生对点心的含义有了一些了解。

由此，我们看到了学生的四大变化：

1."放大"了学习兴趣

兴趣点一旦被"放大"，学生就会表现出主动学习的状态，同时也会使教学活动顺利开展。以《花式"点心"》一课为例，学生在这节课中表现出浓厚的兴趣。本来对一年级的孩子来说，文化的内涵用传授的方式来进行，会非常得枯燥和乏味，并不能让他们所了解，但是从欣赏、制作的过程中，我们看到了学生对文化学习的兴趣变得浓厚，特别是包饺子的过程，让学生难忘，据家长们反映，学生们回家还要求在家里包饺子给大人吃，从中我们感受到了学生的兴趣点真正被"放大"。

2．"放大"了知识学习

学习的过程是一个知识掌握的过程，在《花式"点心"》一课中，学生就是通过学习，了解到了点心的名称由来，点心的制作方法，点心的造型特点等知识。在以"兴趣"为前提的课堂中，让学生积极参与知识的学习，并能感悟到教学内容本身所包含了丰富的思想文化内涵，从而逐渐对中华民族的文化产生兴趣和越来越深入的认识，使他们在潜移默化中受到传统文化的教育和熏陶。

3．"放大"了技能掌握

技能的掌握是教学的目的之一，教师可以请学生通过简单的操作完成作业，也可以在教师特设的环境中，以特殊的作业形式，参与技能学习。《花式"点心"》一课，在"包饺子"的过程中，学生最佳程度地掌握了技能，这种经历和体验会在他们一生中会留下难以磨灭的深刻印象。

4．"放大"了综合能力

美术学习是综合能力培养途径之一，在学习的过程中，学生审美能力、表述能力、合作能力、动手能力、探究能力等一系列的综合能力得到了一定的发展，这种发展会在教学过程中一直无形地进行，但在传统文化学习的过程中更加凸显出来。

（二）问题与思考

课堂中的"放大镜"给我们带来了具有重要意义的隐性教学资源，提供了可深学厚习的各种文化因素，师生在教与学的过程中，共同得到了丰富的审美愉悦及深厚的文化洗礼，但在尝试和探索的过程中，我们也发现了一些问题：

1．如何继承和发扬。学习的过程中，通过教师对教学内容中传统文化的挖掘，学生有了相关的认识和了解，但是如何更好更有效地将优秀文化传承下去呢？那需要我们教师将教学内容形成一个体系，或者将内容扩展到一个单元，"润物细无声"地将传统文化发扬光大。

2．如何对待冲突。当西方文化严重冲击我们的现代生活时，可能有很多时候，尤其是年轻一代，认为洋东西要比传统的东西更具吸引力。

怎样正确对待冲突？不改变是不行的,只有在深入地了解自己国家传统文化的优势,坚持传统文化的同时,也要能很好地要学习更多元的文化,以此充实具有中国传统文化内涵的事物,让其更富创新力和吸引力。

中国是一个有着辉煌文明的古老国度,对传统文化的保护继承与发展、对传统艺术的再认识,是每一位美术教师的重要责任。从点点滴滴培养学生们继承和发扬祖国传统文化的责任感,这也是我们教学的一个很重要目的。

参考文献

1.《美术课程标准解读》 北京师范大学出版社 2002年

2.《美术教育和人文精神的涵养》 侯令著 西南师范大学出版社 2003年

3.《体验式学习的理论与实践综述》 沈玲娣 陶礼光著 北京教科院基础教育教学研究中心

小学工艺美术"生活化"教学的实践与探究

浙江省杭州长江实验小学　　陈　颖

【摘　要】　美术来源于生活，又作用于生活。传统的工艺美术教学习惯于立足课堂，被"教材"所束缚，注重"基础知识"、"基本技能"及其运用，在一定程度上脱离了学生的生活经验，因而难以激发学生的学习兴趣。我们应将美术教学与学生的生活实践紧密结合起来，贴近学生的知识背景，把美术与学生的生活、学习及社会活动联系起来，使美术教学"生活化"。并通过开展与学生生活相联系的美术实践活动，追求"题材创新、形式多样、材质多元"，激发学生的审美情趣和创作灵感，引导学生用"美"的视野去观察身边的新鲜事物，从而培养学生的鉴赏、创造及动手能力，全面提高学生的综合素质和艺术修养。我们将小学工艺美术教学融入社会、融入自然、融入校园文化、融入学生的现实生活之中，以此引导学生去观察生活、感悟生活、创造生活。

本文就"小学工艺美术生活化教学"问题阐述笔者在美术教学中的探索与实践。事实表明：注重美术课程与学生生活经验的紧密联系，能使学生在积极的情感体验中学习美术，提高审美意识和审美能力，在实际生活中领悟美术的独特价值。

【关键词】生活　联系　观察　实践　体验

一、问题的提出

在新课程理念下，学生学习的背景是生活化的。学生最终要走向社会，走向生活，新课程惟有反映社会及生活的需要，帮助学生了解社会生活，使学校成为社会生活的一部分，才能真正体现课程的本质功能。在传统的美术教学中，教师习惯于立足课堂，被"教材"束缚，较多的美术教师忽视让学生尽情地体验美术与生活联系的乐趣，课堂教学中要求学生"临摹"的作业仍占重要比例，学生对美的向往和追求被抑制，阻碍了学生观察美、表现美、欣赏美、创造美等能力的发展。在教学内容上，教师没有理解教材中一些贴近学生生活实际的编排意图，脱离生活实践操作，教学上仍采用"传递——接受"的教学模式，忽视了学生的主体地位。

构建以学生为主体的课程，让学生观察生活，体验生活，让生活走入美术课堂，是现今美术教学改革的重要举措。

美来源于生活！就让我们从生活中的"碎纸片"谈起。

一张"废纸"美吗？

平时结束一堂纸工艺课后，地上桌上到处都是纸片，这一情景就是孩子们的杰作。在学生们的眼里，被剪下的纸片和被折过、画过、用脏了的纸片都是废纸垃圾，认为是没有用的。这就表明：大多数学生还缺乏环保意识和勤俭节约的美德。面对这样的现状，如何培养学生养成良好的行为习惯，减少废纸的产生，做到"变废为宝"，在废纸中寻找挖掘到自己潜在的创新能力呢？于是，我决定利用废纸片来上一堂美术创作课。

我问学生：谁知道有关纸的文化？纸是怎样造出来的？它能给我们带来什么好处？让同学各抒己见。随后我从纸篓里捡出一张废纸，把它展开，问同学这张纸片的外形像什么？并将其撕折和任意地变换角度，再让同学观察，产生联想。很快，我手中的纸片被孩子们想象成各种各样的东西，这些纸篓里的废纸一下子就成了他们眼中的"宝贝"。在我的引导下，同学们纷纷从纸篓里寻找"宝贝"，看看它像什么，还能创造出什么。就是这一份份好奇心和惊喜，激发了学生的兴趣和创作灵感。他们运用
一些简单的剪贴方法，创作出生动的面具，并用他们的肢体语言来展示他们的作品，表达他们合作与创新的快乐。

《全日制义务教育美术课程标准》指出："应将美术课程与生活经验紧密关联在一起，强调知识与技能在帮助学生美化生活方面的作用，使学生在实际生活中领悟美术的独特价值。"我们应该将生活中的美引入课堂，以此引导学生去观察生活、感悟生活、创造生活，开辟"生活化"美术教学的新模式。

我认为"生活化"的美术教学，应该从学生的生活经验和已有的知识背景出发，联系生活实际，鼓励学生用学到的知识和技能美化生活，努力追求生活的"艺术化"和艺术的"生活化"。

二、"生活化"教学的理论基础

1. 概念

所谓生活化教学是将教学活动置于现实的生活背景之中，从而激发学生作为生活主体参与活动的强烈愿望，同时将教学目的的要求转化为学生作为生活主体的内在需要，让他们在生活中学习，在学习中更好地生活，从而获得有活力的知识，并使情操得到真正的陶冶。

生活化教学是一种在生活背景下的情景化学习。多元智能理论认为："充分提供情节背景下的学习是最有效的。"人要实现由自然人向社会人的发展，必须将所学的知识真正理解并能学以致用。对此，生活化教学正可以发挥它独特的优势。

2. 新课标对教学生活化的概述

新课程理念，强调注重课程与学生生活经验的紧密联系，使学生在积极的情感体验中提高想象力和创造力，提高审美意识和审美能力，增强对大自然和人类生活的热爱及责任感，发展创造美的愿望与能力。

《美术课程标准》按学生学习活动方式划分为"造型•表现"、"设计•应用"、"欣赏•评述"和"综合•探索"四大学习领域。其中"设计•应用"、"综合•探索"两大学习领域强调美术课程与社会生活紧密联系，应遵循学生认知发展规律，从学生实际出发，避免学科知识专业化倾向，教学内容的选择应贴近学生的生活实际，联系社会，加强趣味性、应用性，强调知识和技能在帮助学生美化生活方面的作用，使学生在实际生活中领悟美术的独特价值。

新的课程理论为学校课程改革提供了理论依据：要实现从小教材向大教材的扩充，学科间的横向沟通与联合；由形式课堂向非形式课堂的拓展；由传统教学手段向现代教学手段的转变。要加强课程内容与学生生活以及现代社会和科技发展的联系，关注学生的学习兴趣和经验，精选终身学习必备的基础知识和技能。

3. 儿童构建智慧的重要基础是他们已有的生活经验和学习经验，过多地强调学科的逻辑体系而忽视学生的经验，必然违反学生的认知规律。因此在教学中，应既注重根据学生的经验组织教学内容，也注重学科内在的联系。

三、探索与实践

美术课的课堂结构应根据教学目的、任务及课业类型特点去精心设计，巧妙安排。美术本来就是从生活中创造出来的，让美术与生活沟通起来，营造广阔的美术教学空间。

鉴于对"生活化"美术教学的理解，我在教学实践中做了一些相关的探索和尝试：

1. 走出课堂，融入校园生活

人们对美的认识有两类：理性的解析式和感性的体验式。儿童更善于通过感性的方式在生活中体验、感悟美的东西。我在一次教学实例中，由于灵活地运用教材，使教学收到了意想不到的效果。这堂课使我对"儿童更善于通过感性的方式在生活活动中体验、感悟"这一观点有了新的认识和理解。

浙江省九年义务教育小学《美术》课本第八册中有《在石块上画画》一课，在以往的教学中，我会让学生回家去寻找生活中的石块，如果学生身处的环境找不到相应的石块材料，这节课将无法进行；哪怕学生收集到了石块，也只是照着课本中的范例在石块上画一些简单的图案造型，如此学生只是学习运用了在石块上画画的形式而已。

如何让学生学得更加轻松，学得更加开心？我忽然想起学校的花坛周围恰巧铺有一圈各种各样的鹅卵石，要是让学生直接在地面的石块上画画上课，学生不用急着回家去找石块就可以在校园里感悟石头与生活自然的关系，亲自体验感知石头的质感、特性。

当时，学生们的学习兴趣别提有多浓厚了。一瞬间，一幅学生在校园中寻找石块、创作绘画的场景展现在我的眼前：有的画动物造型；有的用不同深浅的蓝色涂满整片石块，要表现海底世界；有的则给石块涂上各种颜色，想表现美丽的"七彩之路"；还有的利用多个石块进行组合，拼出各种花卉、恐龙及地图的造型……这一切都充分体现了学生丰富的、极其独特的创造力和想象力。下课后，他们看着自己的作品，心里都有着不同的感触："我画的动物印在学校的地面上了。""我们给校园的地面穿上了新装。""我们画出了作文中描述的'七彩路'。"……

其他班的同学也来欣赏这些石头画，他们边看边说，这些石头画得真漂亮；原来石头上也能画画；给石头涂上五彩缤纷的颜色，我们的校园变得更美丽了！通过这节课的创新，给学生带来了不同美的感受，而我也怀着喜悦的心情结束了这堂课。我利用在室外上课的形式，从学生的生活实际出发，结合学校地域特点，成功地把自然环境的美融入到美术课堂教学中。

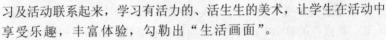

2. 户外活动，丰富生活体验

美术源于生活又作用于生活。在小学美术教学中，应立足于学生的现实生活，贴近学生的知识背景，将美术与学生生活、学习及活动联系起来，学习有活力的、活生生的美术，让学生在活动中享受乐趣，丰富体验，勾勒出"生活画面"。

我在学校的一次拔河比赛中，看到每一个孩子为了班级的荣誉，都尽最大的努力去参加比赛，有的兴高采烈，有的流泪哭泣。这情景深深地感动了我，我拍摄下了当时拔河比赛中的动人场景，并在美术课上展示了这些照片，让学生看到自己拔河时的形象及表情，通过画面深刻地感受到当时每个人为了一个共同的目标，齐心协力去奋斗拼搏的精神。这些生动的画面和他们亲身的体验，让每个孩子对人物造型有了更新的认识，结果同学们自己动手，创作出了许多以《拔河》为主题的泥塑作品，这些作品造型生动，感人肺腑。这堂美术课同时也就成为了一节热爱集体、团结合作的德育教育课。

3. 就地取材，渗透环保意识

当今伴随着全球变暖、大气层被破坏、土地沙漠化等地球环境问题，大气污染、水质污染以及噪音和垃圾等城市生活公害问题的日趋严重，环保问题已成为社会关注的重点问题。这是"生活化"美术教学关注的主要课题。

《美术课程标准》指出："尽可能运用自然环境资源以及校园和社会生活中的

资源进行美术教学。"联系各学科的教学重点，加深学生对保护环境的意识，在培养学生关心环境的基础上，使学生能从自己身边的环境出发，形成保护环境的态度与行为。让学生懂得热爱生活，更要爱护自然环境和自然资源，从小做一个优秀的环保小使者。

继《碎纸片》一课后，我又引导学生用一些废弃材料创作别具一格的美术作品，如：利用废纸或旧报纸做《纸塑动物》；将方便面的碗、一次性纸杯、化妆品的盒子、糖果盒等进行设计制作，变废为宝，美化环境。随着生活条件的不断改善，生活废弃物越来越多，品种也越来越丰富，而这之中有许多都可以成为我们工艺教学的材料。新课程标准中

的"设计、应用"学习领域，强调用软、硬泡塑材料以及塑料瓶、废旧织物、废包装袋等媒材进行玩偶、生活用品等的设计制作。这就要求我们美术教师在美术教学中指导学生因地取材，利用废品，制作一些工艺作品。让学生明白通过自己动手，既收集了制作材料，又用一种特殊的方式处理了现代生活中的垃圾，利于环境保护，改善生活环境，减少污染。

4. 餐饮文化，延伸生活内涵

俗话说："民以食为天。"人们对饮食文化越来越讲究。其中纸餐具用品更是一应俱全，造型多样，这些为美术创作提供了新的题材。

纸盘——是我们生活中常用的一次性餐具，把纸盘带进课堂，一是因为它的可塑性很强，纸质材料，轻便、易折，比较适合孩子操作；二是想改变长时间绘画课单一在纸上画画的形式，给学生换换"口味"。于是我在教学中选了一堂绘画课《画太阳》，做了一次尝试。

上课前我先把纸盘发到每位学生手里，学生对纸盘产生了浓厚的兴趣和好奇，拿着纸盘玩玩、摸摸、看看，在短时间的接触、观察中，学生很快认识并熟悉了纸盘的材质特点和造型特征。我再问学生这个纸盘像什么、能做什

么时，此时纸盘在孩子的想象空间里已成了最具有创造力和可塑性的元素，运用一些简单的剪剪、贴贴、涂涂、画画等方法，孩子们很快就创作出了形式各异、色彩丰富的"大太阳"。

经过这次尝试，孩子的兴趣越加浓厚，并提出更多的创意，如：可以利用纸盘造型凹凸的特点，把纸盘翻过来做成面具。于是在学生创意的启发下，我又创设了一堂《纸盘面具》工艺课。学生运用一些彩纸、油画棒等材料，结合一些剪、贴、挖、接等方法，创作出人物、动物、怪物等形象各异的生动面具，从作品中充分展现了学生的创新精神和动手能力。随后，我在四年级的教学中，同样也选用了纸盘作为素材，创设一堂《可爱的动物——纸盘的剪切组合》工艺制作课。通过对纸盘的剪一刀、剪二刀、剪三刀等不同的剪切、分割，利用圆形的分解并重组的构成形式，结合动物特征发挥想象，感受对纸盘分割重组后的不同形式美感，创作出造型简约、概括夸张的立体动物造型，培养学生的形象创造和实践操作能力，提高学生的创新意识和审美素养。

在孩子的饮食生活里，肯德基、麦当劳是他们的最爱。那么，洋快餐吃完后的一次性餐具盒还可以怎样利用呢？其实这些包装盒上特有的图案，都包含着它们的饮食文化，再看看这些餐具盒的不同造型，你能发现一些美的东西吗？能利用这些资源去创造美的事物吗？

带着疑问，我在肯德基公司的帮助下搜集到了汉堡盒、薯条盒、可乐杯、吸管、勺子等各种餐具用品，设计了一堂《餐具动物》的综合材料制作课，引导学生根据餐具不同的造型特点，并结合动物特征，发挥联想，通过剪、贴、挖、接、折等方法进行变形、添加、组合，创作出具有个性特点的动物造型。学生们在互相欣赏评价中，还给这些作品取了各种有趣的名字。

引生活之水，灌美术之园。用美的眼睛去观察生活，用美的心灵去感悟生活，按美的法则去表现生活，从而创作出个性独特的属于自己的作品，让学生尝试到成功的喜悦，真是其乐无穷。

5. 游戏娱乐，增加创作难度

针对学生活泼好动的天性、强烈的求知欲以及好表现的性格特点，我们着重在教学活动中把教材内外相关的审美因素、人文因素等挖掘出来，设计与学生的生活紧密结合的活动方式。

据了解"东南西北"是伴随了几代人成长的童年游戏，至今仍被大多数学生所熟悉且乐此不疲，将它作为一个载体、素材融入教学则能很好地迎合学生好奇、爱玩的心理特征。

《"东南西北"——有趣的动物》是根据《九年制义务教育小学美术课教学指导纲要》并结合《美术课程标准》自选自编的一堂美术课。同时，受九年制义务

教育小学美术课本《美术》第四册中《手指上的玩偶》这一颇具新意的课题的启发，鉴于折纸造型用材简单、体量轻巧等特点，我利用孩提时代的游戏"东南西北"这一简单的折纸玩具的基本造型，用折、画、剪、拼、贴等简单的技能来创作，展现出各种各样的动物形象。《美术课程标准》指出："尝试不同工具、用纸或身边容易找到的各种媒材，把所见所闻、所感所想表现出来。"因此，在工艺教学课中，对于纸张、材料、技巧、表现等方面提出了更为多样性、丰富性和趣味性的要求。工艺课的材料、加工手段和创造性思维三个要素中，材料的选用首当其冲，在教学过程中，要引导学生观察、搜集并利用生活中各种材料，就地取材，发现其各种材料的质感、形态、肌理特点等多种美感，进行艺术构思和创作。

在教学中，同样是《"东南西北"——有趣的动物》一课，可以让中年级的学生运用多种综合材料进行创作，用概括、夸张等手法借助"东南西北"来设计动物造型，并用相应的材料体现动物特有的不同质感，如：用扫帚上的棕毛做狮子的毛，给人感觉表现的是森林里凶猛的狮子；而用鸡毛来做狮子，感觉就不一样了，

在孩子的眼里是一只时尚的狮子。这不同的感觉来自材料所特有的美感。同时在老师的指导下，让学生把"东南西北"折纸造型，从正过来、反过去、立起来等多种角度观察，进行联想和想象，深入探究，很好地动一番脑筋，也能创造出丰富多彩的作品。学生在体验造型愉悦的同时，表达了自己对造型创作活动的深切体验与感受。

另外，在"综合·探索"学习领域中提到：对于低年级学生的阶段学习目标是采用造型游戏为主的方式进行无主题或有主题的想象、创造、表演、展示等美术活动。在活动中，应选择一些符合低年级儿童年龄特征的素材，凭孩子对材料的直观感受，引发联想和想象来进行造型创作，表达自己的感受。在九年制义务教育小学美术课本《美术》第二册《信封纸偶》一课中，就利用日常生活中的"信封"引发联想，进行想象，使它改变形象，成为孩子手中的玩偶。

《美术课程标准》强调美术与现实生活的联系，鼓励学生用学到的知识技能美化生活，从学以致用的角度激发学习的动力，努力追求生活的艺术化。布鲁纳说："最好的学习动机莫过于学生对所学材料本身具有一定的兴趣。"美术的产生和发展与现实生活密不可分，从生活中去寻找学生喜闻乐见的事物，便于学生接受和理解。为此，我在美术教学中，注重生活与学生探求美术知识相联系，把美术问题生活化，充分体现美术"源于生活，寓于生活，用于生活"的思想，增强了学生的应用意识，让学生充分地体验美术与生活的联系。

6. 创设情境，拓宽创作空间

走进社会，创设课堂情境，为学生提供优化的情境空间，渲染一种优美的、智慧的、能让学生感到特别亲切的、富有情感的氛围，让学生的活动有机地注入到学科知识的学习之中。

在上《堆盒子》一课前，正值国际雕塑艺术展在杭州举行。我想雕塑艺术对于孩子来说，是比较陌生的概念，为了给孩子更直观的认识，我带着孩子们去参观雕塑展，让孩子用视觉和触觉去感受雕塑形象在大自然生活中的艺术美感，领悟艺术家的创作素材与意图。我还通过给学生欣赏大量的国外雕塑作品，让学生感悟出艺术家们的创作灵感大多是来源于生活，取材于我们生活中的各种废旧材料，使他们认识到只要多观察、多发现，发挥想象空间，生活中就会有许多东西在他们的手中"变废为宝"，并能创作出造型丰富、变化多样的艺术品。

通过这些活动，同学们产生了强烈的创作欲望，对收集到的大小不同的纸盒，进行自由组合、堆砌摆放，运用了穿插、缠绕、挖孔等不同的表现手法加以固定展示，亲自体验了艺术家们创作的乐趣和过程，并充分发挥他们富有个性的想象，创作出比艺术家们更具有趣味的雕塑作品。

《堆盒子》一课，给学生创设了一个自由的创作空间，让他们在创作中感受立体形态组合的多样性美感，体验合作与游戏的快乐，感受生活化的美术表现形式，培养学生多元思维和创新精神。将美术课程内容与学生的生活经验紧密联系在一起，使学生在实际生活中领悟美术的独特价值，从"学以致用"的角度激发学习动力，努力追求生活的艺术化。通过对生活中艺术的观赏进一步激发学生热爱祖国、热爱生活的美好感情，陶冶他们的思想情操。

四、思考与问题

（一）工艺美术"生活化"教学的实践成效

1. 工艺美术"生活化"教学，为教师在美术教育领域中开辟了新的思路，丰富了教学内容，拓展了教学视野。现实生活中有许多可以参与美术教学的材料、题材，教师要多利用生活素材使学生构建新的知识，以生活化的方式呈现美术教学内容，拓展学生想象的空间。

2. 工艺美术"生活化"教

学，从教育的内容和形式上贴近学生的生活，反映学生的需要，让他们从自己的世界出发，用自己的眼睛观察社会，用自己的心灵感受社会，用自己的方式研究社会。这样的课堂教学，既激发学生的积极思维，又加深了学生对美术知识的理解，从而促使学生自觉主动地探求知识，使学生的心灵深处产生一种乐趣和需要。"生活化"美术教学真正给学生带来了与社会生活的广泛接触与实践，拓宽了思维，丰富了素材，激发了兴趣，培养了能力。

3. 工艺美术"生活化"教学，以生动的影像展示，引导学生联想和想象，缩短艺术与生活的距离。把现实生活中的艺术拉近到学生眼前，消除学生对学科知识的距离感，认识到现实中艺术是无处不有的，生活是艺术创作的源泉，促使学生将生活和美术联系起来，养成自觉的审美习惯，通过学生对身边事物的审美过程来展示和培养学生的创造能力、鉴赏能力、动手能力。

4. 工艺美术"生活化"教学，进一步激发学生热爱祖国、热爱生活的美好情感，陶冶他们的思想情操。通过教学，给学生一双慧眼，让他们观察生活；给学生一双巧手，让他们描绘生活；给学生一份良知，让他们回报生活。

生活化教学是创新，将学生的美术学习引向社会和大自然环境中去，是美术教学生活化、实践化的新尝试，还有待于进一步的完善和提高。

（二）工艺美术"生活化"教学实施中碰到的问题

1. 如何在教学内容及素材上选择更多的点与学生的现实生活相结合

我们还需要去发现更多的与学生现实生活相联系的美术教学素材，并引导和鼓励学生主动去发现和挖掘日常生活中的美，将自己掌握或经历过的知识和事情"带到"课堂中来，"活"化美术教学素材。

2. 如何更多地为学生提供参与社会生活实践的机会

学生可以通过社会生活实践，如利用班级、学校或社区组织的公益活动，不断了解美术与生活、人与自然的联系，学生不但要提高自己的创造能力和实践能力，而且要逐步学会去关心国家和社会的进步，学会去思考人类与世界的和谐发展，形成积极的人生态度。

3. 如何争取家长对此项工作的支持和认可

家庭是开展学生素质教育的另一重要场所。工艺美术教学离不开家长的支持与配合，争取家长在日常生活中正确地引导、帮助孩子去发现并利用诸多的生活资源及美术素材，提供给孩子一个自由的创造空间，这将为更好地开展工艺美术教育，以及对孩子的美术素养和创造能力的培养起到更大的推动作用。

参考文献

1.《全日制义务教育美术课程标准》
2.《中国美术教育》 2001年
3.《情境教育》 李吉林
4.《生活教育》 陶行知
5.《对二十一世纪基础教育美术学科课程标准模式的思考》 杨景芝 2002年
6.《生活体验研究》 马克斯·范梅南 （加）

小学美术课低年级写生教学的研究

浙江省杭州市西湖小学教育集团　　章献明

【摘　要】作为美术教学的重要方法，写生一直被广泛采用，但在小学低年级的美术课中运用得却不多。本文基于浙江人民美术出版社新课程美术教材教学实践，对小学低年级开展写生教学的意义与方法进行了论述，从写生方式、写生内容、写生地点、写生时间、写生表达方式等五方面阐述了教学操作策略，并就已经取得的成效进行了分析与探讨。

【关键词】写生教学　　设计　　实践

人的艺术修养来源于诸多因素，其中对艺术活动的热爱是最关键的因素。小学低年级是孩子们对美术学科最感兴趣的年龄段，他们度过了幼儿的"涂鸦期"和"前样式化阶段"，逐渐进入形体概念形成的"样式化阶段"。这一时期是孩子们知觉、美感以及情感发展的重要时期，美术成了他们表达自己情感的重要途径。在第一学段美术教学中安排写生教学正是基于这样的出发点。经过近几年的尝试与探索，我们发现在低年级中开展写生教学不仅可以使孩子们更加热爱美术，提高学习兴趣，进而热爱小学的学习生活，更可以提高孩子们的观察能力，培养他们独特的审美视角，使他们更加热爱身边的世界。

一、低年级开展写生教学的意义

写生是以通过观察实物为主进行的作画练习。实践证明，写生不仅是一种较生动的教学方法，也是学生比较喜爱的一种学习活动。从培养观察能力的角度，在低年级开展写生教学的意义可以归纳为以下四个方面：

1. 学会深入观察

对于六七岁的孩子来说，他们的观察能力还没有达到观察事物本质的阶段，他们往往只能看到事物的表面，比如 "这棵树好大！"，

"蚂蚁这么小"，"这朵花是红的"等等，或者会根据已有的经验来进行观察和表达，比如把树画成 ，苹果总是画成红的等等。

写生教学中教师的引导，可以使学生的观察范围更大，更有深度。比如安排学生在校园里进行找一棵圆圆的树的观察活动，孩子们发现：学校里没有一棵树是那个样子的，只有被修剪过的树才会那样。再通过进一步的观察，他们知道了树的造型有千差万别。

2. 学会改变角度观察

一说到画汽车，低年级的孩子没有一个会画车头的角度，基本都是侧面的，而且几乎是清一色的头朝左边。这种习惯性的记忆型思维是孩子在表现作品时很大的障碍。而当我把 展示在他们面前，告诉他们这是老师写生的苹果时，他们惊奇地发现原来苹果还可以从另外的一种角度来观察。当发现鱼还可以画成 时，孩子们是多么惊讶和欣喜。于是，当我和孩子们一起围坐在一辆汽车旁时，他们不会再把他们脑子里的那辆朝左的车头搬出来，而是努力地把自己从不同角度观察到的汽车表现出来。

3. 学会比较观察

校园里的汽车写生

区分和比较观察是一种重要的观察能力。让孩子们从小学会用独特的眼光去比较和分析，从而区分事物不同的造型、色彩、质地、肌理等特点，使他们观察事物更加准确和敏锐。在低年级的写生教学中，让孩子通过观察和表现对象的高低、大小、前后、轻重等特点，逐步学会主动地观察，比较地观察，使观察更有效，更具有剖析性。

4. 学会"有意义观察"

对孩子来说，似乎很多观察都是"无意义"的，因为他们看过之后很快就会忘记，或者抓不住事物的本质。但我们可以通过写生教学中观察的引导，使孩子对观察产生浓厚的兴趣：他们发现了树枝像人的手臂一样和树干连在一起；他们发现了一块普通的石头上有那么多漂亮的花纹；甚至他们还在同学和自己的脸上发现"肉色"以外的丰富色彩……

随着观察的深入，孩子们还更加有兴趣去解决那些平时"想不通"的事：为什么明明一样高的房子，"那一头"要比"这一头"

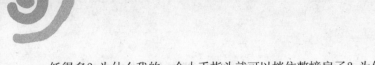

低得多？为什么我的一个小手指头就可以挡住整幢房子？为什么我画出来的总是正面？

浙人美版美术教材第一学段的内容中，有21项是要求孩子们通过观察与写生来完成的练习，比如《小雨沙沙》、《来来往往的车辆》、《鸟的天地》、《有趣的脸》、《船儿出航》、《各种各样的树》、《我的老师》。尽管这些内容不全是以绘画表现的形式来完成的，但观察与写生还是非常重要的方法，而这些教学内容在平时的教学中，常常会因为强调表现效果而淡化了观察与写生。

近几年来，我们结合浙教版新教材，加上部分自编教材，使第一学段的写生教学得到了比较好的成效。

二、低年级写生教学的常用方法

根据第一学段学生年龄特点，我们在写生的方式、内容、地点、时间、表达方式等方面尝试运用了以下一些方法。

1. 写生方式。从写生的方式来看，可以运用以实物写生为主，加上适量的图片写生和写生添画的方法。

实物写生是被大量运用的写生方法。严格地讲，写生就应该是面对实物进行的，因为实物有立体感，能真实地看，甚至可触摸，会使写生变得很有真实感。同时，从不同的角度可以出现不同的写生效果，这就使得写生更具有生动性。

"图片写生"事实上是面对照片进行绘画的一种"准写生"方式。由于条件限制，不能实地或实物写生时，运用多媒体或大图片进行"图片写生"也是实物写生的一种很好补充。而且，图片写生的方法还能在同一时间同一地点展示大量不同的对象，便于对写生对象进行详细的分析讲解，使学生更全面地了解和表现写生对象。

比如，《大家来运动》一课，要画跑步的同学，除了在课堂里请大家演示跑步动作外，我把运动会上的照片展示出来，让学生对着照片画一画。因为直观，而且便于对照与分析，课堂写生效果很好。

当然，图片写生有一定的局限性，由于只有一个角度，很多学生画出来的效果比较单一，所以图片写生只能作为一种辅助的方法而不能经常采用。

写生添画相当于一种介于写生和创作之间的方法，是一种在写生基础上进行"再创作"的作画方法，这也是结合低年级学生的特点设计的。孩子们喜欢根据自己的意愿在写生的基础上或直接在写生时画上自己喜爱的东西，比如在上《鱼缸里的鱼》写生课时，有的孩子喜欢直接画成大海里的鱼，有的则喜欢添上水里其他的动物。这在低年级的写生课里不仅是允许的，有时甚至是应该提倡的。

2. 写生内容。从写生的内容上来看，可以安排人物写生、植物写生、风景（包括场景）写生、建筑物写生、静物写生、动物写生等等。

根据低年级学生的年龄特点，教师应安排静态为主、动静结合为辅的写生课，同时结合合适的条件时机进行。比如，学校正好举行一次大型活动，校园里有各种各样的盆栽鲜花，我们抓住机会把《处处有鲜花》这一课安排在这个时候，老师和孩子们进行了一次花的写生。这堂课不仅让孩子学到了很多关于花的知识，认识了很多花的品种，而且还知道了花的基本结构和不同的表现方法。

一般情况下，我们遵循从易到难的写生序列，以增强写生的计划性，避免孩子们在写生过程中出现畏难情绪。

3. 写生地点。我们可以把写生的地点分为室内写生、校园内写生、校园外写生等。

室内写生适合小型写生对象或者需要集中讲解的写生内容，比如小型单个的静物类的写生就可以在室内进行。

有些写生课可以在普通教学教室里进行，比如每个孩子可以画自己带的写生对象，像文具盒、鞋子等等；有的则需要安排在美术教室内写生，因为美术教室里有专门的静物台，有摆放画架的位置；还有的可以根据学校的条件安排在礼堂等更大的室内场地进行写生。

校园的写生主要是安排在校园围墙之内写生。校园里可以入画的内容应该是比较多

的，从建筑到设施设备，从花草树木到校园小品，从校园里活动的人物到一块古朴的地砖，从喷泉到停在校园内的自行车，都可以是写生的对象。教师在课前要选择好合适的地点，安排好写生的对象，同时要考虑每个孩子的写生角度和座位安排。

校园外的写生一般安排在学校附近，出于时间、安全的考虑，以及气候的因素，不宜远也不宜多。一般情况下，我们要走出校园进行写生时，可以把两节美术课调整在一起，这样可以有相对充裕的时间进行写生练习。

另外，也可以鼓励孩子们在家里进行写生练习，比如开辟一些"课外写生作品展览地"等，让孩子们经常在家里进行写生练习。

4. 写生时间。我们可以把写生分为短时写生和较长时间写生两类。

在低年级学生的写生练习中，一般情况下我们安排一节课左右的写生时间，也就是说在相对比较短的时间内进行写生。有时还可以更短，比如对动态人物的写生，可以安排5分钟左右的人物写生，这样的练习可以"逼"着学生抓整体而不拘泥于细节。

根据需要，我们还可以安排同一地点多次相同内容的写生，比如对某一风景的不同季节的写生练习，同一件作品分成几次进一步修改和添加的练习，这对孩子们的写生练习也是有一定的益处的。

5. 表达方式。我们可以安排"观察写生"、"默写"、"想象写生"等。

"观察写生"是最常用的一种方法，即一边看一边写生的方法。平时大量采用的就是这种方法。

"默写"是根据写生内容的需要，安排先观察，再拿走部分或全部写生内容进行"默写"的一种写生方法，对孩子们记忆能力和兴趣的培养有较多的好处。比如，在《君子兰》一课的写生中，先观察一盆

君子兰的造型，然后把它盖起来或拿走，要求学生用默写的方法把它画下来。然后，再把君子兰拿出来，让学生对照自己的画进行观察比

较或修改，这样可以迅速提高孩子们整体记忆、抓住大局的写生技巧。这样的方法可以在同一节课里进行几次，效果也比较好。

"想象写生"实际上是一种写生添画或再创作的方法。比如结合《瓶子变个样》这一课，我们安排了一次《校园里的石头》这一课的写生，先进行石头造型的写生，然后仔细地观察石头的颜色，再在石头上进行添画，把一块块看起来单一色彩的石头画成五彩石。在画一个舞台写生时，让孩子们添画上自己希望的节目内容等等，都属于"想象写生"的范围。

另外，还可以采用由静态写生到动态写生的方法。在上完《来来往往的车辆》这一课，画完了静态的汽车写生后，我和孩子们来到离马路较远的空地上，一边观察一边写生马路上来往的各种汽车。十几分钟的时间里，我们画到了十几种不同造型的汽车，既进行了写生练习，还了解了很多关于汽车的知识。

三、低年级写生教学实践取得的初步成效

通过实践和探索，我们发现在低年级教学中开展写生教学是一件十分有意义的事。其运用的成效可以概括为以下四点：

1. 让孩子们在观察中发现美，体验美的存在

在观察与写生的过程中，引导孩子发现那些原来并不觉得特别好看的东西，使它们变得更有意义。

在上《各种各样的树》这一课时，我捡了一些树枝，用投影仪在大屏幕上放大后让孩子们仔细地观察树枝是怎样从树干上长出来的。通过绘画演示发现，树枝和树干的连接是一个非常美的曲线造型，而不是简单地连接在一起。他们把树干和树枝的关系比作人的身体与手臂之间的关系，从而体验到这是一种非常美的生长结构。

再如，秋天的一节美术课，我把孩子们带到校门外的空地上，那里长满了"狗尾巴草"——这是一种普通得不能再普通的野草。当孩子们发现这大片的已经枯黄了的野草后，他们兴奋地跑来跑

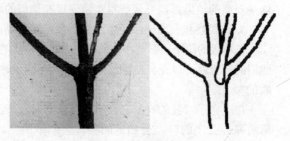

去，认真地观察着每一棵"狗尾巴"草，仔细地分析它们的结构。他们更加兴奋地把这些草摘下来，带回教室后，认真地画下来。

一节《画苹果》的写生课上，我把一大堆苹果放在课堂的写生台上，让孩子们看一看苹果，摸一摸苹果，闻一闻苹果，然后再来画一画苹果。那些他们几乎天天都吃的苹果在课堂里却变得那么不一样，孩子们用稚嫩

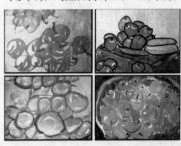

而认真的眼光仔细地观察着苹果，用不同的色彩在画面上表现着。当他们完成自己的作品时，我把塞尚画的苹果作品展示出来，赞扬他们和大画家有着一样的眼光，能表现出看起来普通画起来却不普通的苹果的美……

通过这些认识与体验，让孩子逐步知道美就在身边，只要仔细地观察，用心地体验，就会时时感受到这个世界的美。

2. 让孩子们在观察中表现美的造型，感受造型的美感

写生能帮助孩子发现身边的美，也能帮助他们在观察中用自己的双手表现感受到的美，从而感受到造型的美感。

比如前面说的《各种各样的树》一课，在观察分析树的结构时，当孩子们发现了树枝和树干的结构关系后，他们会仔细地观察每一棵树，而且尽力地把观察的结果表现在画纸上。他们惊喜地发现，校园里有各种各样的树，这些树不仅结构上有区别，而且不同的造型都是那样的漂亮，有的是一根树干长一大团树枝和树叶，有的树干"扭来扭去很好玩"，这些观察的结果都被夸张或写实地表现在他们的画纸上。

3. 在观察和表现中赋予丰富的想象，让作品成为想象的载体

低年级的孩子很愿意在自己的画中赋予丰富的含义，只要稍加引导，他们的联想就可以充分地表达在作品中。尽管幼稚，但作品充满了童话般的梦想。

在画完了《我的鞋》之后，孩子们设计了一只只既可爱又充满幻想的鞋：会飞的鞋，会扫地的鞋，会唱歌的鞋，会相互帮助的兄弟

鞋……他们能面对自己的鞋说出一大堆话来。

4. 在写生表现中投入积极的情感，让作品承载孩子的真情

罗恩菲德说到学科和儿童发展的关系时是这样表述的："我所谈论的既非艺术亦非数学，而是儿童。"儿童的情感对于艺术教学最为珍贵。在写生过程中，孩子们嘴里叽叽咕咕地说着一些话，表达自己对作品的喜爱之情："我喜欢这棵树，因为这棵树虽然小，但它站得很直。""这棵小树很可爱，虽然它长得小，可比我高多了，我什么时候才能长得像它那样高？""树妈妈希望自己的孩子长得笔直的，可小树不小心长歪了，怎么办呢？"

创造的意义远远超过创造活动本身，对孩子的一生都有着积极的意义。而创造是从情感的投入开始的。

就连一次普通的自行车写生，都被孩子们赋予了特别的含义："我知道这辆车是李老师的，老师每天骑着它上班。""这辆车如果变成红色就好看多了。""我要给这辆车装上电动机，这样老师骑起来就会轻松多了。"……

四、低年级写生教学中应注意的问题

1. 不仅仅为作品而写生

低年级的儿童，最后的写生作品仅仅是孩子完成作品的一部分，还有一些没有表现在画纸上的，他们在写生过程中的观察、表达、交流是作品更重要的组成部分。所以，面对他们的写生作品，我们所能做的就是赞扬和鼓励。只要认真地参与了写生的过程，他们画出来的就一定是好作品。

2. 不能"借孩子的手表现老师的画"

我们在平时的比赛或展览中很惋惜地看到，很多所谓优秀的儿童作品并不都是儿童自己的作品，其中有相当的成分是"教师的画"，是"借助于儿童之手为成人画的画"，是孩子迎合成人评价的画。为了使画面效果"好"，很多老师不惜花很

多时间和精力去"指导"孩子们画画，在他们一遍遍的指导下孩子"磨"出了作品……这样做的代价却是使孩子们失去了个性。

因而，从低年级开始老师就要"放手"。在指导孩子的同时，不要"扭着他们的手"，让他们沿着自己喜爱的道路用自己熟悉的方式去表现作品。因为绘画过程并不是工厂里的生产过程，经过某个程序之后一定会有一个"成品"。只要孩子们努力了、投入了，我们都应该给予赞扬和欣赏，因为这个过程本身就是最好的作品。

我们应该放弃或改变过去以学生的作品完成为最终目标的评价模式，而以激发学生的学习灵感和冲动、培养积极的学习态度和创造能力为最终目的。让每一个学生都参与到美术课堂活动中来，让每一个学生在美术课堂中都有成就感，这就是我们的教学宗旨。低年级的写生教学只是整个小学美术教学的一个方面，但通过这个方面，我们可以把这种教学观迁移到整个学习阶段，让孩子们在观察中成长，在快乐的主动学习中健康发展。

参考文献
1.《全日制义务教育美术课程标准》
2.《创造与心智的成长》 罗恩菲德 （美）

游戏学习法在小学低段水墨画教学中的运用

浙江省绍兴柯桥小学教育集团笛扬校区　　俞东林

【摘　要】本文介绍了游戏学习法在小学低段水墨画教学中的新尝试，指出了小学低段水墨画游戏学习的常用方法：指导语言的游戏化、绘画环境的游戏化、技能训练的游戏化、欣赏评价的游戏化和习惯培养的游戏化。

【关键词】水墨画教学　　游戏　意识　　方法　习惯

传统的中国画的教学方法是先临摹后创作，学生往往是被动接受知识。学习有一定的难度，尤其是小学低段的学生，学习兴趣就不高，这也成了教学中的一大难题。因此，寻找符合低年级孩子年龄特点的题材和合适的教学方法是对孩子水墨画教学的当务之急。经过几年来的教学实践，我们发现运用游戏学习法进行指导，能达到事半功倍的效果。

一、小学低段水墨画教学中指导学生要有游戏意识

喜欢游戏是孩子的天性，在游戏中，通过互动式交往可以使他们的思维活跃，兴趣浓厚，注意力保持稳定、持久、高涨。因此，在水墨画教学中，让学生带着游戏的心情，以自娱自乐的方式进行互动式的探寻，是一种特别适合小学低段学生学习水墨画的方法。孩子对于水墨表现有着自己独特的感受方式、理解方式和表达方式，在教学中要让学生保持儿童天性，并在用笔、用墨、用色时表现出来。过多的彩墨技法，则会对学生产生一种无形的约束。因此，小学低段水墨画教学在技法上要单纯、简便，在构图上要易学、易画，易于产生好的效果。儿童水墨画教学开始从随意性的笔墨游戏入手，让孩子逐渐熟悉笔、墨、纸等工具的性能，体验水墨画的工具材料的魅力，引导学生体验泼墨晕染的艺术效果，一步步走向成熟。如在教学浙人美版第四册《水墨游戏》一课中，先尝试在墨中加上不同量的水，再在生宣纸上随意滴洒、敲甩、砸击、揉笔、画线、铺面，让学生

从中感受墨色中干、湿、浓、淡等多种变化和生宣纸遇水渗化的特点。接着再用毛笔蘸水、蘸墨，继续运行，体验用笔的轻和重（提、按）、快和慢（急、缓）等，在偶成的图形中展开想象，进行创造。这种游戏虽然简单，却能促进学生利用图像进行思考，有助于他们学习色彩、线条、形状、空间和解读图形，同时较好地克服了传统中国画临摹教学带给学生的畏惧感，充分满足了小学生天然的对线形表达的欲望。"良好的开端是成功的一半"，游戏学习法的最初目的就是让我们的学生不再惧怕学习水墨画，对水墨画的工具材料和画法有浓厚的兴趣。学生有了兴趣，再加上教师恰当地指导，学习就会变得更加有意义。

二、小学低段水墨画教学中指导学生进行游戏化学习的方法

（一）指导语言的游戏化

教师的指导语言可谓是一次活动的核心，不同的指导语言会产生不同的效果和趣味。在实践中，我们发现绘画教材中有可以根据水墨画特殊的用笔方法，运用一些生动形象或诙谐的语言来加以指导和启发，使孩子在游戏中不知不觉地学会许多东西。如在欣赏《春如线》时，教师启发学生谈话：看了这幅画，你想到了什么？在画里面你找到了哪些线条，这些线条都一样吗？哪些线条是不一样的？你觉得这些线条像什么？了解这幅画吗？想一想，大画家为什么给它取名叫《春如线》呢？你喜欢的春天是什么样的呢？从这一系列的谈话中，引导学生分析其中点线面构成的疏密、粗细、节奏等音律变化之美。在教学生画柿子时，教师可以这样启发和指导他们："毛笔就像一枝神奇的魔术棒，能变出漂亮的礼物来。我先用毛笔点出礼盒的盖子，接着在盖子上打个蝴蝶结，好了！看看这个礼物是什么呢？"这时，学生们会惊喜地发现，画纸上出现了一个柿子，当学生们自己去画时，他们就会一边念口诀，一边愉快地画出一个又一个的小柿子，既掌握了形态，又培养了兴趣。生动形象的语言描述，不仅使学生感到好玩，更是在不知不觉中让他们了解和掌握了物体的主要特征。水墨画在用笔上讲究"松"，特别是小学低段水墨画，不要求形准，只要求形似，画中更讲究的是反映学生对事物的感受，只要学生能反映出自己的思想，就是一幅好画。而教师充满智慧而又恰到好处的指导语则能激发学生内心深处的情感。当学生有感而发时，其作品往往也是最具有灵气、最生动有趣的。因此，在深刻了解学生内心需求的基础上，抓住物体的主要特征，做好教材分析，设

计充满游戏趣味的指导语，就可以使孩子在活动中始终处于自主发展的地位，真正让孩子从内心深处喜爱画画。

（二）绘画环境的游戏化

在成人的眼中，孩子绘画就应该坐得直直的，至少每人或每组有一张桌子，这样才能画出"像模像样"的东西。特别像水墨画这种活动，每个孩子都需要有一套绘画工具（一支毛笔、一只调色盆、一小桶水、一块毛毡和毛边纸）。因此，似乎更有理由要求每人有一张桌子，才能避免出现墨汁碰洒之类的事。但在实践中，我们却发现这种常规性的组织形式完全有可能被打破，特别是在新出现的小组教学模式中，这种打破的机会就更多了。如在体验浙人美版第六册《跳舞的点和线》时，学生可以坐成几排，让学生直接用毛笔蘸上浓墨，在宣纸上自由挥洒，上下左右来来回回地"乱涂乱画"，直到笔干渴，让学生自主体验笔墨的干、枯、湿、浓、淡、疏、密的节奏韵律变化，同时也组成了一幅有趣的画。整个绘画过程中，孩子可以跪着画，可以坐着画，气氛宽松融洽，给孩子的一种感觉是"我在抒发自己的情感"，而不是在绘画。孩子们的兴致和兴奋程度是可想而知的。又如，浙人美版第六册《我爱大熊猫》一课教学中，教师组织学生坐成一个圈，教师可以先在地上铺一张大纸，接着直接在纸上示范大熊猫的画法。然后，让学生自由地在纸上画出各种不同姿态的大熊猫，并加上背景，一幅有趣的熊猫乐园图就呈现出来了。整个绘画过程中学生自由、放松，每个人画的是自己喜欢的大熊猫，却得到了整幅熊猫乐园。类似的排列组合游戏还可以在其他许多水墨画活动中找到身影。如小组画四季、爱听的乐曲、给小树排队变树林等，而且教师还可以带孩子走出校园，组织孩子外出写生或进行记忆绘画等活动，使孩子的绘画过程始终充满游戏趣味。每一次的活动，不仅气氛宽松融洽，给孩子自由发挥的空间也很大，而且很好地培养了他们的合作精神和合作意识，让孩子体会到了绘画和游戏是同样有趣的事。

（三）技能训练的游戏化

1. 色彩练习游戏化

孩子喜欢用色彩去表现，色彩能唤起他们创作的热情和表现的欲望。他们常常摆脱国画中石色、水色的用色原理，喜欢用大红大绿的颜色，还会把不同性质的颜色一起用。因此，在水墨画创作中注重引导孩子感知色彩的同时，不能因为实物的颜色而束缚了他们用色的创造

性。应该允许学生根据自己的想法用色，并在允许孩子自由发挥的基础上，适当进行一些色彩知识的讲解，结合实物、图片和名画欣赏，提高他们对色彩的直观感受能力，了解不同色彩给人的不同感受。在此基础上再去创作，让他们在练习中了解并掌握国画色彩有石色和水色之分，不同性质的颜色在与水、墨的调和变化中会产生不同深浅、不同纯度、不同冷暖的变化。如教学浙美版第七册《戏曲人物》一课中，注意引导学生大胆地用色彩与水、墨调和，点染出生动的人物形象，进行水墨画创作。伴随着水的运用和笔触的变化，孩子们作品中的色彩更加丰富、稚气、生动、活泼，一幅幅令人惊喜的水墨画跃然纸上。在教学过程中，还可以进行扮演角色的游戏，让孩子在表演戏曲人物的过程中对水墨画和戏曲艺术产生浓厚的兴趣。

2. 构成练习游戏化

中国画是一门形式感很强的艺术，点、线、面是中国画的基本构成要素，具有很高的形式美感和美学内涵。传统的水墨画教学以技法传授的方式为主，习惯用一种模式来要求学生如何展现，这容易对孩子的创造力

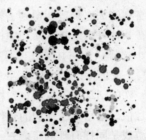

产生抑制作用，不符合艺术教育的特点。因此，教学中让学生根据自

身的体验和喜好，单纯而自由地运用各种各样的点、线、面的绘画元素来组织画面，合理采用各种表现方法，如揉纸法、拓印法、滴洒法、拼贴法和冲水、冲色、吹墨等法，在很大程度上拓展了学生的创造性思维，也更能激发起学生的学习兴趣和创造欲望。如在表现树皮的皱纹时，可引导学生先将纸揉成一团，展开后再用浓墨一笔笔地添加，树皮皱皱的效果就出来了。等浓墨完全干后，再调淡墨或带树皮色彩的颜色，选择滴洒、敲打、砸击、揉笔等方法加以点缀，利用水的张力和宣纸的特征使画面产生漂亮的肌理效果。因为水分的多少或时间的长短，画面便会产生不同的艺术效果。学生对这种效果表现得非常兴奋，而且胆子也大了，在玩的过程中，充分感受水分的多少对画面产生的效果和作用。

另外，我们在教学中可以让学生突破工具材料的局限性，在创作中提倡工具、材料中西结合。在教学时，把传统中国画的笔墨和西画中的排笔、油画笔、水彩色、广告色、丙烯色、吸管、牙刷等有机地组合，允许学生用水粉颜料，并用水粉画的方法作画，这样一来，孩子们根据各种材料的特性加上中国写意画的抒情性，将墨点泼洒在宣纸上。浓浓淡淡、色彩斑斓的效果给了学生意外的惊喜，在游戏一样的绘画中，心情释放着多彩的情感。此外，还可以用点线面的构成练习、形态构成练习、动态构成练习等进行游戏化练习。

（四）欣赏评价的游戏化

1. 作品欣赏游戏化

欣赏、品评我国优秀国画大师的作品，能使学生了解著名画家的艺术造诣及艺术风格。在欣赏过程中，教师合理使用一些小游戏，能充分调动学生的感知、想象、理解、情感等心理因素，使他们对美术作品的形式及其意味进行充分认知和体验。

学生在收集资料和参观访问后，我们特地安排了一系列的《大师作品欣赏》课，教师和学生一起欣赏评价大画家的名作。如在《吴冠中作品欣赏》一课中，在向学生介绍吴冠中生平事迹的基础上，设置了一些游戏环节：①"假如我是吴冠中"。邀请几位吴冠中的"粉丝"来扮大师，接受学生们的采访，大家觉得非常有趣，对大师作品中自己不了解的地方争相提出心中的疑惑，如为什么您的很多画都是用飞舞的线条组成的？《小鸟的天堂》这幅画中，没有出现一只小鸟，只有一些色彩鲜艳的大大小小的点，为什么我们却仿佛听到了清脆的鸟鸣声？为什么你画面上的那些点、线、面常常给人的感觉既像在唱歌，又像在舞蹈？你画这些画时，心里在想些什么？几位"吴冠中"就这些问题一一发表了自己的见解，有些地方不完善，教师适当补充，教室里的气氛可热闹了！②"像大师一样"。欣赏完吴冠中的作品后，引导学生运用画家的一些创作手法尝试创作，学生们跃跃欲试，思维活跃，积极投入到创作中去。他们纷纷把学到的知识结合各自的想法在作业纸上一一展现出来，有好多作品都堪称"杰作"！有几个学生还在介绍自己的作品时提出了大师作品中的"问题"呢！③"沿着大师的足迹"。让学生汇报自己跟随着大画家一起"游览"祖国大好河山的感受，从中引导学生像画家一样爱家乡、爱祖国、爱和平。教室的气氛又掀起了新的高潮。这样的作品欣赏和评价，在类似的课堂教学中运用，效果都是很不错的。

2. 作业评价游戏化

同龄人相互之间的作品展示评议，能消除他们对艺术表现的陌生感。运用"找一找，猜一猜，夸一夸"等游戏方法，让他们在轻松愉快的评议过程中交流各自创作的发现和经验，很大程度上拓展了学生的创造性思维，也更能激发起学生的学习创作欲望。如在教学浙美版第四册《水墨游戏》一课中，我启发学生：①夸一夸：作品创作中，自己最满意的地方是什么？在创作中，自己发现了什么新方法？②猜一猜：小作者想表现什么？③试一试：你能给画取个好听的题目吗？看看谁的题目最合小作者的心意？④选一选：作品拍卖会——拍选最佳作品，和自己最喜爱的作品留个影。在这一系列活动中孩子们学会自我教育，成为"可持续发展"的学习者。

（五）习惯培养的游戏化

有了以上对材料感知和创作过程的游戏化学习的基础，我们要进一步培养孩子良好的游戏学习习惯，使孩子的童真童趣继续保持下去，这也是一项非常重要的任务。因此，在培养孩子良好的绘画习惯上，我们也积极采用了游戏的方法进行指导，结果孩子们都能十分愉快地接受。如为了防止把洗笔水甩到地上，我们教孩子学习使用舔笔纸，利用舔笔纸来控制水分的多少、笔墨的浓淡。于是，就有了找舔笔纸宝宝做朋友的游戏；为了让孩子正确穿脱绘画时穿的外套，确保每次脱下的衣服都能是正面（为了保证下个班级方便使用），我们又组织孩子进行穿脱外套比赛，良好的习惯也由此形成了。当然孩子家长的配合和支持也是很重要的。在家里创作的过程中，我们主动与孩子的家长取得联系，共同研讨这些游戏方法，让孩子良好的游戏学习习惯迅速形成。好多家长对孩子的美术学习也非常重视，积极配合，有的和孩子一起创作，有的把孩子的作品装裱后挂在房间里，还有的把作品用相机拍摄下来放在网上，做成博客的形式，不断更新，让孩子听听网友们对作品的评说。

以上几种水墨画教学游戏化方法只是个人实践的初步体会，仅供大家参考。我相信大家一定会研究出更加适合小学低段儿童水墨画教学的有效方法，使我们的水墨画教学更上一层楼。

参考资料

1.《趣味水墨》 黄昆桂、李凌云编著 江西美术出版社 2003年

2.《中国画》 中央美术学院中国画系编 高等教育出版社 1990年

3.《美术的教学选择》 蒋良著 湖南美术出版社 1998年

4.《美术，另一种学习的语言》 伊莱恩·皮尔·科汉、鲁斯·斯特劳斯·盖纳著（美） 尹少淳译编 湖南美术出版社 1992年

6.《美术课程标准》 常汝吉 北京师范大学出版社 2001年

直面生活　我画我乐

——论小学美术创作与学生生活紧密结合的实践与研究

浙江省富阳市教育局教研室　李方

富阳市富春第五小学　宋筱华

【摘　要】美术源于生活又作用于生活，在小学美术创作教学中应立足于学生的现实生活，贴近学生的知识背景，将美术创作与学生生活、学习及活动联系起来，学习有活力的、活生生的美术，让学生在活动中享受乐趣，丰富体验，勾勒出生活画面。本文从小学生的生活实际出发，重点阐述了小学美术创作与学生生活之间的密切关系，引导学生"直面生活，我画我乐"，从而创作出富有个性、富有创意的美术作品。

【关键词】生活　美术创作　体验　乐趣

在几年的美术新课程实施过程中我们发现，美术教育的一个重要使命就是——追寻生活。小学美术创作自然更加离不开现实生活。脱离了生活，创作就会"缺氧"，"呼吸"就会越来越困难；有了生活，创作才能"枯木逢春"、"青春焕发"，作品也才会有生命、有意义、有价值。

人类降临世界后，就开始了生活，一直持续到生命终止。世界文学泰斗俄国作家列夫·托尔斯泰曾说："这个世界就是我们现在生活的地方，是永恒的世界之一，它美好、快乐，我们不仅能够，而且应该尽最大努力，为了与我们同在的和在我们之后所将生活的其中的人，把它改造得更加美好更加快乐。"可以说对于生活本身的追寻，创造生活应有的快乐是所有人追求的终极目标。20世纪90年代以来，世界各国、各地区都推出了适应新世纪挑战的课程改革举措，呈现出的共同趋势是倡导课程向儿童经验和生活回归，追求课程的综合化。2001年在我国开始全面实施的新《美术课程标准》指出："应将美术课程内容与学生的生活经验紧密联系在一起，强调知识和技能在帮助学生美化生活方面的作用，使学生在实际生活中领悟美术的独特价值。"由此可见，生活与美才是一体的，学生生活是美术创作得以生长的土壤，离开了生活，美术创作是无法进行"无土栽培"的。美，源于生活，高于生活。生活中到处都有美，生活中到处都有美育，无论是杜威的"教育即生活"，还是陶行知先生的"生活即教育"，又或者是我们自身的教育体验，我们都不难感悟到，教育和生活是紧密相连的，美术教育作为教育中的一门分支尤其体现了这点。总之，小学美术创作与学生生活就如同鱼与水的关系，它们亲如兄弟，情同手足。

笔者所在学校位于本市城郊，地处农村与城市的交界处，北面以城市居民为主，西南面以农民和外来务工业者、个体户为主，人员的多样、环境的特殊，形成了多元的生活和风俗。笔者利用本地人文资源，结合学生生活实际，对学生进行美术创作教育，引导学生"直面生活，我画我乐"，收到良好的效果，并积累了一些经验，现谈谈自己的教学感悟，希望与广大师长同仁共同磋商。

一、创设生活化学习情景，激发学生学习欲望

英国实用主义教育家、哲学家斯宾塞在《什么是最有价值的知识》一文中提出："每门科学必须以纯粹经验为之先导，等到积累了丰富的材料后，推理（创造）才能开始。"创设情境是生活化美术教学的前提和条件，其目的是让学生体验生活与美术的联系，调动学生的情感，激发学生学习美术的兴趣。

生活情境的创设要精心设计，尤其要贴近学生的生活实际，这样才有助于唤起学生积极的情感体验。美术教学中，创设生活情境应注意以下几个方面：一是生活情境要符合学生的年龄和认知水平；二是生活情境要与课程内容有机结合；三是生活情境要有新奇感，能吸引学生，能激发学生的主动参与，变"要我学"为"我要学"，进而"我爱学"；四是要从学生身边的事物开发情境资源。创设生活情境采用的方法有讲故事、做游戏、唱儿歌、表演、变魔术等学生喜爱的学习方式，这些都是学生感兴趣的。众所周知，兴趣是美术创作的起点。孩子有了兴趣，才会产生创作的欲望，才愿意表现出心中的感悟，教师也可"趁热打铁"，使学生不断提高美术技能，提升审美情操。为了激发学生的学习兴趣，我们针对不同年龄的学生、不同教学内容，根据学生生活实际和本地实际创编不同年级的"生活化"

美术教案，创设不同的生活化教学情境。低年级的学生对小动物、寓言、童话比较感兴趣，创设情境时以游戏活动的学习方式为主；中年级学生对卡通人物及生活中的事件比较感兴趣，以活动性、合作性学习方式为主；高年级学生对还未发生的事和未知世界比较感兴趣，创设时就以探究性、结合实践的

学习方式为主。有了生活化情境创设的基本模式，上课就有章可循，学生也有了浓厚的学习"渴望"，表现欲也更强了。

案例：在上《美丽的文化衫》（自编）一课时，教师身穿学生设计制作的文化衫进教室上课，学生首先就把目光集中到了老师的身上，并仔细研究它是如何绘制的。教师随即告诉他们是用纺织颜料绘制在白色的文化衫上的，并播放了一段本校学生穿着自己设计的文化衫参加夏令营活动的录像。学生受到了感染，很想自己动手试一试，教师便让他们欣赏了不同文化衫的图案之美、设计之巧，学生启发很大，纷纷动手设计绘制，一件件文化衫便应运而生。最后教师还让学生穿着自己设计的文化衫进行了"模特走台"表演，大家兴致很高，从而在制作、表演中感受到了美术学习的快乐。

评析：本课在导入、探究和展评等环节均创设了生活化的学习情境。导入时教师身穿学生设计的文化衫进教室上课（这种生活化教学情境的设置，切合学生的现实生活，学生乐于接受，易于掌握，且这种导入开门见山，学生一目了然）；探究过程中展示了一段学生穿着自己设计的文化衫参加海边夏令营活动的录像（这一生活化教学情境能让学生感悟美术创作与自身生活关系是多么的密切，且这一情境能有效地激发学生创作的欲望）；作业展评时教师让学生进行"我型我秀"模特走台表演（这一情境设计更好地体现了作品的价值和学生自身的价值，并且让学生在活动中体会美术创作的无尽乐趣）。

二、直面社会生活，不断积累美术实践活动经验

美国著名哲学家、教育家杜威认为：一切学习都来自于经验，教育必须从经验和每个人的实际生活出发。艺术与我们的日常生活息息相

关，它无处不在美化着生活，丰富着环境，改造我们的生活经验。因此我们对学生所实施的不应是专业美术教育，而应该是生活美术教育，我们所选择的教学内容也应该是对学生未来生活有帮助的，有利于他们身心发展的。难怪杜威给教育下的定义是"一切教育都是人参与人类社会意识而进行的。这个过程几乎是在出生时就在无意识中开始了，它不断地发展个人的能力，熏染他的习惯，锻炼他的思想，并激发他的感情和情绪"。杜威提出学校教材科目联系的真正中心，既不是科学，也不是文学和历史，而是儿童本身的社会活动。基于这一理念，教师在美术创作教学中引导学生直面社会生活，不断参加美术实践活动是非常重要的。

本人在美术教育学中经常与本校所在社区联系，与社会上的部分单位合作，共同进行学生实践性美术创作活动。

实践1：开展"携手共创美丽社区"现场绘画比赛。

我们组织学生以年级为单位分批进行比赛，比赛地点特意选在社区公园的草坪上。同学们兴致极高，手中画笔在画纸上"刷刷"作响，两个小时后，作品都完成了，一幅幅童趣十足的作品确实让你感到他们个个都是"艺术大师"。比赛结束后，我们还请社区领导为"艺术家"们颁发了奖状，并且选取优秀作品在社区宣传长廊展出。

实践2："美化墙体，创文明城市"——学生为城改办献画活动。

为了争创文明城市，城改办决定对城市墙面进行美化，我们学校抓住这一锻炼学生能力的好机会，组织学生进行城市墙体美化。当时天气炎热，但孩子们还是干得热火朝天，没有一个喊苦喊累的。"众人拾柴火焰高"，几个小时后，一幅幅"巨作"出现在雪白的墙面上。看着这些大作，来往群众驻足欣赏，流连忘返，看到这情景，同学们心里乐开了花，疲劳顿时跑到九霄云外去了。

评析：通过这些活动，增强了学生的日常生活经验，丰富了学生的日常美术活动，锻炼了学生参与社会和

实践操作的能力，并使学生感受到美术活动的乐趣。

三、直面日常生活，让学生用心去创造生活

"生活是艺术创造的源泉"。大自然赋予了人类的一切，也激发了人类的灵感和创作激情，人们从自然界中得到很多启示。因此，我们应该尽量让孩子们全方位地接触五彩缤纷的世界，扩展他们的视野，让他们在受到自然美的熏陶的同时，为艺术创造打下儿童时期的基础。自然界的任何事物，如一片叶子、一块石头、一个瓶子等，通过联想都能"变幻"出很多东西，一个普通的东西能变成一个精美的艺术品。通过艺术的表现，生活中到处存在着美，关键是给儿童一双善于发现美的睛睛和一双善于创造美的巧手。教师要激发他们热爱生活、表现生活的创作兴趣，这才是我们的当务之急，因为美是人类生活中永恒的主题，美即生活。努力创造吧，美的艺术无时不有，无处不在！

实践1："我们的教室我打扮"插花比赛和"好吃好看"水果拼盘设计大赛

在学校第二届艺术周活动中，我们组织了学生进行"我们的教室

我打扮"插花比赛和"好吃好看"水果拼盘设计大赛。活动前教师先带插花组的学生到鲜花市场选择鲜花，并欣赏插花师现场表演插花，学生兴趣很大，跃跃欲试；我们让拼盘组的同学提前准备好新鲜水果，并将有些易烂的时鲜水果放入冰箱中，储藏待用。还组织学生到附近的酒店观摩厨师们精湛的雕花、刻绘表演，学生看得聚精会神，受到了很大启发。比赛活动那天，同学们摩拳擦掌，手中剪刀、水果刀上下翻飞，场面煞是热闹，不过这可不是武术表演，他们是在精剪每一束花，细雕每一个水果。你看，一簇簇插花作品遍地开花：有"孔雀开屏"、

"白鹤亮翅"、"天女散花"、"星空望月"……一盘盘水果雕刻作品也都是别具匠心：有"双龙戏珠"、"百鸟朝凤"、"一帆风顺"、"万事大吉"……让你眼花缭乱、目不暇接。后来同学们还把这些插花作品放在教室里，看着自己亲手设计的插花点缀了教室，学生心里甭提多高兴了。同样，同学们看着自己制作的又好吃又好看的水果拼盘，口水都流出来了，但就是舍不得下口。

评析：这两次活动培养了学生的动脑和动手的能力，学生在活动中进行了合作，建立了友谊，同时也通过自己的努力美化了生活。

实践2："超级画童"墙面设计活动

学校塑胶运动场竣工了，运动场边四周的围墙刷得雪白的，于是我们美术组便组织了一次"超级画童"墙面设计活动。活动分四个程序：第一步发动全校学生自由设计，可以个人设计，也可合作完成，然后上交美术组，由美术组进行"海选"，确定初选方案；第二步将"海选"方案在校园网上公布，由全校师生及家长投票，由得票高低评选出"晋级"选手；第三步组织"晋级"的选手进行现场创作，现场"ＰＫ"，确定"总决赛"选手；第四步由参加总决赛的选手在老师的指导下进行墙面现场作画，最后评选出奖次，向获奖者颁发"超级画童"荣誉证书。

评析：本次活动过程借鉴湖南电视台"超级女声"的活动模式，活动面广，参赛选手多，竞争激烈，但学生兴趣很大。学生在活动中充分发挥自己的想象力，体现了自己的个性，活动搞得有声有色，墙画设计者的大名都醒目地签在自己的作品上，成了真正的"超级画童"，真正的明星，孩子们心中真正的偶像。尤其可贵的是孩子们在活动中学到了很多东西，变得更懂事、更成熟了。

四、关心生活中的美，捕捉生活中的精彩

伟大的人民教育家陶行知指出"生活即教育"，在我们现行的小学美术课程标准中也非常明确地体现了这一点。要求建立儿童美术活动与学生的日常生活的联系，在教学内容要求中一再提出"表现生活周围的美好事物"，"进行和自己生活贴近的设计和制作"，"用记忆画的形式，表现生活中某个有趣的情节"，"用铅笔淡彩的方法描绘家乡的景物"等等。学生面对的生活是多姿多彩的，很多来自生活的原始素材本身就是情趣盎然的。学生的美术创造不仅可以联系到自己美好的生活，而且还可以是自己见过、听过的有所思和有所感的事物。

（一）关注时事，再现生活

艺术来源于生活，却高于生活，艺术是生活的提炼、加工和再创造。教师引导学生从生活中提取有价值、有意义的内容，运用到艺术创作中去，反过来又充实了学生的生活，给学生带来美的享受。美术创作中，与其说是指导学生开展绘画创作活动，不如说教师和学生一起学习，一起关注生活周围所发生的一切。这点我们美术组是非常重视的。

案例1：2003年10月16日，我国神州5号载人飞船发射成功后，我们组织学生用形象艺术来表现这一举国欢庆的大事。创作前教师先让学生观看"神5"上天的壮观图像，学生有了感受，创作起来就游刃有余了。

案例2：2006年7月23日，当我国著名田径选手刘翔打破110米栏的世界纪录后，举国上下一片欢腾，大家用各种各样的方式来表达内心的喜悦，我们的学生也异常兴奋，他们在教室里用绘画的方式表

现刘翔"飞翔"永恒的瞬间。

（二）观察体验，我画我乐

大多数教

师在美术课中会发现，如果只是观赏一两张图片，稍作讲解，然后就让学生进行美术创作，这种"纸上谈兵"的教法学生是不感兴趣的。而且当老师布置学生作业时，经常会听到这样的声音："老师，我不会"，"老师，怎么画呀"，"老师，对不对啊"……听到这些声音，教师往往就一会去教这个，一会去看那个，忙得像"热锅上的蚂蚁"。学生在创作中遇到这么多的困难，正是因为没体验过生活，或没有留心生活，所以困难重重。解决的办法很简单，一是让学生有意识地观察生活；二是让学生参与生活，体验生活，然后进行创作就轻而易举了。

在活动中，教师要重视帮助学生养成能运用合适的观察方法进行观察，并体验他们的所见所闻。对小学生来说，有充分的机会用自己的各种感官去感受。体验自己周围的环境及相关的事物，在大脑中储存丰富的关于环境的视觉与情感体验，有助于学生的表现。而对教师来说，观察可以帮助教师了解学生在美术活动中的具体表现，为学生提供帮助，也可以进一步根据学生的表现生成课程目标，积累现实依据。

案例1：

学校每月举行一次小型的体育竞赛，有跳绳比赛、拔河比赛等，教师就引导学生前往观察，有的学生还参与比赛。有了亲身经历，学生很快就能用绘画把这些学校生活记录下来。比如学生在创作《拔河比赛》时，能把"大力士们"拔河时的动作（身体向后倾）、神态（或张着大嘴或紧咬牙关）表现得淋漓尽致，还把周围啦啦队的动作、表情也表现出来，创作出来的作品有浓厚的校园生活气息，给人以真实感、亲切感。

案例2：

在上《仙人掌》和《美丽的花》（自编）这两堂课时，我先让学生观察自家院子里种的仙人掌，到花园里观察鲜花。学生第二天就把观察到的仙人掌和鲜花的形态结构告诉老师和同学，大家议论纷纷，兴趣很大，有的还到父母那里或网上了解仙人掌和各类鲜花的生活习性及用途。上课时有的同学说"仙人掌的生命力特强，它是生活在沙漠里的"，"它的肉可以吃"，"它的汁水能养颜"；有的说"鲜花可以装饰环境"，"鲜花可以入药"……总之，大家不但喜欢鲜花，也爱上了仙人掌这带刺的"家伙"。对事物的足够了解后，学生便满怀信心地画出心目中的鲜花和仙人掌：有的是再现生活中的鲜花和仙人掌，有的还进行了艺术加工。最终面对一幅幅色彩斑斓、造型各异、充满生活气息的作品时，师生之间的教与学都获得了进一步的成功与喜悦。

五、把美术创作渗入生活，把生活融入美术创作

每个学生都有自我表达和表现的需要，他们不仅用语言，也用美术创作的形式来表达对自己对生活的感受和内心情感。每个学生都是天生的创作家，孩子在现今良好的学习环境中，必定会发挥他们不可限量的创造力和想象力，创作出具有个性的有新意的美术作品。

（一）开发生活化美术活动内容，构建美术创作与学生生活经验紧密结合的载体

生活化的美术活动立足于学生的生活，以生活为背景，让学生在生活中不断地拓展创作经验。所以生活化的美术活动必须是学生熟悉的、合适的，我们应尽可能多地为孩子考虑，孩子需要什么，教师适时"供给"。几年的实践证明，美术活动应尽可能选择孩子乐于接受的、喜爱的，同时应注意内容的适度新颖，即从孩子的生活实际出发，让孩子有足够的兴趣用已有的经验探索、积累新经验，表现新的认识和感受。

我们尝试将生活化的美术创作渗透到主题性活动实施中。在主题性活动中，无论是生成的美术活动或预设的美术活动，其共同点是都来源于孩子的生活，重在让孩子亲身去感受生活，最大限度地给予孩子体验和感知美的机会，自主地运用到美术创作中，使之从中体味现实生活的美好。

实践："美丽的太阳伞"设计制作活动

夏天来了，天气炎热，学生很想撑着自己设计的太阳伞来上学。针对这一生活需求，我们组织了全校性的"美丽的太阳伞"设计绘制活动，同学们在淡色的伞上巧手设计绘制，一把把美丽的太阳伞就像大山里的一朵朵大蘑菇，美丽极了。

评析：下雨天，孩子们用自己设计的伞遮雨；夏天，孩子们又用伞来遮阳。看来，太阳伞不但美丽，用处还真不少呢！通过活动，孩子们不但感受了创作的乐趣，还体验到生活的美好。

"生活经验"是学生创作的源泉，只有从学生的生活经验着眼，才能通过美术活动真正让学生体味到创作的美、生活的美。

（二）选择生活化的表现材料，丰富学生美术创作的途径

材料作为美术创作的重要工具，是学生学习、创作的"中介"和"桥梁"，而运用生活中的一些随处可找的材料来进行美术创作是可行的，也是学生感兴趣的。大自然是一个丰富多彩的物质世界，它给美术创作提供了天然素材，如果子、种子、树叶、石子、稻草等。生活中还有许多废弃物也是很好的材料，运用得好，能变废为宝，如各类包装盒、各类饮料瓶、罐、旧电池、旧钢笔、纽扣等等。不论是天然材料，还是人工材料，学生对它们都很熟悉，它们都贴近学生生活，易于唤起学生的创作热情和创作欲望，可以做出许多造型各异的意想不到的艺术品。

实践1："凉爽的风"扇子设计制作大赛

同学们用各种材料制作成各种形状的扇面，有木质的、金属的、纸质的，然后在扇面上绘制图案，或用各种材料装饰扇面，效果很好。如果炎热的夏天用上自己制作设计的扇子，一定会给你带来一丝丝凉爽的风 。

实践2："我形我塑"跳跳泥泥塑比赛。

跳跳泥是一种新型的泥塑材料，色泽鲜艳，无害无味，绿色环保，而且可塑性强，质地细而轻，是理想的泥塑材料，学生们第一次用就深深地"爱"上了它，这一件件跳跳泥作品就是他们"爱的结晶"。

（三）探究生活化的美术创作形式，营造学生自主表现的氛围

著名儿童教育家陈鹤琴先生说，生活就是课堂。因此我们通过各种新型有趣的生活化的形式来引导学生进行美术创作。学生可以自由地运用多种美术创作手段来表现周围的世界，让学生在生活中"动"起来，感受生活，融入生活，从而获得美的体验，形成自然、真实的审美情趣。

案例1："给您拜年啦"新年贺卡美术创作活动

新年快到了，同学们很想对自己的好朋友说几句心里话，给自己的老师送上最美好的祝福，给养育自己的父母和长辈献上一份感激之情，给贫困山区的同龄孩子献上自己的一片爱心。用什么东西来实现自己的

愿望呢？经过同学们的讨论，大家一致认为用自己设计的贺卡来送出祝愿是最有意义的。用什么方式来制作贺卡呢？对，我们可以用电脑绘画的形式来表现呀！主意拿定，开始制作吧！经过大家精心设计制作，一张张贺卡完成得很快，为亲友们带去了美好的问候、温暖的春意。

案例2："我形我塑"（系列活动）之"春暖花开"美术创作活动

本活动把学生带到操场上或草坪上进行教学，学生通过肢体语言（包括表情）来塑造"人体花朵"。活动中让学生分组合作完成作品，从而激发学生热爱身体，热爱生命的意识，并培养团结协作精神。本课教学充分发挥了学生的想象力和自由表现力，让学生在生活中感受到了真正的快乐。下课后，老师问学生感觉如何，学生回答："爽！"不信，你看了学生的肢体塑形作品《春暖花开》，是不是也会觉得很"爽"呢？

生活是教育，教育即生活。现代生活把终身教育放在社会的中心位置上，儿童美术创作也应走进生活，参与生活。当孩子伴随着一声啼哭来到人世间的时候，充满生机的生活就开始了。小学美术创作就应培养学生参与美的生活，创造美的生活的意识和能力，使学生了解美在生活中的不同功能，学会根据生活来选择美，创造美。只有这样，小学美术创作生活化才能充满活力，才能以情感人，以美育人，儿童美术生活化也才能蕴涵美好的情愫和智慧，充满成功和喜悦。

愿我们的小学美术创作真正走进学生的生活，让生活化的小学美术创作一路走好！

参考文献

1.《现代教育的探索——杜威与实用主义教育思想》 单中惠 人民教育出版社 2002年

2.《陶行知教育文选》 陶行知 教育科学出版社 1981年

3.《给教师的建议》 苏霍姆林斯基（俄） 杜殿坤译 教育科学出版社 1984年

4.《学习的基本理论与教学实践》 莫里斯比格（美） 张敷荣等译 人民教育出版社 1991年

5.《新课程标准》（解读） 尹少淳 北京师范大学出版社 2002年

6.《小学美术教学法研究》 李永正 东北师范出版社 2002年

7.《少儿美术》 张安吾，杨景芝 天津人民美术出版社 2005年 2006年

浅论海岛特色美术

浙江省玉环县楚门镇一中　　章玲飞

【摘要】当前我县正积极实施"提升文化力，再创新优势"的战略决策，这给把海岛特色文化引入学校的美术教育带来了契机，弥补了国家美术课程的不足，使教学联系生活实际，使学生对海岛特色文化有深入的了解，让学生从教学内容、教学模式、素材利用、各种活动等方面感受特色文化，同时享受教学之美。

【关键词】美术　海岛特色文化　生活　美

《美术课程标准》指出："注重美术课程与学生生活经验的联系，""教师不但是课程实施中的执行者，还要成为课程的建设者和开发者。"根据《美术课程标准》的要求，我们把海岛特色文化引入学校美术教育中，使美术教学更具生命力。

将海岛特色文化引入学校美术教育中，这对于海岛特色文化和学校美术教育来说是一项双赢的决策：海岛特色文化由于学校美术教育的延续免遭断裂与绝迹的命运，并能不断地向前发展；学校美术教育因为有海岛特色文化的加入增添了新的活力，教学内容得到丰富，更贴近学生实际，美术材料得到保障，海岛特色文化中蕴涵的人文思想、艺术观念也能给我们的美术教学提供借鉴与启示；同时，充分利用海岛特色文化资源，还能使学生更好地了解美术与自然环境、社会、文化、生活的关系，有利于培养学生热爱家乡的情感，给海岛学校美术教育带来新的发展契机。于是我们在《美术课程标准》的引领下，深入研究，大胆实践，有了一些收获。

一、贴近学生实际，感受生活之美

生活与美术是一体的。生活是美术生长的土壤，离开了生活，美术是无法进行"无土栽培"的。真正的美术教育必须从生活出发，在生活中进行，并回归生活。海岛特色美术教学就是以学生为中心，以海岛特色文化为背景，让学生在课堂中感受教学美，优化美术教育。

1. 引导学生转变观念，及时发现生活美

现代社会的发展使学生的文化生活发生了巨大的变化。各种媒体的普及占据了他们感受生活的大量空间，将他们束缚在书本和各种类似于《奥特曼》、《蜡笔小新》的卡通文化里，加之传统教育让学生置身于学科的"真空"里学习美术，致使美术在学生心中日益遥远。他们认为"美术跟自己无关，离自己太远了，学了也没用"，因而对美术逐渐失去兴趣，甚至产生抗拒，漠视美术的存在，不再注意美术其实就在自己身边，与自己的生活息息相关。

法国雕塑大师罗丹曾说："生活中不是没有美，而是缺少对美的发现。"学生的生活看起来单调，实际上身边处处都是美好的事物，只是学生视而不见，如不及时引导发现，美的事物便很快成为过眼烟云。如何让学生在日常司空见惯的东西里发现美？每堂课前五分钟是我安排学生自由畅谈交流的时间，让学生谈谈生活中所见到的觉得美的事物。开始学生们认为：每天接触的是平平凡凡的事、平平凡凡的人，没什么美可言。通过一段时间的引导，学生的视野开阔了：一只可爱的小鸟、一块千疮百孔的岩石、一缕阳光、一群卖海鲜的渔民、一个个装满鱼的箩筐都渐渐成为学生心目中美的景观。一个学生曾这样说："妈妈昨天买了一条很大的马面鱼，是我帮着清洗的。鱼的模样虽不好看，但那是它的保护色。鱼的味道很鲜美，可好吃了。特别是里面的鱼刺，特别漂亮，晶莹剔透的，我把它清洗了，准备做成装饰画，送给妈妈当生日礼物。"听着孩子真诚的话语，看着孩子充满爱意的眼神，我知道美术已扎根在他们心中了。

2. 教学内容贴近生活，激发学习兴趣

对于美术来讲，它离不开学生的直接经验。我们要注重从实际出发，把美术和学生的生活有机地结合在一起，让学生感受到美术是和他们密切相关的，就在他们的生活中。因此在教学时，我们把教材内容和学生实际生活结合起来，并在题材、表现形式的选择上留给学生自由空间。例如结合学校的海岛艺术节、运动会等活动，进行设计、制作会标和海报的教学，并把通过评选的作品运用于该活动中；用生活中的废旧材料制作出有创意的作品，装饰家或美化校园环境；让学生画生活日记等，这些都是学生乐于参与的美术活动。此外，我们还开展了"亲近家乡民俗"、"走访民间艺人"、"走进海岛美食"、"南来北往话建筑——玉环古建筑探访"、"坎门鱼灯"等贴近生活的教学活动，使学生在美术教学中领略到海岛民间文化的博大精深。

二、开放型教学模式，体验学习之美

1. 走出课堂，体验生活

海岛文化资源丰富，如同一部真实、多彩的教科书。但由于现在的学生过分的被保护和课业过重等情况，常被关在家门之内，很少能接触大自然，从而失去体验生活的机会，失去了解自己家乡的机会。如何发挥海岛特色资源优势，激发学生对这些资源的认识兴趣和探索欲望，从中体验探索和发现的乐趣呢？体验是一种有效的学习美术的方法。我们组织学生走出课堂，以体验生活的方式，使他们身临其境地去感受海岛特色文化，感受家乡的美；到海边感受大海的博大和包容；到渔家感受渔民的热情和独特的生活方式；到码头感受繁忙的景象和收获的喜悦；到企业感受科技的发展和产品的精美……学生不但兴趣盎然地领略了大自然的美，激发了对家乡的热爱之情，同时在宽松愉快的环境里，也锻炼了捕捉素材的能力，想象力、创造力得以自由发挥。他们在熟悉的环境中寻找美，在取材中欣赏美，在创作中创造美。

例如在学习了美术教材中的《美丽的西湖》后，为了使学生画画有激情，我利用节假日带学生到渔民家中做客。海边的渔民性格豪爽，非常热情，教我们打牡蛎、拾小海螺、捉螃蟹、织鱼网、结缆扣等，我们还参观了人工海鲜放养池。在滩涂上，学生们像一只只小企鹅，深一步浅一步地捉着海鲜，弄得满身是泥。他们暂时忘记了紧张的学习生活，体味着渔民的生活，体验着劳作的快乐与艰辛，领略着回归自然的乐趣。之后，学生们用画笔生动地描绘出这原汁原味的渔家生活和美丽的海岛风景，更深刻地体会到笔下人物和风景的美。他们都说："虽然劳作是辛苦的，但我们体验到了收获的喜悦。"

2. 邀请民间艺人走进课堂

民间艺人是海岛文化的传承者，他们的艺术传承方式往往是通过口述或在师徒间进行的。在现今社会，学这些民间艺术的人越来越少，因此，这些富有地方特色的艺术形式濒临失传的边缘，同时，这些民间艺人都想能够后继有人，使艺术不至于失传。面对这样的情况，我想我们何尝不把海岛的民间艺术搬到课堂上来呢？这确实是一举多得的好办法呀，既"拯救"了民间艺术，使其得以流传下来，又与新课程改革相呼应。而且把民间艺术家请进课堂，手把手地教孩子，这种学习方法无疑能让学生倍感亲切，对民间艺术的了解也更直观。

3. 模拟生活场景，营造快乐课堂

传统的课堂环境过于强调学习的功能，而模拟生活场景，营造"在玩中体验，在体验中感悟"的课堂氛围，却能使学生在轻松愉快的生活场景中相互合作，尽情交流。例如把可爱的海洋生物带到教室中，让学生看看，摸摸；带上面粉做些创意雕塑的美食，让学生在课堂中过个节；让学生带来自己最好的作品举办个拍卖会；在教室里用课桌椅搭个舞台，让学生穿着自己做的服装到"T"型台上秀一把……此时的老师不再高高在上，而成为了学生们学习的伙伴、生活的导师，学生也都神采飞扬，活力四射。又例如在"漂亮的贝壳"教学中，我将电磁灶带进教室，让学生模拟生活里的场景，自己完成采购、烧、吃、制作等一系列活动。在整个教学过程中他们相互交流着，畅谈着，情绪高涨，而创作的灵感也在萌发，许多优美生动的作品就是在这种灵感的促动下制作出来的，学生们在活动中体验到学习的快乐、创造的快乐和成功的快乐。

三、利用各种素材，激发创作之美

玉环是东海之滨的一颗璀璨明珠，海阔岩奇，风景优美，人杰地灵，民风纯朴，拥有非常丰富的海岛特色文化资源：独特的海岛风景——海洋、礁石、沙滩、渔船、可爱的海洋生物；浓浓的渔家文化——西台鱼灯、岩雕艺术、贝雕艺术……无一不是可以开发的资源。而这些海岛特色资源的开发也为学校的海岛特色美术教育提供了广阔的前景。

1. 得天独厚的海岛自然资源

海岛自然资源包括海岛自然景观，有礁石、沙滩、渔船、海洋、海洋生物等。其中有"东海碧玉"之称的艺术岛——大鹿岛，岛上山秀林美，拥有全国罕见的岩雕艺术作品。香港《美术家》杂志这样评论大鹿岛："这个触目都是石雕艺术的美术岛，不但在中国，即使在全世界范围来说，也是一个令人惊异的创举。"还有具有江南绿色窗口之称的农业观光园，别具一格的"海上人家"等。引领学生走进大自然，观察、探索大自然的奥秘，师生共同参与，运用拍摄录像、照片记录、实地搜集美术资料、写生等方式，进行美术创作活动，设立如"海岛小景写生作品展"、"海韵摄影作品展"、"彩沙壁画展"等，让学生领略家乡独特的海岛自然风光，激发学生对家乡的热爱之情。

海岛自然资源还包括自然材料，有沙石海贝、花草树木等，都是学生进行艺术创造的好材料。这既可以解决学生购买美术材料的困难，又能变废为宝。学生能轻易地在自己的餐桌上找到这些五颜六色的贝壳、千奇百怪的鱼骨材料，还有经过风雨、海水洗礼的海岛孕育着的金灿灿的沙、嶙峋的岩石。为了更好地开发海岛材料资源，学校建立了沙吧、贝吧等工作室。学生用灵巧的手通过组合、重叠、粘贴、上色等就创作出造型独特的作品。利用这些千姿百态、随手可得的资源对学生进行美术教育，容易引起学生的共鸣，引发学生的探索兴趣和创作的欲望，既方便又实用。

例如在浙美版的美术教材中有一课《巧用身边的材料》，我就结合海岛独特的自然资源进行美术教学——沙瓶画的制作。沙瓶画对学生来说比较新鲜，它有着丰富的肌理效果，类似于岩彩画，美妙极了。再加上沙瓶画取材简单，沙和废旧瓶子随手可得，这样既保证了全体学生的参与，调动了学习的积极性，又能变废为宝。

2. 独具特色的民间文化资源

千百年的海岛特色文化有其独特的风格和魅力，富有强劲的生命力。岛上有被称为玉环三绝的贝雕、岩雕、根雕，还有坎门的鱼灯舞，渔区的古民居，城关的楷灯、剪纸，楚门的八曼、十兽与抬阁、梗杠、艺术壁挂，大鹿岛的海洋生物岩雕与摩崖石刻，渔民出身的郑高金创办的贝雕水族馆。这些文化资源都把玉环的海洋特色呈现给人们，引发参观者无尽的遐想。玉环各地民俗风情经数百年融合，已经形成了独特的民俗风情，其中渔家人的自娱自乐更是表现出渔民祖祖辈辈的纯真品格。渔家庆贺节日有他们自己的方式，如每逢春节，岛上处处鼓乐喧天，各种灯舞精彩纷呈，鳞鳍熠熠。在花龙灯、泥鳅龙灯、板船龙灯等渔乡灯舞之中，海边人还是偏爱"西台鱼灯"。还有渔家特色的饮食、春联、鱼龙灯等都蕴涵了海岛文化特色，是渔区文化中一道独特的靓丽风景……学生生活在这种独特的民俗文化环境中，既陶冶了个性和情操，增加了对家乡的热爱，同时又传承了传统民俗的精髓，为美术的创作增添了不少素材。

3. 丰富多彩的社会生活资源

玉环还被称为"中国阀门之都"、"新古典家具出口基地"、"文旦之乡"、"甲壳素之乡"以及"浙江省海水养殖海域"，这些称呼都显示了海岛独特的魅力和生态个性。还有 "2004年首届中国海岛文化艺术节"在我县举行，这是一次规模宏大的主题文化活动，来自海峡两岸的15个海岛县的海岛文化代表团，展示了各自的风土人情和独特的海岛文化魅力。文化节还相继举办了"海岛风情图片展"、"文艺踩街"、"梨园海韵——越剧之夜"等多项丰富多彩的活动，这些给海岛美术特色教学提供更广阔的空间。

四、结合各种活动，收获作品之美

积极举办美术展览，开展多种形式的美术特色活动，如彩沙壁画比赛、沙雕比赛、贝雕比赛，并和社区、校团委联手搞一些大型活动，如扎鱼灯、舞鱼灯比赛、海岛校园艺术节等。具有美术特色活动的开展激发了学生学习的兴趣，点燃了学生创作的激情。

我们把学生的获奖作品在校园橱窗、走廊、教室及校园网站上进行展示。这些作品既可以美化校园，营造艺术氛围，丰富校园文化生活，也有助于提高学生学习美术的兴趣与欣赏、评论艺术作品的能力。经常轮换在校园和教室内的学生的美术作品，使学生有参与的机会，给学生提供了更多接触美、感受美的机会，大大激发了学生的美术学习热情，营造了浓厚的海岛校园艺术氛围。

海岛特色美术的美在于它着眼于学生的生活实际，加强了学生对自然的了解，对社会的了解与参与，采用了新的学习方式，促进学生多方面的情感和价值观的发展，从而更好地培养学生的审美素养和创造能力。利用海岛文化资源，开展海岛特色美术教学活动，不仅使海岛美术教学充满活力与生命力，更重要的是使学生们懂得如何在生活中感受美、欣赏美、创造美，使他们更热爱生活、热爱美术、热爱家乡。

参考文献

1.《罗丹论艺术》 （法）罗丹口述 （法）葛赛尔著 傅雷译 团结出版社 2006年

2.《美术课程标准（实验稿）》 北京师范大学出版社

3.《初中美术新课程教学论》 杨建滨主编 高等教育出版社 2003年

4.《课程资源的开发与利用》 康长运主编 中国轻工业出版社 2005年

5.《美术教育与人的发展》 杨景芝 人民美术出版社 1999年

6.《走进新课程——与课程实施者对话》 朱慕菊 北京师范大学出版社 2002年

《鸟语花香》之荷花教案设计

年级：七年级

课题：《鸟语花香》之荷花教学

课时：一课时

一、教学内容

本课选自浙人美版初中美术第十三册第四课，教学内容为中国花鸟表现技法，属于"造型·表现"领域里的教学内容。

二、教学目标

1.通过赏析，了解荷花的特征及人格精神的寓意，了解中国花鸟画的优秀传统，认知中国画借物抒情的艺术表现形式，同时引导学生体会笔墨的情趣与韵味，感受画家所寄托的人格精神及培养学生高尚的情操。

2.初步掌握画荷的技法，在良好的文化情境中培养鉴赏能力，提高人文素养及收集、处理信息的能力。

三、教学重难点

重点：感受荷花那种"出淤泥而不染"、挺拔向上的可贵精神及艺术作品中的象征意义，掌握画荷的技法及体验笔墨情趣。

难点：怎样使学生确切地把握笔墨干、湿、浓、淡的变化。

四、教学准备

教具：多媒体课件、图片、中国画材料等。

学具：毛笔、墨汁、宣纸、国画颜料、画毡（或报纸）等。

学生：收集荷花的图片，咏荷、吟荷的诗词。

五、涉及学科及教法

1.涉及学科有常识、文学、音乐等。

2.教法为启发式、诱导法、互动法、欣赏法、探究法。

六、教学过程

1.组织教学

（1）师生问好。

（2）情景导入。

师：同学们，在我们的周围生长着很多可爱的花卉，说一说你们最喜爱哪一种花？为什么？

生：（略）

师：现在我知道你们最喜爱的花是什么了，而老师同样也有自己最喜爱的花，请你们猜一猜是什么花？

师：播放古筝乐曲《出水莲》并朗诵"毕竟西湖六月中，风光不与四时同，接天莲叶无穷碧，映日荷花别样红"。

师：同学们，都知道是什么花了吧？

生：（略）

师：展示收集的荷花图片。这些荷花美不美？那么，今天老师就和大家一道走进荷花的世界，去感受荷花的高尚和秀雅。

2.赏析荷花

（1）多媒体介绍

（播放《出水莲》古筝乐曲，点击课件进行解说）

师：荷花，又称莲花、水芙蓉等，为多年生植物。其根茎为藕，可食用。荷叶大而圆，翠绿如盖。夏日开花，夏秋交替时盛开，花色主要有红、白两种，亭亭玉立，娉娜多姿。当晨风拂过时，清香远溢，因而被誉为"翠盖佳人"、"花中君子"。

"江南可采莲，莲叶何田田"，《诗经》说："彼泽之陂，有蒲与荷。"荷花的生长不仅历史悠久，而且全身都是宝，莲子可药用，藕与莲子的食法也颇多，家喻户晓。

（2）展示课例

师：欣赏宋画《出水芙蓉图》（佚名）。为什么自古至今，荷花备受人们青睐？

生：（略）

老师归纳解说：荷花不仅色、香、韵、姿俱全，而更为突出的是它那种"不染"、"不妖"的性格。这幅宋画把"出淤泥而不染"的特质细腻地表达出来。

古往今来，颇多文人墨客赞誉荷花，如宋代周敦颐的《爱莲说》曰："予独爱之出淤泥而不染，濯清涟而不妖。中通外直，不蔓不枝，香远益清，亭亭净植，可远观而不可亵玩焉。"不但写出了莲花美丽的外形、芬芳的气质，而且对它那高洁的品德、美好的情操、正直的作风做了惟妙惟肖、尽善尽美的描绘，充分表达了作者对莲花的倾慕之情。

师：你能说一说你所熟悉的咏荷的文人以及画荷的画家吗？

生：南宋诗人杨万里，近代画家张大千、齐白石等。

师：让学生朗诵南宋诗人杨万里《晓出净慈寺送林子方》这首咏叹荷花的经典绝唱。

生：朗诵。（加强领悟）

师：展示（点击课件）张大千的佳作《金荷》、《墨荷通屏》，齐白石的《映日》等。

师：从这些画中，你能感受到画家的一种什么情感？你说说中国传统画的特点吗？

生：活动（略）

教师归纳：荷花生性倔强、宁折不屈、傲然挺拔的铮骨。中国传统画的特点是以物寄情，托物言志。

3. 画荷

（播放音乐《渔歌唱晚》）

师：演示画荷，学生观摩。

（1）突出线条的精细、疏密和浓淡。

（2）花瓣的聚散和朝向，及勾花与点花。

师：请同学们根据对荷花的了解，尝试画一画。

生：活动（略）

师：巡视辅导（鼓励与欣赏），让学生感受画荷的愉快。

师：利用课件展示画荷的过程，让学生进一步体会笔墨的特点。

生：（活动）根据自己的兴趣和爱好，以自己最为熟悉的诗词、文章或优秀图画作品为内容进行大胆创作。

4. 展评与拓展

（1）展评

师：展示部分学生作品，指导学生进行自评、互评。

提示：

① 作品构思的意境；② 运笔是否流畅、大胆；③ 笔墨韵味效果的体现。

（2）拓展

师：（点击课件）展示宋代崔白的《寒雀图》、近代画家王寒的《桃花飞燕》及近代画家潘天寿的《雁荡山花》等作品。

师：中国优秀传统画的特点是什么？

生：以物寄情，托物言志。

师：同学们还知道有哪些花同样也被文人墨客、画家所深深喜爱，推崇为创作对象？

生：梅、兰、竹、菊，古人称为"四君子"。

师：你知道哪些画家画"四君子"最具盛名？

生：郑板桥、张大千等（多媒体展示部分佳作）。

师：请同学们在课后运用中国画的表现方法，尝试画一画梅、兰、竹、菊，并举办一次小型的国画展。

美术学习档案袋评价的操作策略

浙江省玉环县干江镇初级中学　　杨合文

【摘　要】本文从美术学习档案袋的创建、保管、评价等三个方面阐述了美术学习档案袋评价的操作策略，重点放在评价上。关于评价的操作策略，从评价原则、评价主体、评价内容、评价形式、评价方法、评价途径、评价标准、评价时间等八个方面进行了详细而具体论述。

【关键词】美术学习　　档案袋评价

档案袋评价作为一种新的评价方法，越来越受到人们的欢迎。将档案袋评价运用于美术教学评价上，应该是当前美术教学中比较理想的评价方法之一。档案袋评价无论是从评价的内容、功能、方式，还是评价的主体都与传统的评价有着较大的区别。档案袋评价是指用一种具体的、明确的、完整的程序，根据学生档案袋中所提供的信息源，对学生学习的情况进行评价的过程。它的目的不在于对学生学习结果做出肯定或否定的结论，而在于教者根据第一手资料，综合、整理、归纳出学生美术学习过程的特点，不断调整自己的教学，从而促进学生的发展。

一、美术学习档案袋的创建

创建美术学习档案袋是开展档案袋评价的一项重要内容。我们通过文献研究和借鉴其他学科的建档经验，开展了美术学习档案袋的创建工作。主要包括以下几方面：

（一）档案袋的外形设计制作

美术学习档案袋的"袋"可以有两种选择：一种是用现成的，即让学生到文具店购买档案袋或由教师统一购买后发放给学生；另外一种是学生自己动手设计制作。使用前一种的好处就是全班学生的档案袋很统一，这种方法用在其他学科上也可以，但运用在美术学科上就有些缺憾，因为不能从封面上反映出学生的能力和个性。学生自己设计制作档案袋又可以有两种选择：一种是不制作档案袋，只设计封面，学生将设计好的封面直接贴在购买来的档案袋封面上，适合能力一般的学生；另外一种是既制作档案袋又设计封面，适合能力较强的学生。学生可以根据自己的能力任意选择一种制作方法。设计制作档案袋时，尽量做到既统一又有个性。

（二）确定档案袋的内容

档案袋评价实际上主要是通过对档案袋内容的评价，从而实现对学生在学习中表现出来的学习态度和学习特点等方面做出评价。因此档案袋的内容在档案袋评价的操作过程中起着关键的作用，它是对学生学习情况进行评价的依据。那档案袋里应该放哪些能表现学生学习情况的资料呢？在教学实践中，我们在参考相关文献基础上最终确定了档案袋的内容，主要包括以下几个方面：美术作业的最终稿、自我评价以及他人评价的记录表、课外所画的画以及入选说明、搜集的有关文字和图像资料、自己喜欢的图片等。另外，需要说明的是，针对不同年龄段的学生，教师可以根据实际情况有所选择，对于部分内容可以暂时存放在档案袋里，学期结束总评时将其拿出来。在统一要求的基础上，我们允许个别学生可以有一些个性化的东西，也就是说做到"大"统一和"小"差异相结合。

二、档案袋的保管

档案袋可以让学生自己保管，也可以由教师统一保管。学生自己保管档案袋，便于及时存放自己的作品和资料，及时了解自己作品的优劣和修改作品。如果由教师保管，则需做好发放和收集工作，定期让学生带回家请家长观赏。我们在教学实践中，采取以学生保管为主，教师定期检查的方式，到期末将学生所有的档案袋集中，进行评价、展示。

三、美术学习档案袋的评价

学习档案袋的评价是指对学习档案袋中作品的评价（单独评价）及将学习档案袋作为整体（整体评价）进行评价这两个方面。评价具有导向功能。教师或其他相关人员对学习档案袋进行的评价，其相应的评价报告将在很大程度上影响学生今后的发展，因此科学地评价是学习档案袋在教育教学实践中有效地发挥作用，以及真正促进学生按既定目标发展的关键。档案袋的评价功能是由侧重甄别转向侧重发展，使学生在收集、整理、鉴别、欣赏、完善自己作品的过程中，不断提高自己的知、情、意、行等方面的综合能力，增强学习自信心，激励最佳学习状态，提高审美能力，获得成功的喜悦，为学生的全面发展和终身发展奠定基础。

在教学实践中，美术学习档案袋的评价主要包括以下几个方面：

（一）评价原则

评价原则是进行评价的指导思想，它直接引导评价的方向，是进行评价的指导思想。根据美术课程评价的相关理念，我们在研究过程中坚持"突出发展性和主体性、把握整体性和公正性、体现鼓励性和激励性、重视过程性和全面性、注重反思性和及时性、倡导多元性和创造性"的原则对学生的美术学习档案袋进行评价。

（二）评价主体

档案袋评价强调以学生自我个体评价、学生与学生相互评价为主，从而他们也就拥有了判断自己学习质量和进步的机会。开展学生档案袋评价工作，其目的是激励学生积极向上，促进学生更好地发展。要实现这个目的，根据动力学原理，就必须把学生的内在动力因素（学生本人）和外在动力因素（同学、教师、其他人等）都调动起来。因此，我们把档案袋评价的主体定为多元的，即学生、教师、家长等都可以成为评价者。

（三）评价内容

《美术课程标准》中的评价建议指出："美术教学评价既要通过美术作业评价学生美术学习的结果，更需要通过学生在美术学习过程中的表现对其在美术学习能力、学习态度、情感和价值观等方面的发展予以评价，突出评价的整体性和综合性。"从中我们可以看出，美术教学评价应该是要对学生进行多元化、多角度、全方位的评价。

1．档案袋评价的内容

美术教学评价应该是要对学生进行多元化、多角度、全方位的评价。教师在教学中可以对学生的身心发展差异、智力差异、能力差异、性别差异、个性差异等方面进行评价，也可以对学生的情感价值、态度价值、技术价值、创新价值、审美价值、认知价值等方面进行评价。我们根据《美术课程标准》，综合学生的各个方面，结合美术学习档案袋评价的实际，在学习文献和与学生商量的基础上，确定了档案袋评价的内容。

主要包括以下几个方面：

（1）档案袋外形的设计制作。指按要求设计制作档案袋，对档案袋的设计制作情况，如是否符合要求、设计制作质量等进行全面的评价。

（2）档案袋的保管。指从学生拥有自己的学习档案袋开始，到学期结束，根据学生对学习档案袋的保管情况，如是否有损坏、弄脏等进行评价。

（3）美术课堂活动中的表现。包括学习态度、学习目的，是否积极思考、大胆发言、小组合作，是否有违纪现象等等。本项内容主要以学生自评和小组评议为主，教师进行不定期的抽评。

（4）美术课堂作业及评价表的完成情况。按要求学生必须完成的课堂作业，但由于上课时间的关系未能完成的，学生可以在课余时间抽空完成。在作业完成之后，要对本张作业进行评价，包括自评、互评、组评、师评等，并把评价情况记录在"美术作业评价表"上。

（5）美术课外作品及入选说明。鼓励学生课外多画，用绘画的形式记录身边发生的事情；多画一些自己喜欢的或擅长的画，把自己认为比较满意的作品放入到档案袋内，并填写"美术课外作品入选说明"，说说为什么要入选到档案袋内，谈谈画这张画的过程及心得等。一学期每位学生至少要画10张左右的课外作品，并精选其中的5张存入档案袋。

（6）美术课前准备情况。学生在上课前应该在物质（如学具）上和知识上做好充分的准备，这样才能保障美术课的顺利进行。所以，开学初我们根据美术教材设计了"美术课前准备安排表"，每次课前要求学生根据"美术课前准备安排表"去做准备。

（7）期末美术知识小测试。美术学习是一种文化学习，学生不仅要能画画、画好画，而且要对美术基础知识有一定的了解。为了检验学生对美术基础知识的掌握情况，教师在学期末应设计一份试卷，其内容除了书本上学生应该要了解、掌握之外，还包括学生课外收集的以及教师上课时所提到的要求学生做笔记的内容。

（8）其他。为了使档案袋的内容既统一，又有个性，显现出学生的差异性，所以除以上内容外只要能够反映学生学习情况的其他信息，如比赛获奖证书等，都可以放入档案袋并作为评价的内容。

2．档案袋评价内容的权重

在确定了评价内容之后，各部分在整体中到底应该占多少比例呢？根据美术课程标准，通过座谈与讨论等形式，我们最终确定了各部分的比例：档案袋外形的设计制作占3%，档案袋的保管占2%，美术课堂活动中的表现占10%，美术课堂作业及评价表的完成情况占30%，美术课外作品及入选说明占15%，美术课前准备情况占10%，期末美术知识小测试占25%，其他占5%。

（四）评价形式

在传统教育中，对学生学习情况评价的形式只有一种，那就是教师的评价，而学生则无条件地被动地接受。现代教育的评价观决定了评价的形式应该是多种多样的，除教师评价外，还有学生的自我评价、同学间的互相评价、教师导评、他评、集体互评等等。

由于评价主体的多元化，决定了评价形式的多样化。在教学实践中，我们将这些评价形式渗透于教学的各个环节中去，落实到具体的评价内容中去，如美术教学作业评价表、美术课堂活动中的表现等方面都有教师评、学生的自我评价、同学间的互相评价等等。

（五）评价方法

在教学实践中，我们采用了多种多样的方法进行评价，如分数、等级、符号、评语、级别、物质奖励等。不管是用什么方法，其最终目的是要充分肯定学生的进步和发展，并使学生明确需要克服的弱点与发展方向。

（六）评价途径

对学生美术学习档案袋评价的途径可以是多种多样的，观察、记录、谈话、讨论、考试、考查、问卷调查等这些方法都可以采用。如对学生的美术作品的评价可以先进行讨论，然后把讨论的结果记录在评价表上。总之，不管是什么途径，只要能达到评价的目的，教师、学生都可以采用。

（七）评价标准

评价标准的制定是学习档案袋评价的重要环节。有了它，评价者不仅能客观、公正地进行评价，更重要的是能让学生明确自己的学习任务，并以此为依据对自己的作品进行自我评价、反思及改进。另外，有了一定的标准，也能使评价公开、公正、透明。根据美术新课标的相关理念，参考有关文献，结合学生实际制定了评价标准，具体如下：

表1　　　　　　　　评价内容与评价标准对照表

评价内容	评价标准
档案袋外形的设计制作（3）	A．设计独特、简洁大方、形式新颖、色彩和谐、制作精美。（3） B．基本符合要求，设计虽不是很独特，但制作精美。（2） C．基本符合要求，设计与制作都不是很好。（0）
档案袋的保管（2）	A．保管得很好，基本上没有损坏、弄脏。（2） B．稍微有一点损坏、弄脏。（1） C．完全弄坏。（0）
美术课堂活动中的表现（10）	A．学习态度端正，学习目的明确。在课堂活动中积极思考，大胆发言，思维活跃。课堂纪律好，没有违纪现象。（10） B．学习态度端正，学习目的明确。在课堂活动中能积极思考，大胆发言，思维活跃。课堂纪律较好，偶尔有违纪现象。（8） C．学习态度较端正，在课堂活动中能够积极思考，思维活跃，但不经常发言。课堂纪律好。（6） D．学习态度较端正，在课堂活动中能够积极思考，但不经常发言。课堂纪律较好，偶尔有违纪现象。（4） E．在课堂活动中，不能积极思考，认真学习。但课堂纪律较好。（2） F．在课堂活动中，不能积极思考，不能认真学习，经常扰乱课堂纪律。（0）
美术课堂作业及评价表的完成情况（30）	A．符合要求，画面整洁，和谐美观，构图合理，态度认真，并能积极完成美术作业评价表（或入选说明书）。（30） B．符合要求，画面整洁，不很和谐美观，构图合理欠好，态度欠认真，但能积极完成美术作业评价表（或入选说明书）。（25） C．基本符合要求，画面欠整洁，构图不合理，态度不认真，且未能积极完成美术作业评价表（或入选说明书）。（20）

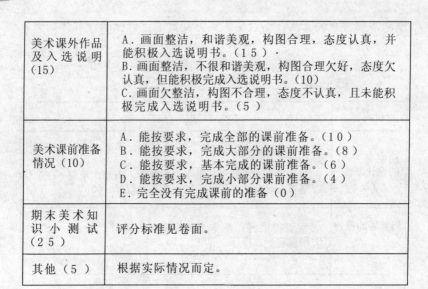

美术课外作品及入选说明（15）	A.画面整洁，和谐美观，构图合理，态度认真，并能积极入选说明书。（15）· B.画面整洁，不很和谐美观，构图合理欠好，态度欠认真，但能积极完成入选说明书。（10） C.画面欠整洁，构图不合理，态度不认真，且未能积极完成入选说明书。（5）
美术课前准备情况（10）	A.能按要求，完成全部的课前准备。（10） B.能按要求，完成大部分的课前准备。（8） C.能按要求，基本完成的课前准备。（6） D.能按要求，完成小部分课前准备。（4） E.完全没有完成课前的准备（0）
期末美术知识小测试（25）	评分标准见卷面。
其他（5）	根据实际情况而定。

（八）评价时间

由于档案袋的评价主体的多元化、评价内容的丰富性、评价方法的多样性、评价途径的多渠道等特性，决定了档案袋评价时间的不确定性。档案袋评价应该与美术教学相结合，贯穿于整个美术教学过程之中。所以在教学实践中，评价时间主要有三种，即随机评价、阶段评价和期终评价。

1．随机评价

随机评价渗透于教学过程之中，随时都可以进行。对学生在每次美术课堂活动中的表现、美术课前准备、美术作业及评价等方面随时进行评价，这样能使学生在一次次的评价中进行自我反省，让他们发扬优点，改进不足，逐步养成良好的学习习惯。每次评价后，我们要求学生将评价结果记录在相应的表格内，为阶段评价与终结评价提供基础与依据。随机评价，体现了评价的及时性原则。

2．阶段评价

阶段评价是以月（或四周）为阶段开展档案袋交流会，以展示、座谈等形式对档案袋进行的评价。为了提高学生对美术学习档案袋的兴趣，我们定期组织学生进行档案袋交流展示。学生以小组为单位交流自己的收获，介绍自己档案袋中的作品，然后由各小组选出代表在全班、全年级进行交流，给每个学生以展示才能的机会。通过阶段评价，使学生知道近阶段取得的进步，同时提出下一阶段努力的方向。

3.期终评价

所谓期终评价，也就是终结评价，是对学生整个学期的学习情况进行评价，其依据主要是随机评价与阶段评价的结果。

每次的随机评价与阶段评价都要记录自己的评价结果，在进行期终评价时，学生、教师根据记载的信息，做出整体性的评价。如美术课堂活动中的表现，一学期下来，学生可能有时是A，有时是C，有时是D等，然后教师根据各次记载的信息及学生自己的期终总评语给出一个比较实际的综合分数或等级，如B或C。当学生档案袋评价内容的每一项都有自己的分数或等级后，学生、教师将这八项内容的分数相加便得出这个学期学生的期终评价。因为这里面有自评、组评和师评，为了更加客观公正地反映学生的学习情况，最终我们与学生共同商量决定取自评、组评和师评三者的平均分作为本学期的成绩，即学生成绩=（自评分数+组评分数+师评分数）/3。

表2 终 结 评 价 表

序号	项 目	分 值	自评	组评	师评	总评
1	档案袋外形的设计制作	3				
2	档案袋的保管	2				
3	美术课堂活动中的表现	10				
4	美术课堂作业及评价表的完成情况	30				
5	美术课外作品及入选说明	15				
6	美术课前准备情况	10				
7	期末美术知识小测试	25				
8	其 他	5				
	总 计	100				
我的心声						
老师的话						

为了淡化学生的分数观念，我们研究决定将分数换算成等级，具体如下：优秀（91—100分），良好（76—90分），合格（60—75分），不合格（60分以下）。除了分数或等级外，我们要求学生对学期的总体表现及想法、感受用文字写出来，即"我的心声"，另外，我们也对学生整个学期的表现进行评价，并写一些鼓励和激励的"老师的话"。

为了表扬和鼓励在本学期美术学习中表现突出的学生、学习小组，在期末我们进行评比，并给他们一定的物质奖励。

参考文献

1.《促进教学的课堂评价》 W.James Popham 著（美） 国家基础教育课程改革"促进教师发展与学生成长的评价研究"项目组 译 中国轻工业出版社 2003年

2.《全日制义务教育美术课程标准教师读本》 华中师范大学出版社 2002年

3.《记录袋的基本原理与应用》 国家基础教育课程改革 "促进教师发展与学生成长的评价研究"项目组著 陕西师范大学出版社 2002年

兴趣引领 乐学保障 持续发展

——引导儿童美术乐学方法之我见

林维山　张怀清

【摘　要】让兴趣成为儿童乐学的切入点；让有效的过程管理成为儿童乐学的保障线；让具有独特个性发展的教学过程成为乐学的动力面。通过有效合理的方法使学生的乐学兴趣得到健康持续的发展。

【关键词】点　线　面

近年来，我们在开展艺术教育的研究实践过程中，努力改变学生原有的单纯接受式的学习方式，注重培养学生通过自主参与学习活动，获得亲身体验，逐步形成一种在日常学习与生活中喜爱质疑、乐于探究、努力求知的心理倾向，激发探索和创新的积极欲望。这一过程我们把它称为儿童美术乐学三步曲，现表述如下与大家探讨。

一、让兴趣成为儿童乐学的切入点

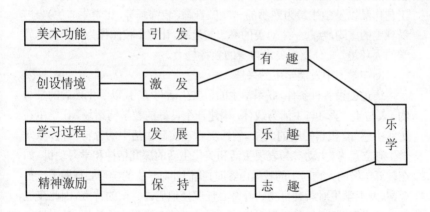

1.运用美术学习的功能引发学生兴趣

长期以来，人们对美术的教育功能缺乏认识，不知道学习美术有何作用，都认为学习美术就是为了当画家，当不了画家不学美术也无妨，因此人们习惯把美术学习当作一种兴趣,没有了这种兴趣就无须学习。学生是如此,家长更是这种想法。在这种背景下,要引发学生对美术学习的兴趣,美术老师要做好向学生、家长宣传美术学习的功能之所在的工作。因此在教学中我们经常向学生讲解美术与人们的衣、食、住、行的关系,以及美术学习所造就的各种能力,如动手、观察、感觉、形象思维等。让学生真正明白美术学习是其他学科无法替代的,它对于一个人一生的作用是无法估量的。我们特别重视每一届新生的第一堂课,在课堂上提出"美术学科对我们一生的影响有多大"的问题,围绕这一主题展开讨论,然后教师通过幻灯片展示来说明美术学习的功能,让他们第一节课就能领会美术学习的意义,从而让他们喜爱上美术,上好每一堂课。

2. 在创设情境中激发学生兴趣

我们在校园里开辟了室外壁画园地,在校园醒目之处及走廊上展出学生的美术作品,并充分发挥校园橱窗的阵地作用,经常在橱窗中展示课堂美术成果,如课堂作业展、泥塑作品展、树叶拼贴画展、石头像展,还有个人习作展、优秀作品汇报展、迎节日展等。我们还开设了笔墨情趣、国画课堂、绘画天地、小画廊等栏目,经常组织学生观赏在全国各类比赛中获奖的作品及一些古今中外闻名遐迩的大师作品,欣赏各个时期的建筑、工艺作品以及学生最为熟悉的一些广告画、装饰画等,让学生产生兴趣,受到美的熏陶,唤起学生对美的渴望与追求。让整个校园作为一个美术教学的大环境,充分发挥美术自身的独特魅力。

3. 在学习中发展学生的兴趣

通过创设各种条件,联系学生的日常生活与学习,以学生熟悉的景与物、人与事、学习与生活为载体,构建一个良好的教学情绪场,让学生在实践中感知、积累生动的表象,领悟美术在实际生活中的独特价值,激发学生独立思考,主动参与表现生活和美化生活的探究精神和学习动机。如在教五年级的人物写生的教学内容时,我们针对学生的学习心理做了一番观察,发现学生对新鲜事物的好奇心理驱使他们去尝试的特点。因此在进行人物头像写生时,我们采用化装手段给模特儿增强形象特征,吸引学生注意,提高作画兴趣。又如教师节时布置学生给老师设计一张贺卡;运动会时让高段学生参与会徽的设计;春节来临时画一张喜庆的年画;每学期规定不少于一次走出校门进行写生活动等。从学生的生活实际出发,让他们领会美术的价值。

4.用精神激励来保持兴趣

所谓精神激励就是通过精神奖励来诱发学生的学习动力，激发他们的学习积极性，这包括各种形式的表扬、嘉奖及荣誉等。如每一学期我们都根据学生的学习需要设计了新颖、美观的贺卡（作品收藏卡、课堂发言积极卡、课堂表现突出卡、认真卡、进步卡等）进行奖励，并在每一学年开展"十佳小画家"、"画坛小荷"、"书画小雏星"、"优秀小画家"等角色的评比。还为每位学生设计了自己的成长记录袋，记录他们在学习过程中的每一个足迹，激发他们对美术的学习热情。

另外，我们还给学生以角色，成立学校小书画家协会，让每位同学都有机会成为校园明星，以此激发、保持他们的学习热情。

二、让有效的过程管理成为儿童乐学的保障线

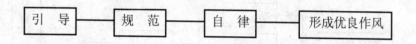

"过程管理"是指对教育者在落实其教育目标、任务的过程中，学生所表现出来的行为准则，如学生的美术材料准备情况、学生在课堂上的学习纪律、学生完成作业的态度等进行科学、合理的规范。俗话说"没有规矩不成方圆"，学生在学习活动和交往过程中必定会受到多方面的影响，他们还没有辨别是非的能力，很多学生心中只有语、数课，往往把美术课当作一门休闲课，为所欲为，这种现象很常见，加上学校、家长、社会对美术教育的功能还认识不足，这势必会给学生的美术学习带来很大的负面影响。如果教师能采取积极的引导和规范化的教育，这对学生的美术学习的影响是积极的、持续的。因此，我们采用的策略是"引导先行，规范随后"，进行有效的过程管理。

每一堂课，我们都要对每位学生的六个方面的表现进行登记，如材料准备、课堂发言、课堂纪律、作业新颖有创意、作业进步、获得贺卡次数等。通过引导、规范，让学生形成习惯，让这种习惯在规范中养成，营造一种积极向上的学习情境，为学生成功乐学做了保障。（附登记表格）

姓名	材料准备情况	课堂积极发言认真思考	课堂思想表现	作业新颖富有创意	作业进步情况	获得贺卡次数

三、让具有独特个性的教学过程成为乐学的动力面

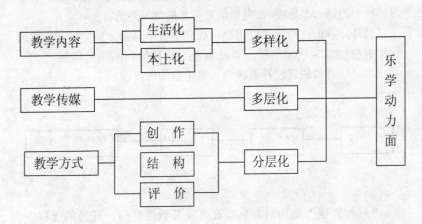

1. 教学内容多样化

教学内容涉及小学生的心理、生理、思维特点，同时，也是能否诱发学生积极参与创作的关键，根据新课标的精神实质，并结合本校的具体情况，选择以下内容：

① 生活化的内容

想象是现实的反映，丰富的现实生活是想象的基础。因此，在教学中要着重引导学生去观察生活、了解生活、思考生活、体验生活，并把教学内容划分为以下几个单元，如校园生活单元，家庭、社会生活单元，自然与人的关系单元等，使之进行生态式艺术教育。

② 本土化的内容

我们的家乡是美丽的畲乡，全国惟一的畲族自治县。这里有独具特色的婚嫁习俗、生活习惯，还有民族特色浓郁的"三月三"节日，被人们誉为"歌的世界，舞的海洋"。而在我们的眼里，这里更是美术创作的源泉，在这方面我们重点研究了畲族茶、竹、酒及服饰等文化课题。其

中课例"畲族的茶文化"，获得了2003学年浙江省教研室举办的全省课例评比一等奖。

2. 教学传媒多层化

媒介是艺术创造和表现的重要环节，面对现代教育媒体的多样性、教学内容的丰富性、学生的差异性，我们认真思考如何把传统媒体中的黑板、挂图、实物等与现代媒体中的电脑、电视加以综合运用，使教学更加新颖化、科学化、现代化，而学生则可以根据自己的喜好与特长选择不同的工具、材料，避免作品的单一。我们为学生营造自由、和谐、愉快的学习氛围，使学生对学习活动充满兴趣和热情，积极参与活动，把全部精力和注意力都集于活动之中，在轻松、快乐的气氛中感受学习的愉悦。

3. 教学方式分层化

在教学方式上，我们努力改变传统的做法，尽可能做到创作、结构、评价的分层，实现分层导学，整体激励。

① 创作分层：学生在课堂创作中根据自己的个性特征，以及对审美客体的理解不同，可选择归属于自己层面的创作内容和创作方式，以满足自己强烈的创作欲望，培养自己的创造能力。如四年级第八册《放学了》一课：基础差的学生，可临摹书本，画几个人物动态，并进行细心刻画；基础中等生，可以参考书本，画出几个人物动态，并有一定的生动性；基础好的学生，则要求脱离书本，画出的人物动态较为形象、生动、有趣。

② 结构分层：教学中根据教学内容与学生的思想特点，由浅入深，由简到繁，要求画出的人物动态较为形象、生动、有趣。

由旧到新的特点，将课堂结构分层深入，学生可选择自己层面的内容选择听讲。例如：一年级第二册《神气的大公鸡》一课，我们要求基础差的学生，通过本课学习，基本上要掌握公鸡的外形特征及基本的表现方法；基础中等的学生除了掌握公鸡的外形特征、基本的表现方法外，还要掌握如何个性化地表现公鸡的方法；基础好的学生，除了以上之外，还要注重对公鸡的"神气"的表现。

③ 评价分层：对于知识结构、思维能力、创作表现能力处于不同层面的学生的课堂作业，采取分层评价，使每一位学生通过自己的创作，都能感受到成功。如以"星级"的评价方式要求学生的作业：

★ 基本上能画出蜗牛的外形特征。

★★ 能基本上画出蜗牛的外形特征,并给蜗牛配上一点背景。

★★★ 画出三只不同动态的蜗牛,并能较好地把握蜗牛的外形特征。

★★★★ 以故事情节画出一群生动、可爱的蜗牛。

当然,每一次的作业评价都没有固定的评价方式,如一年级第二册《神气的大公鸡》一课,我们是以"一斤、两斤、五斤、十斤"的标准来评价的,有时还要加上一句激励语,如"你真棒"、"加油"等。总之,没有不好,只有更好,肯定学生的每一点进步,帮助学生培养成就感,这才是我们美术教学的有效手段。

参考文献

1.《美术新课程教学法》 相毅敏 开明出版社 2003年

2.《新课程评价操作与案例》 严育洪 首都师范大学出版社 2004年

3.《美术教学论》 王大根 华东师范大学出版社 2000年

感悟、体验国画的魅力

——乡镇高中传统绘画教学中的问题及其应对策略

浙江省缙云中学　　王爱武

【摘　要】中国传统绘画的教学是高中美术欣赏课中比较重要的内容。针对在教学中所碰到的问题，分析其原因，制定相应的适合本土教学的对策。

【关键词】中国传统绘画　　教学问题　　解决策略

中国画是传统文化的重要组成部分，是民族文化的瑰宝。学生通过对中国传统绘画的鉴赏和学习，可以增强民族意识，培养爱国情操，对陶冶性情、提高审美素养、促进学生个性发展有着重要的意义。

但是近几年，在高中美术欣赏课"中国传统绘画"的教学中，我们发现学生对中国画的关注程度正在慢慢降低。以往学生会对意境深远的国画惊叹连连，现在几乎听不到了，更多的学生是不屑一顾，有的学生甚至大发感慨："唉，黄黄的，没色彩，太老土，太深奥了……"在学画中国画的练习中，很多学生都没有带齐画国画必用的工具材料，教学的效果可想而知。针对在教学中所碰到的这些问题，分析其原因，制定相应的对策。

问题一：条件的限制，外来文化的影响，使得学生对国画的接触机会少之又少。

对于小城镇的学生来说，因为地理条件的限制，不可能经常有机会欣赏国内外的优秀绘画作品。乡村的学生即使偶尔进城去看画，那也是冰山一角。现在真正能够从小感受国画之美的学生，是少之又少。有个学生写道："我喜欢中国画，可能是家里挂的中国画比较多吧。特别是山水画，有很清、很静的小河，有高耸入云的山峰，山尖云雾缭绕。看了以后能让人有种飘飘欲仙、身临其境的感觉。"

在日常生活中，学生接触到的大部分是漫画。有个学生说："我特别喜欢西方的漫画。如果没有了漫画，我的童年、我的人生将会有很大一片是空白。我虽不喜欢日本人，但我 LOVE 日本的漫画。" 从学校漫画社团和COSPLAY社团的活动内容来看，学生最喜欢的都是日本动漫作品。

解决策略：教学中合理利用网站资源，在学校的宣传橱窗中经常展示并介绍一些国画作品或图片，及时提供大城市的画展信息，让学生能够在日常生活中多感受国画作品的美。

现在互联网络非常发达，在电脑前点击鼠标，就可以纵览古今中外经典美术佳作，如浙江博物馆、上海美术馆、上海博物馆、故宫博物院等等，它们大量的藏品都可以在网站上一收眼底，还可以把作品放大缩小，有的甚至还有三维演示，让观者体验真实的临场感。而且只要你有时间，随时都可以欣赏、评鉴。如花鸟画的教学，课前笔者布置学生到网上收集自己喜欢的花鸟画家的资料，教学中也可直接登陆有关网站，结合作品分析讨论，为学生提供更大的信息量。

在教学中学生对齐白石的画非常熟悉，主要的原因是学生在平时能接触到的国画图片中，齐白石的作品比较常见，而且他的作品风格简练，栩栩如生，让人看一眼就能留下深刻的印象。所以，作品接触得多了，自然而然就喜欢上了，喜欢了就会反复去品味。因此在学校的宣传橱窗中，除经常展示一些中国传统国画图片外，也可以展示教师、学生的国画作品。如在每次学生上过国画练习课后，可挑选部分优秀作品进行展示。既丰富了学生生活，又树立了学生的自信心，产生了你行我也行的学习动力。现在假期较多，很多学生会在假期中到大城市游玩，教师在平时多留意大城市举办的各种画展的内容、地点、时间等信息，及时提供给学生，以便学生前去欣赏，利用这些机会多接触美术作品。

另外，也是期望美术工作者能够多创作一些优秀的国画风格的简洁直观的动画片、漫画书，因为艺术的熏陶应该从小抓起。学生之所以对日本动画这么喜爱，跟社会这个大环境的宣传分不开，如果当前社会也能对民族艺术的精髓（国画）大力宣传，营造一种理想的艺术氛围，学生对国画的欣赏观念也会改变的。作为美术教师，平时多留意收集这方面的素材，适当介绍一些类似《小蝌蚪找妈妈》、《牧笛》等具有浓厚的国画韵味的动画片，活跃课堂气氛，激发学生的学习兴趣。

问题二：对国画的欣赏比较肤浅，缺乏深层次的鉴赏。

从课堂提问和学生的理论作业来看，对国画作品进行赏析时，学生的分析比较肤浅，缺乏深层次的鉴赏。欣赏美术作品，是对美术作品的领略、品味、体验和赏识的审美过程，是人类高级的、复杂的、特殊的精神活动，要求观赏者深入其美的情境之中，并要走出情境，反复品味、玩赏，不断思索其深邃的内涵和隽永的意味。欣赏还包含着某种程度的品评作品的审美价值，即鉴别的审美活动。学生在作业中写道："欣赏国画，我们不可能立即体会其中的奥妙，所以就须继续去欣赏，慢慢揣测其中深意。"事实上很多的学生一看到"黑不溜秋"的国画，首先思想上就产生了排斥感，目光马上离开了画面，久而久之，看到国画就不喜欢，那怎么能谈得上欣赏呢？要让学生能够欣赏，甚至是鉴赏，首先得教学生如何欣赏。

解决策略：针对教学内容，合理安排欣赏教学模式，让学生真正学会鉴赏国画。

在具体作品的欣赏过程中，学生一般有三种反应。一是喜欢或不喜欢；二是喜欢的话，对作品进一步欣赏、玩味，从中获得乐趣；三是激发起自己的创作欲望。笔者认为"描述、分析、解释、判断"这种过程的模式比较适合山水画的欣赏教学。

以欣赏倪瓒的《六君子图》为例。

第一步是描述阶段。画面描绘了江南秋景，首先映入眼帘的是近处平缓土坡上相互簇拥的六棵树，由近及远，掠过浩渺的江面，远山孤立，气象萧疏。

第二步是分析阶段。"题为《六君子》，怎么不见人呢？"原来六君子是指松、柏、樟、楠、槐、榆六棵树。让学生感受体会每棵树的特征和用笔上的特点，以及江南山水的特性从哪些方面可以体现出来。在王维的《山水论》中有这样一句话："观者先看气象，后辨清浊。"也就是说：欣赏一幅山水画，先要看它的整体效果是否气韵生动，然后再看具体的笔墨技法。

第三步是解释阶段。"为什么称六棵树为六君子呢？"教师简要介绍一下倪瓒的生平，并提示学生结合元代的政治、文化等背景要素和作者的性格，分析作品所传达的信息。再看画面上黄公望的题诗："远望云山隔秋水，近看古木拥坡陀；居然相对六君子，正直特立无偏颇。"原来是借景抒情，元代对汉族知识分子的民族歧视，成为艺术家挥洒笔墨的精神动力。画家为这些树木写照另有寓意，黄公望的诗即已点明。倪瓒认为自己作画"不求形似，聊以自娱"，所以画面用笔简洁疏放，但柔中有刚，具有独特的意境。

第四步是判断。元代的画家在社会的影响下，绘画强调表现画家的主观意识和笔墨趣味。"不求形似，聊以自娱"，代表了中国古代文人画的一种重要倾向。中国山水画借物抒情、托物言志的共性，经营画面的个性，一目了然。而隐含在山水之中的民族气节，被一代一代的文人画家传承着，已然突破了狭义的个人情结，上升为更为广义的中华民族的气节。

另外，从欣赏书法入手，以线带面直至整体画面的意蕴。元代开始的中国画，把诗、书、画、印完美地结合在一起，丰富了画面内容，加强了意境。对于书法，上到高官，下到平民百姓，都非常喜欢，即使是龙飞凤舞的狂草，大部分人也都能接受。

如果学生不仅能欣赏，而且能够创作，这就说明学生已经能鉴赏并能把自己鉴赏所得，以绘画的形式表现出来。例如，有个学生在中国山水画练习课中创作了一幅小构图山水，画面上，枯树横斜的山冈边，有青瓦小屋几座。一条潺潺的溪流绕过山冈，一座小桥横跨之上。远山朦朦胧胧的，空间一下子悠远起来。画上题诗云：古道西风瘦马，小桥流水人家。整个画面的意境马上突显。

问题三：学生对传统诗词了解不多，在欣赏时很难体会作品表达的意境。

苏东坡曾说过："味摩诘之诗，诗中有画；观摩诘之画，画中有诗。"中国古代诗人用文字做笔墨，寄情山水，而画家用笔墨做语言，抒情达意。如果不了解诗词，再好的画，也很难打动学生的心。

解决策略：在欣赏时，多引用诗词加强画的意境，因为诗词是欣赏情感的催化剂。

学生能触景生情，最主要的原因是，有深厚的诗词修养，就能够感受画面中传达出的诗意。鉴于此，课前可查找一些相关的诗词，在欣赏时作为导入语。例如欣赏唐代周昉的《簪花仕女图》，学生对仕女的眉毛样式很费解，这时就可用唐代的审美观点简略地说明一下，并引诗为证。这是唐玄宗在宠幸杨贵妃后被冷落的梅妃江采苹写的哀怨诗《谢赐珍珠》："桂叶双眉久不描，残妆和泪污红绡。长门尽日无梳洗，何必珍珠慰寂寥。"《簪花仕女图》中仕女的眉毛正是当时最流行的眉毛样式之一"桂叶眉"，学生听了释然。欣赏顾恺之的《洛神赋》时，可让学生听一听曹植在《洛神赋》中描写洛神之美的片段："其形也，翩若惊鸿，婉若游龙。荣曜秋菊，华茂春松。仿佛兮若轻云之蔽月，飘飘兮若流风之回雪。远而望之，皎若太阳升朝霞；迫而察之，灼若芙蕖出渌波……"欣赏徐渭的《墨葡萄》，可先看画面上的题诗"半生落魄已成翁，独立书斋啸晚风；笔底明珠无处卖，闲抛闲掷野藤中。"

有了诗词，国画欣赏不再枯燥乏味，学生也能慢慢地喜欢国画，感受国画的意境，并理解作者作画的原意，加深对国画的了解。例如以下几位学生的评析："王冕的《墨梅图》，只寥寥数枝就表达出了梅的刚劲及柔美，使我想起那句'无意苦争春，一任群芳妒；零落成泥辗作尘，只有香如故。'更有屈原'众人皆醉我独醒'的孤高，表达了他不愿同流合污的政治态度。""夏圭的《雪堂客话图》，第一眼就给人宁静致远的感觉，整颗心都安静下来，整个人都融入画中。此画印象最深刻的，是那一叶扁舟，让人想起'一蓑一笠一扁舟，一人独钓一江秋'这句诗。""中国诗文中的意象在我的脑海中印象深刻。而中国画的飘逸自然、情景交融的意境也深深地占据着我的心。画家把他对自然的感受全部融入画中，包含了耐人寻味的意蕴。""欣赏《青卞隐居图》，让我想起了王维的'明月松间照，清泉石上流'的诗句。"

问题四：在国画练习时，学生兴致不高，而且基本不带工具材料。

国画欣赏教学中，安排一定内容的国画练习，使学生直接体验国画的笔墨韵味，对提升学生的学习兴趣和鉴赏理解有很大的帮助。可是上国画练习时，课前布置学生带国画的工具材料，往往只有一两个学生带了，而且常常没有带全，以致教师无法正常地开展原定的教学，满腔热情的设想，也往往被学生无情地浇灭了。

解决策略：激发学生兴趣。有些材料可让学校统一配备，并充分利用现有工具材料。

学生兴致不高，不带工具的原因主要有二：一是专门的国画工具材料很难准备；二是学生觉得画国画太难了。针对以上两点，笔者申请让学校为学生准备宣纸和墨汁，其他工具就利用学生现有的。

在练习前展示了上届高二学生利用各种自创工具画的国画作品。上课时，教师开门见山地宣布，今天练习国画。学生一愣一愣的，惊讶无比。他们觉得什么都没准备，怎么画国画呢？好奇心一下子被激发了起来。当教师把宣纸发给学生，把墨汁倒给他们时，他们得寸进尺地叫："老师，笔呢？"教师利用学生的草稿纸，迅速地卷成细长条，一支长长的笔就做好了，并用纸做的笔蘸了点墨汁，在黑板上画开了。在学生的惊叹声中勾勒好了山的主结构，接着再用另一支纸做的笔皴擦。然后，从口袋中摸出一叠餐纸巾，在杯子中吸了点水，并蘸上一点点墨，染出山的体积感觉。最后，点上浓墨。至此，学生已经摩拳擦掌、跃跃欲试了。学生搓好纸笔后就兴趣盎然地画开了。材料、技法多种多样，有的用草稿纸当笔，有的用棉签当笔，有的用手指当笔，有的干脆把墨汁倒在纸上用笔筒吹，吹成一棵树。作品完成后，教师提示学生可以在画面上题诗、题名，并盖印（当然，这里指的盖印，确切地说是用红色的笔画上去），大家都很认真、很自豪地完成创作。学生的作品风格各异，有的大胆豪放，有的细腻婉约，还有些作品把诗书画印完美地结合在一起。练习课是学生对国画技法的简单尝试，在感受国画意韵的同时，也让学生表达了自己的情感，对于发展其个性、培养其创造的意识和能力，是很有实效的。

通过以上措施，促使学生以积极的态度和强烈的渴望去认识国画，以最大的热情，用新的方法、新的理念去参与国画创作。学生评析国画作品，各抒己见，反映了新时期新文化影响下学生对传统绘画不同的心理感受，学生创作的国画作品，体现了国画更为多样的创作手法和更为宽广的创作空间。学生对传统国画新的认识使以往的局面有了很大的改观。

　　中国传统绘画的教学是高中美术欣赏课中比较重要的一个部分。笔者在教学时所碰到的问题，在小城镇学校中是比较普遍的。而如何完善教学，还有待于我们在实际的教学中更深层次地加以研究和实践。

参考文献

1.《美术教学与现代信息技术整合中的问题及其应对策略》　张颖　《中国美术教育》2005年第6期

2.《普通高级中学艺术欣赏美术教学参考用书》　人民美术出版社　2003年

谈保持小学高年级学生美术学习兴趣的有效策略

浙江省丽水市莲都区中山小学　　俞苗

【摘　要】小学高年级是小学美术教育的困难期，多方面的原因使这一时期的学生对美术的学习兴趣大大减退。根据高年级学生特有的心理需求，因需纳教，更灵活、更实用地组织教学，通过多种多样、行之有效的技能训练，加强美术与各学科间的整合，使学生对美术学习重新充满信心，让儿童早期的学习热情与兴趣得到及时的延续与发展。

【关键词】高年级　美术教学　激发兴趣　因需纳教

熟悉整个小学阶段美术教学的教师都会发现，小学生美术发展过程中有这样一种令人困惑的现象，在小学低中年级学生的美术作品中充满了天真的幻想、纯朴的造型、绚丽的色彩、大胆的表现力，但是到了高年级，部分学生的美术作业开始变得拘谨、呆板，绘画热情也逐渐消失，绘画技能就此停顿不前。这已成为世界公认的美术教育困难期。对于这个美术教育困难期，专家们作了如下分析：

●艺术教育家 H·里德认为，大约在 11 岁的时候，儿童便有打破或分解他最初那种单一知觉的能力了，随着他对细节成分的分解与比较能力的出现，逻辑系统的进一步发展……那种表达性视觉或造型模式会表现出逝去的倾向。如果我们不特别关注这一时期的教育，必然会造成学生绘画心理障碍，形成儿童美术的困难期。

●美国著名的心理学家阿恩·海姆认为，儿童由于年龄的增长，认知水平的增加，感到绘画符号不能充分表达思想感情，转而不再单纯依赖绘画符号与外界交流，而更多地依赖语言文字等抽象的符号系统，并逐渐替代形象的视觉符号，这就是困难产生的心理根源。

●艺术教育家H·加登纳提出，这个年龄段由于身心的发展，学生们逐渐由参与者变成一个批评者，对自己的作品要求严格，因此儿童必须在这段过渡期内取得足够的进步，使他在具有自我评判能力之后，不致于发现自己的作品太不够格而停止绘画,由艺术活动的积极参与者变成旁观的批评者。

专家们的研究,指出了小学高年级美术教学为何会走入"低谷"的根源。在这个美术教育的困难期,如果没有得到有效的引导与帮助,对能力不足的学生来说,这一阶段将标志着他们美术发展的结束。要帮助学生顺利渡过儿童美术的困难期,激发兴趣是解决问题的关键。两年来,我根据学生的年龄特征和个性心理,努力探索富有时代气息的新的教学形式、教学内容和教学方法,从实践中得出了一些保持高年级学生美术学习兴趣的有效策略,现将方法与体会阐述如下:

一、进行有效的技能训练,增强学生自信心

我们首先要给学生希望,让学生觉得学好美术并不难。有效的技能训练能使学生的眼手相协调,使学生对美术学习重新充满信心。

1. 融欣赏与技能训练为一体,提高学生的自信心

以往教五年级的国画单元时,我发现按传统一笔一画的技法教学,很难调动学生的学习积极性,于是我设计了"我向大师学国画"的融欣赏与技能训练为一体的教学方法。精心选择了齐白石大师的一幅写意国画《葫芦》,用大屏幕展示给学生欣赏。学生们都认为画这样一幅画太容易了,于是我乘机告诉他们,这是大画家齐白石的作品。不少学生跃跃欲试,也想过一把大师瘾,我就鼓励大家动手试着画,再将学生画好的作品与大师的作品进行比较。在我的引导点拨下,学生们发现了自己的不足:墨色没有浓淡变化,用笔生疏不流畅,水分的干湿也掌握得不好。看似寥寥几笔极简单的画,要画好还真不容易。这时我再针对不足之处进行示范时,学生们学得格外认真,经过一翻对"症"练习,第二次作业进步明显,学生们都高兴地说:"我们离大师又近了一步!"通过类似这样的训练,学生们在整个国画单元的学习过程中学得特别轻松愉快,因为只要稍加努力就能获得成功,在"我向大师学国画"的过程中,不仅使学生在绘画技巧、绘画知识上获益,还体会到"不积跬步,无以至千里"的治学真谛。学生在不断获得成功的喜悦中变得更加自信与努力。

2. 先临摹后写生,提高学生手眼协调能力

古今中外,许多艺术家初学绘画时都从临摹中得到很多启发。让儿童临摹层次较高的优秀作品,使他们能体会到别人创作时的感受及一

些表现技法，以弥补其绘画表现语言的贫乏，帮助初学者掌握一定的绘画技巧，这种方法在人物速写的教学中效果明显。我曾做过这样的教学实践：在六年级（1）班与（2）班进行实验。（1）班学生用一课时教学人物速写，即教师讲解与示范教学要点后，学生直接以同学为模特进行速写。主要不足之处是 ①构图不准确，部分学生出现画得过小，或人物偏离画面中心的毛病。②盯住局部忽略了整体，往往对五官的刻画细致深入，并喜欢将整个头画完整了才接着画身体，这样较难画准人体比例。③看一点画一笔，用线造形时不够大胆有力，缺少疏密、虚实的变化。在（2）班学生写生之前，增加一课时先对名家速写进行临摹，完成后师生对作业进行了讲评，明确优缺点。第二课时进行写生时，上述不足大大减少，学生将临摹中学到的方法加以灵活运用，显得胸有成竹，学习兴趣高，学习效果好。

二、依据"学情"，因需纳教，实现学生积极参与

我们发现，一些高年级学生对其他绘画形式不感兴趣，而对卡通画、漫画却情有独钟。原因有二：1.随着文化的开放，欧美、日本等地的动漫作品大量抢滩登陆，涌入中国，占据了中国少儿图书市场，也占据了孩子的心灵。2.漫画、卡通画容易掌握，技法的多元化使学生可以轻松自由地表达。然而现行的旧版美术教材中，有关这方面的教学内容却较少，不能满足学生的需要。针对这一实际情况，我在教学内容中增加了卡通画、漫画的教学比重。动画片中如《阿童木》、《机器猫》、《聪明的一休》等都是非常优秀的作品，但良莠不齐的情况也不容忽视，其中夹杂不少糟粕之作。孩子们的分辨能力相对弱一些，因此，在教学中培养他们对流行漫画书的判断能力非常重要。如，我曾组织学生对前段时间很流行的《蜡笔小新》这部作品展开过一次辩论，学生们认为这个卡通造型是可爱的，但这部卡通片中的部分内容不太健康，对少年儿童起了不好的引导作用。我借机阐明自己的观点：《蜡笔小新》在日本就属有争议之作，是儿童不宜的，结果却在中国市场上作为儿童读物广为传播，影响很不好。但我们可以取其精华弃其糟粕，对小新的故事进行新编，赋予它健康的内容，把小新当作我们中的一员，把我们在生活中的喜怒哀乐通过小新的形象描绘出来。对我的提议学生们非常感兴趣，用集体创作的形式画出了反映自己生活的连环漫画《小新新编》。此外，学生们还将课堂上学到的绘画技法，在日常生活中广泛地应用，

如制作贺卡、写信、设计参加联欢会的面具等，都可以见到卡通漫画的造型。依据"学情"，因需纳教，把学生对卡通画、漫画的兴趣加以利用，不仅有助于培养学生高尚的审美情趣，促进学生绘画技巧的提高，还使高年级学生的美术学习兴趣得到了保持。

三、学以致用，让学生当家作主

以往一碰上学校举行大型活动，像家长会、文艺演出等，就是美术教师最忙的时候，布置黑板、橱窗，设计制作道具等，常常忙得我不可开交。然而，我们忽视了学生的力量，尤其是高年级学生，在老师的引导下，他们完全有能力完成大部分的任务。小学高年级学生在心理上接近中学生，常把自己当成小大人，渴望表现自己的能力，展现自己的才能。针对他们的这种心理特征，我根据学校与班级的实际情况，给学生更多的表现空间，如我校举行"元旦文艺晚会"，我就借机向学生发出征集舞台背景设计的作业；开展"运动会"时征集会徽的设计；开班队周会、家长会前，把布置教室的任务交给学生，还鼓励高年级学生主动帮助低年级学生……学生们总是兴致勃勃地去完成，因为无论效果如何，都给学生一种"当家作主"的感觉，学生在实践中真正领悟到学以致用的成就感，对美术学习的兴趣也提高了。

四、加强美术学科与其他学科的整合，保持学生的学习兴趣

根据学生的年龄特征、认知习惯和个性心理，打破传统的教学形式，更灵活、更实用地组织教学是现代教育发展的主流方向。实践证明，加强美术学科与其他学科的整合也是保持高年级学生对美术学习兴趣的有效途径。

1. 美术与信息技术课的整合

信息技术教育的优势使美术教学手段向多元化发展。如实物展示投影的运用，多媒体音像的引进，都极大地加强了教学过程的趣味性，使美术教学变得更直观，形象更生动。根据学生的需要在课堂上尝试教学电脑绘画，用电脑绘画中那种近乎游戏的手法来完成美术作业，能减轻美术困难期学生的心理压力，对激发学生的学习热情效果明显。

2. 美术与语文学科的整合

在语文教学中，记日记是训练学生写作能力的一个很好的途径，但长此以往，日复一日也会让人觉得枯燥，让学生根据日记内容添画与内容相关的插图，则会达到意想不到的效果。首先，整篇日记变得美观；

其次，由于日记的内容千变万化，涉及生活的方方面面，学生头脑中必须存贮大量的客观表象，才能随心所欲地给日记添画，这无形中促使学生平时必须留心观察，多练习画各种各样的物体，才会使学生的绘画技能有进一步提高；另外，翻看自己的日记画，与同学交流欣赏都是一种美的享受。学生体验到成功的乐趣，学习语文与美术的兴趣都能大大提高。

3. 美术与音乐学科的整合

音乐有极其强烈的情绪感染作用，它能调动人们的情绪反映，在美术教学中适当运用音乐将会更好地促进学生对美术的学习。在欣赏达芬奇的《蒙娜丽莎》时，播放优美舒缓的钢琴曲，那美妙的旋律配上老师娓娓动听的介绍，把学生们带进对神秘微笑的无限遐想之中。学习中国画单元时，在学生练习的过程中播放如流水声般的琵琶、古筝乐曲，既能消除疲劳使课堂氛围变得轻松愉悦，又有助于学生体会国画中特有的韵味、情趣和意境。在学习色彩知识时，先让学生听几段音乐，感受音乐中的情感，再转入对美术色彩的感受，学生亲身体验到听觉艺术与视觉艺术之间的通感。美术学习的过程不再枯燥、单调，学生自然就乐在其中。

总之，只要我们的美术教学能从学生的角度出发，根据高年级学生特有的心理需求，采取多种多样、行之有效的方法来激发学生的学习兴趣，美术就能成为他们抒发情感、表现个性的载体，儿童早期的学习热情与兴趣就能得到及时的延续与发展，我们就一定能走出小学高年级美术教学的"低谷"。

参考文献

1.《美术教学实施指南》 辜敏，杨春生 华中师范大学出版社 2003年
2.《小学美术新课程教学论》 陈卫和 高等教育出版社 2003年
3.《美术教学论》 王大根 华东师范大学出版社 2000年
4.《美术课程标准解读》 尹少淳 北京师范大学出版社 2002年

浅谈少儿漫画的情感价值

浙江省丽水市实验学校　叶丽兰

【摘　要】少儿漫画是美术教学中极富吸引力的课程资源，少儿漫画能发挥少儿情感的积极因素，优化教育效果，达到育人的功能。漫画能陶冶学生的情操，能帮助学生构建正确的人格态度，形成正确的人生观和良好的个性品质。本文主要阐述了在教学中如何充分利用这一资源为提高学生的整体素质服务。

【关键词】兴趣——愉悦的情绪　促进身心健康　拓宽审美渠道建立审美情趣

情感态度与价值观是在学习过程中，使学生积极构建正确的人格态度，形成对真善美等合乎主流社会观价值的追求。情感是人对客观现实的态度的体验。在一定条件下情感起着积极的促进作用，相反则会起着消极的破坏作用。因此，了解情感现象，把握情感规律，以充分发挥其积极的作用，构建正确的人格态度，形成正确的人生观和良好的个性品质，在教学中显得尤为重要。

少儿漫画能发挥情感的积极因素，增进教育活动的科学性和艺术性，优化教育效果，达到育人的功能。那么，什么是漫画？《辞海》中这样解释："漫画是一种具有强烈讽刺性或幽默性的绘画。"而《简明美术辞典》则解释为"漫画——又叫讽刺画，是以政治和社会各种事态为题材进行讽刺、批评或鼓动的一种幽默性的绘画"。综上所述，是否可以这样定义：漫画是一种构图简洁而夸大事物特征，一般运用变形、比拟、象征的方法，构成幽默、诙谐的画面，具有强烈的讽刺与幽默感的绘画。少儿漫画则是描绘少儿喜爱的题材，有着健康积极的内容，以少儿为阅读群体的漫画，或者少儿自己画的漫画。现在人们又把漫画纳入流行视觉艺术之中。

全日制义务教育《美术课程标准》（实验稿）指出，美术学习决不仅仅是一种单纯的技能技巧的训练，而应视为一种文化学习。美术课程能陶冶学生的高尚情操，提高审美能力，增强对大自然和生活的热爱及责任感…… 由于少儿漫画是针对少儿，再则少儿漫画所具有的特性与功能，导致少儿漫画成为少儿的重要精神食粮，也是少儿成长过程中的良师益友。少儿漫画能让孩子们懂得什么是好、坏、美、丑；哪些事该做与不该做。其作品中包含着真、善、美、丑、恶以及人的理想、情感、态度、意志、责任感、智慧等。少儿漫画能发挥少儿情感的积极因素，是中小学美术学科实施素质教育不可缺少的组成部分，是提高少年儿童基本美术素养，满足学生认知和情感上的需要，满足学生的个体需要和素质教育的需要，形成和发展学生欣赏美、感受美、创造美的能力，从而促进学生全面发展的重要途径之一。对此，我想谈谈自己的几点看法。

一、少儿漫画能使学生处于兴趣——愉悦的情绪状态中参与学习，促进高尚情操的发展

兴趣——愉悦的情绪状态是学生学习的最佳状态。许多美术教师常常碰到这样的问题：一些学生在美术课上总是坐不住，甚至表示不喜欢画画，但在其他学科的课堂上，却因为偷偷地画小人而受到老师的批评。学生在美术课不能够集中注意力，但平时可以花好几个小时画漫画，而且他们对漫画书的收藏也非常感兴趣，谈起他们所拥有的漫画书时，常常能够如数家珍。综上所述，少儿漫画能使学生处于兴趣——愉悦的情绪状态中参与学习，漫画能促进学校美术教师的教学和学生的学习，特别在小学中高年级阶段，即学生的艺术发展低谷期，教学内容适当增加漫画内容，对于调动学生学习的积极性和创作热情都有很大的作用。

少儿漫画中的艺术形象虽然大多数用笔简练，但决不是草率乱涂而成的，而是通过作者仔细观察、分析后再经过夸张变形并反复修改而得到的形象，该形象"在似与不似之间"，并反映了事物的本质特征，有极强的艺术效果，给人以美的享受。例如在欣赏漫画中的高兴与悲哀，憨厚与奸诈时，除了能更直观、形象地了解作品所表达的意思外，还能感觉到作为人的多样性、复杂性，同时也被这种幽默智慧的艺术形式而陶醉。我们在教学中经常看到学生在再现物体时（绘画过程中），画出了具有夸张变形的物象，这种被夸张了的来源于生活而又高于生活的艺术形式，往往有很多出乎我们意料之外的视觉效果，学生经常边画边笑边议论……由"要我学"转变为"我要学"，学生在教学活动中更多地处于积极的求学状态，促进高尚情操的发展，而高尚情操的发展又必然有利于学生处于兴趣——愉悦的情绪状态中参与学习。

二、漫画对学生情感态度的影响，促进少儿的身心健康

漫画是一种幽默性的绘画，能调节人的情绪。幽默能使人从痛苦的情绪当中挣脱出来，这些幽默的表达形式能使人愉快，陶冶人们的

情操。没有幽默，我们的生活就如每天喝白开水一样乏味，而有了幽默，就好比有了牛奶和各种果汁、饮料一样有滋有味。著名老漫画家方成认为："幽默最直接的好处是给人一种乐观向上的生活方式。"一个具有幽默品格的人能迅速吸引他人的亲近并与之相处、共事、合作。而合作能力是当代人素质中一个重要部分，一个能很好地与他人合作的人是一个容易获得成功的人，通过成功能使人产生自信心，有自信心的人能在困难面前"笑傲江湖"，并用积极的态度面对人生。因此，幽默也是人迈入成功殿堂的"助产术"，而漫画则是幽默的重要生产基地之一。例如：《学》这幅画反映了父子俩睡午觉的故事。爸爸身材高大，床短放不下身体，于是搬来了小凳子，才能舒服地睡下，儿子看了就照学，也搬来个凳子，为了能把脚放到凳子上，结果头却只能在床的中间放着。虽然反映了睡午觉中的小事，但由于儿子的天真举动，给我们带来了乐趣。

　　实践表明，少儿漫画的教学能培养学生的幽默感，让他们能用乐观的态度面对人生，健康成长。同学们看了这样的画都开心地笑了。再如《小大人和大小人》，画中的幼稚的行为暗示了爷爷对孙女的"爱心"，表现了孙女对爷爷的"孝心"，以及从这幅画中反映了小作者纯真的"童心"。学生们在欣赏这幅画时，无一不被小女孩幼稚的语言逗笑，

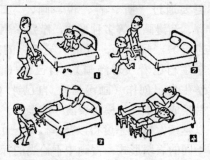

在开怀大笑的同时又无一不被小女孩浓浓的"孝心"所感动，从而进一步体会到小作者作画的目的是赞美小女孩尊敬长辈的好品质，自然地就从中受到了教育。所以，少儿漫画教学是更能体现关注人的发展的教学，是更具人文性质的教学。

　　三、少儿漫画是综合性极强的课程资源，加强与各学科之间的联系，拓宽了审美教育的渠道。

　　我国义务教育阶段的美术教育还有许多不能适应素质教育要求的地方，如课程综合性和多样性不足，过于强调学科中心，过

于关注美术专业知识和技能。少儿漫画与美术学科中的其他内容相比更具有综合性，表现在少儿漫画的选材、立意、构思，而少儿漫画本身的"对话"形式更要用到语文、音乐、数学、科学等社会科学和自然科学知识。例如《按从大到小排列》其中的">"是小作者学习了数的大小排列后对现在的同龄人的娇生惯养的"小皇帝"式的不良习惯的批评，开始只画了"权力"从大到小的排列，后来受同学启发加上了"年龄"的从大到小排列，从而形成了对比，达到了幽默的目的，更加突出了小作者所表现的主题，使人一目了然，体现了美术与数学的联系。有一年的高考作文题目是，仔细观察《给六指做整形手术》和《截错了》两幅漫画，完成试题，就是根据一幅漫画写一篇作文，体现了美术与语文的联系。

在少儿漫画教学中，不但要利用少儿漫画自身的兴趣优势，更要通过"听、看、说、画、评、演漫画"等多种形式，激发学生兴趣以转化成持久而稳定的情感态度。一幅漫画，以讲"笑话"的形式给学生欣赏（听漫画），让学生自己看（看漫画）、自己说（说漫画）、再随手画上几笔或让学生自己创作（画漫画），自己评（评漫画）或把漫画中的主人公替换成学生进行模仿表演（演漫画）等等。整个过程学生学习兴趣得以延续，情感态度得以升华。同一主题的多种不同构思、不同造型、不同的表现形式；漫画中不恰当的标题让学生修改；去掉标题或对话后让学生补充，学生会补充出许多有新意的标题或对话；四格漫画的各种不同续画，更是没有标准答案的，只要幽默、耐人寻味、有新意，就应该是好的续画，对学生进行纵向、横向、逆向、发散思维等训练，从而培养学生"敢为天下先"的创新精神。总之，少儿漫画让孩子们展开想象的翅膀，启迪他们的智慧，这一学习过程是极具创造性的学习。

少儿在欣赏、创作漫画的同时进行交流和表达，在愉悦的环境中思维得以发展，绘画技能得以较快提高，正确的世界观得以逐步形成，达到了事半功倍的效果。

因此，我认为少儿漫画是中、小学美术教学中综合性极强的课程资源，加强学科联系，可以让学生体验到更加多样的文化情趣，从而充实心灵，形成正确的世界观，满足认知和情感上的需要，满足个体需要和素质教育的需要，是提高少儿整体素质的宝贵资源。我们应充分利用这一资源为提高学生的整体素质服务。

四、读懂寓意，挖掘内涵，进一步提升学生的情感、态度和价值观，形成高尚的审美情趣

善用悟意，能提高审美趣味和能力。所谓"悟意"就是深刻领悟漫画的深刻寓意。怎样"悟意"呢？一是要理解画面意义，正如阅读文字材料先要读懂文字的表现意义一样，读漫画同样要知道画了什么内容。有些漫画附有揭示该漫画所蕴涵的意图的词句，这类漫画易于读懂；而有些漫画则只有图画没有文字，对此，要求学生认真读懂画面的每一个细节，任何一处都不能忽略，必须正确领会漫画所隐含的意图或问题，力求避免误解。二是联系现实生活进行思考，看看漫画有哪一方面的隐含的意义。漫画的意图或是为了反映社会生活中的某一个问题，或是为了揭示某种道理，它总是隐含的，要求学生联系现实生活实际，正确领会漫画的意图。如《变小》刻画了一个小学生的个子被书包压得越长越矮，表现出小学生不堪重负的心态，隐含着教育改革的呼声。

善于引发，情操不断得以陶冶。所谓"引发"，就是由此及彼地加以联想与引申，在画面意义的基础上联想到另一层新的内容。少儿漫画的内容所反映的主题有很多是表现少儿身边的人和事，通过读懂寓意，使少儿在感受这些艺术形象的同时，心灵受到净化。有些人认为，漫画和卡通书内容浅薄，缺乏知识和文化。实际上，漫画和卡通书也有优秀和平庸之分。一些漫画和卡通书的确有不健康的内容，但不能否定优秀漫画或卡通书的价值和吸引力。在进行漫画教学中，教师可以培养学生对流行的漫画书进行判断的能力，引导学生建立高尚的审美情

趣。

综上所述，在中、小学美术课中进行少儿漫画教学是很有必要的，同时也是行之有效的。这体现了"愉快教育"的原则，让学生们学得主动，学得轻松，学得高兴，在学到少儿漫画的基础知识、基本技能的同时，心灵得以净化，审美素养得以逐步提高，创新思维得以有效训练，整体素质得以稳步发展，让笑声伴随孩子成长，让孩子拥有一个愉快的童年。

多年以来，少儿漫画在美术界较受冷落，美术教材很少涉及漫画，因此对漫画这一绘画形式独特的激趣功能，对学生思维的训练，对学生正确世界观的形成，以及运用漫画培养学生的鉴赏能力、绘画能力等方面须进一步关注。如何以审美教育为先导，以美辅德，以美益智，以美健体，以美助劳，以美促教，促进学生素质的全面发展，充分发挥学校美术中漫画教育的积极作用，还有待于我们进一步地探索和改革。

参考文献

1.《人美版美术实验论坛》 尹少淳 2005年

2.《心理学与教育》 上海教育出版社 1999年

3.《辞海》上海辞书出版社 1989年

4.《简明美术辞典》 人民美术出版社 1995年

5.《美术课程标准》(实验稿) 北京师范大学出版社 2001年

乡村兼职教师的教学启示

浙江省缙云县实验小学　　施静茹

【摘　要】在乡村教学的美术教师大多是兼职的，他们所面临的问题非常多：教学任务繁重、美术教学的配备、学生兴趣的培养、美术用具的缺乏等，这些都影响教师美术教学的积极性。新课程明确规定了美术是全体学生必修的，所以我们要解决这些问题，加强美术教育，从而使学生达到新课程标准要求的绘画、动手、审美、欣赏等美术素养的形成。

【关键词】乡村　美术　兴趣

对农村的美术教育教学我一直都不怎么了解，虽然我所在的小县城对大城市来说也是农村，但我们的学校对学生的艺术方面、全面素质方面的培养是非常重视的。在建设新农村的热潮中，我走出县城，度过了一年在乡村小学支教的生活。这时，我才发现乡村教育中的美术教学与城镇小学的距离相差之大，大得出乎人们的意料。

首先，教学任务的分配截然不同。我在县城是专职美术教师，而在乡村小学我是三年级一个班的班主任兼大队辅导员，语数包班兼二、三、四年级的美术课，还包自修课，总课时将近30课时，每天基本上足不出班。

其次，农村的学校给美术教师的配备几乎为零。除了少数几所学校外，绘画工具、幻灯机这些美术教学中常用的教学配套设施几乎没有，教学材料极其匮乏。兼职的美术教师比例99％，很少有专职美术教师。而在县城，专职美术教师比例为100％，教学工具的配备也是比较好的。

在县城，美术专职教师的教学工作是比较单纯而专业的，能有充足的精力对美术教学进行研究，能开展丰富多彩的美术教学活动，让学生在校内获得更多美的熏陶和享受，并重视学生在动手动脑、创造力等综合素质方面的培养。而在乡村，老师的教学任务是非常繁重的，教学的侧重点也不同，教师的精力有限，美术课有时就是一个摆设。

表1

学生（三年级）	农村	城镇
人　数	28	50
准备美术工具情况	17.8 %	96 %
绘画能力	能临摹，图形较小。	能创造性地画满整张纸。
动手能力	只接受简单的技能，对稍难做的选择放弃或自己乱做。	能挑战自我，有时虽然做不好但仍然努力去完成。
审美、对作品的评析能力	只能用漂亮与不漂亮来评价，看到好的作品不会激动。	看到好作品很激动，运用学过的美术知识分析作品。
美术的知识理解	肤浅、基本不知道。	积累了一定的美术知识。
对美术的喜爱程度	很大程度上无所谓。	99.5 % 都很喜欢。
家长的支持率	学好主课就行的占99.9 %，对美术学习无所谓。	重视学生综合素质的发展，对美术学习同样重视。

　　因此农村学生缺乏对美术的兴趣，对美术没有热情，学生手中的美术工具少而差，有的几乎没有；而城镇学生对美术的兴趣浓厚，准备的美术用品齐全，能为每一次的美术课作好准备。可以说，家长的态度、观点决定学生的一切：农村的家长只要学好语数就行，而城镇的家长要的是孩子素质的全面发展，所以对学生的影响是非常大的。

　　我们作为美术兼职老师，面临着学生对美术兴趣的缺乏、美术材料的缺乏、家长的不理解和不支持、教学任务的繁重等这么多的困难。尽管这样，我们还是有责任努力提高孩子们的美术素养及审美、创新方面的能力，让他们得到和城里的学生一样的美术教育。通过一年的教学摸索，我觉得在美术教学领域中，兼职教师有着非常独特的优势。我是如何努力培养学生独特的创造力的呢？

　　一、语数课中进行美术渗透，多元发展

　　美术学科与其他学科是相关联的，三年级的语、数课教材里就有很多与美术有关的内容，不说别的，教材的设计就非常精美。无论是数学还是语文，每一课都有与课文内容相匹配的精美的插图。这些插图，原本是为了通过形象来提高学生学习文化知识的兴趣的，但我想，美术教师不正好也可以利用这些插图讲一点美术知识吗？这无疑是一个提高学生美术兴趣的绝好机会，特别是语文教学更离不开美术的配合。我们知道，美术教学非常需要人文学科的理论基础、语言修养和广泛的社会知识。语文的课程主要通过对文学作品的学习，培养和提高学生的语言文字能力及其人文知识，即听、说、读、写的能力。而美术课主要以基础知识、基础技能和作品赏析培养学生的审美创造能力，两者存在着互补性，体现了美术新课标中学科之间的整合。上课时，利用课文插图结合课文内容进行讲解，可以取得事半功倍的效果。如《盘古开天地》这个课文的想象非常丰富，配上的插图也非常美，书中有一整页画了盘古的形象：一个脚蹬着地，双手撑着天的巨人，背景云雾缭绕……我首先引导学生感受语言文字的美，同时又着意引导他们感受了图画的美。我是这样在语文课中渗透美术内容的：在这幅画中，为什么把盘古画得这么大？画面中天和地是怎么画的？运用了哪些色彩？如果要你画盘古，你会怎么画……通过提问拓展学生想象的空间，引导学生灵活地运用学科知识进行探究性的美术活动，形成综合学习的能力，培养创新精神，掌握运用语言、文字和形体表达自己的感受和认识的基本方法，形成健康的审美情趣，发展审美能力。又如数学课里有一个单元是《对称、旋转和平移》，讲的也是美术图案里的内容，只不过加上了数学的元素。在教学中，我运用科汉·盖纳写的《美术，另一种学习的语言》中介绍的"对称与设计"的方法，先是让学生看看镜子中自己的脸，把尺子放在脸的中间，明白什么是对称，然后发给学生大小和色彩都不同的长方形纸，用重叠或不重叠的方法进行对称的设计。学生学习的兴趣非常浓厚，因为在制作过程中，他们既要考虑方块形的位置以及色彩的关系，而且眼睛要不离开对称的目标。学生通过设计活动，直观地掌握了一个数学概念，并体验了创造设计的愉悦，同时了解、欣赏、感受了图案的对称美。"儿童学习了某种学科课程后，再创造有关的美术作品，他们就能在具体的经验中，加深对学科内容的理解。"（科汉·盖纳）这样既学习了语文数学，同时也提高了美术素养，有了一定的欣赏素养，对美术也就增加了喜爱，兴趣就提高了。

　　二、就地取材，变匮乏为丰富

　　乡村小学的教学设备比较落后，学生的家庭条件及家长的观念不允许他们准备这样那样的美术用品。我们用的是浙人美版美术教材，教材中要求准备的东西太多了，特别是低年级，今天一次性杯，明天零食袋等等，这些在我眼里很好准备的东西在这里就是不能实现。你看，我班只有28名学生，上美术课能带来水彩笔的只有5人，有一位学生的水彩笔和城里小孩一样，其余的4人只有5毛钱的水彩笔，其他工具也是同样非常匮乏。没有美术工具，我的美术教学就无法开展。刚开始，我对这样的美术教学无从入手，觉得这样的美术课根本没法上。我看过杭州留下小学的课程开发，老师是利用本地的西溪文化，用许多蔬菜做了各式各样的旅游观光车，做得非常精美。我之前也曾经想过利用蔬菜做些设计课，在农村，蔬菜也算是土特产吧。但是一次数学课让我打消了这样的念头。当时上的是估计质量的课，我让几位学生从家里带些黄豆做实验。结果，晚上就有家长打来电话，问让小孩带黄豆到学校干什么。而上课的时候仍然有两个学生没带，看来家长很不情愿。后来我明白，在农村，不能像在城镇一样经常地让学生向家长要这要那。比如手工课要用的卡纸，住校的学生可以去边上的小店要一些香烟壳。又如二年级《玩具望远镜》制作，书中要求的是用一次性杯或零食的外包装壳等废弃用品，学生没有，我就拿没用的报纸，给每人发了一张。通过引导教学和简单的示范，拓展学生的思维，学生有的卷、有的折……做出了很多不同形状的望远镜，又利用山村取之不尽的树叶通过粘贴进行装饰，然后再调整。二十几位同学每人都做出了各种报纸望远镜，效果同样好。乡村的孩子非常聪明，只是我们必须主动引导和给予练习的机会。用义乌市教研员龚莉莉的一句话：擦亮学生的另一双发现美的眼睛，利用被丢弃的物品把它变成艺术品。这样既节约又简便，更让孩子惊喜地发现，美，原来也在废物利用中。

三、地域文化，灵感的源泉

我所任教的这个乡村风景非常优美，真是山清水秀。早晨，山上的云雾婀娜多姿地缠绕在山腰、山顶、竹尖上。我们的校园建筑是旧式的，村里的房子古色古香，校园内外都是风景。我曾给校园画了一幅速写，拿回去给自己学校的老师看，都说漂亮极了。考察和思考了一段时间后，我想还是从实际出发吧。于是在绘画教学中，一、尽量用一两种颜色去表现画面；二、工具主要用铅笔、圆珠笔；三、增加线描画的内容。四年级的教学内容中有一个单元是有关桥的绘画和手工，村子的中间就有一座石桥，非常的古朴。我一说画桥，同学们个个兴高采烈。我手把手地教学生用线描画写生，指导他们怎样观察、怎样落笔。虽然学生画得并不怎么样,但对美术的兴趣提高了,对美术中的写生是怎么回事了解了。再带他们去野外写生就都能找到写生的对象,观察它并画出来。又如手工课,书上要求用彩泥等综合材料,而彩泥在我们这里不好准备。刚好,学校后门就有一条小小的河流,我便让学生用水坑里的石子及树叶、泥巴和野果这些能找到的材料进行创作。带着学生们在学校附近的野外就地取材,就地创作,大家都非常愉快,而效果同样达到了美术新课标所要求的"物以致用,感受各种材料的特性,合理利用多种材料和工具进行制作活动,提高动手能力"。这就是乡村小学的优势,在野外陶冶学生的情操,这在城镇小学上课期间是不可能实现的。山村到处都有原生材料,取之不尽,用之不完,山村到处都是绘画的题材,古老的房子、各种各样的树、劳作的人们、悠闲的老人和小孩……利用农村丰富的美术资源,教会学生发现美、表现美。

四、学会欣赏,变被动为主动

"学会欣赏,变被动为主动"这句话比较老套,每一位老师都会这样说,但真正让乡村小学的学生做到,那是很不容易的。早先在教学中我就发现学生的学习非常被动,就拿早读来说,基本是为老师而读。美术就更不用说了。如何改变这样的状态,让学生爱学习、爱美术,学会主动学习呢?开始我带了很多县实验小学学生的优秀美术作品,张贴在教室里。我这样做,是为了让他们产生羡慕。果然,学生看到那些漂亮的美术作品,爱美的心灵被促动了。在上语文课的时候,我常常按课文的内容板画简笔画。比如《荷花》一课中所描写的:"一片片碧绿的荷叶,像一个个碧绿的大圆盘,挨挨挤挤的。雪白的荷花,争先恐后在这碧绿的大圆盘之间冒了出来,有的花瓣儿全展开了,露出嫩黄色的小莲蓬,有的才展开两三瓣,有的含苞欲放……"我一边读,一边就在黑板上快速地画出荷花、荷叶在文中的情景。我这样做,是为了让学生感受线描的形式同样能画出美的画面。在《海底世界》一课,通过提问,让学生了解海底景色奇异,物产丰富的特点,激发学生热爱自然、探索自然奥秘的兴趣。课堂上我展示了剪纸、布贴作品等用综合材料制作的各种鱼类、其他海洋生物,穿插粉笔简笔画。我这样做,是为了让学生了解一幅画可以用不同的形式、材料表现出来。课后又让学生根据课文内容用自己喜欢的方式画一幅海底世界的图画或制作海底世界的场景。同学们到水坑里捉了小鱼、小虾、小螃蟹等,又拔了些漂亮的花花草草,找了大小

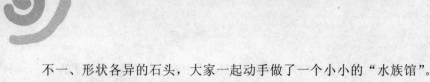

不一、形状各异的石头，大家一起动手做了一个小小的"水族馆"。我这样做，是为了让学生知道美是无处不在的，无时无刻都能享受到美、感受到美术的魅力，无形当中激活了他们对美的追求。在美术课中不再说："我没东西画，我没有材料无法做……" 经过这样一次次的进步，学生对美术学习的观念改变了，在提出教学任务后，学生比较配合，能主动、积极地寻找材料及代替品。如三年级，我给他们安排了一节《有趣的鞋子》设计课，学生所用的材料就是家里废弃的广告包装纸、纸板盒、野外的草藤、泡沫盒等。不仅上美术课如此，课后有关美术的活动同样积极多了。如教室后面的黑板报，前几期都是我自己写和画，后来我都让他们来完成，在黑板上涂涂画画，胆子大了，敢作敢为，很有成就感。教师的主动，带来了学生的主动，我发现，孩子们爱上了美术，学会了欣赏。

我不知道其他的乡村兼职美术教师的状况，想来应该情况是差不多吧。我觉得在乡村教学的老师真的很辛苦，特别是兼职的美术教师，碰到的问题非常多，学生的素质、美术工具的准备、教学的条件等，都限制着我们能力的发挥，这就要求我们美术教师要更胜一筹，克服一切困难，进行创造性的教学，把能利用的各种资源都利用起来，培养学生具有和城里小孩一样的美术学习能力和创造能力，具有一定的美术素质，并有效地帮助学生形成正确的价值观， 陶冶高尚情操和完善人格。以上都是我在教学中的摸索。一年下来，学生进步了不少，同时我的能力也得到了发展，教学、论文都得到了领导的肯定。

参考文献
1.《美术，另一种学习的语言》 科汉·盖纳 湖南美术出版社
2.《农村美术教师队伍建设途径初探》安徽省芜湖师专美术系 汪安康
3.《美术课程标准解读》 北京师范大学出版社

美术探究学习有效性的实验研究

浙江省丽水市莲都区囿山小学　　李雪玲

【摘　要】作为新课程改革极力推荐的最优化学习方式——探究学习,已经广泛地出现在一线美术教师的课堂里,但很多课堂却走进了探究学习的误区,在这些课堂中,探究学习只是作为一种形式而出现,并没有起到应有的作用。针对这种现状,本人在美术课堂教学中进行了两种性质的探究学习实验研究,并进行了深刻的反思。

【关键词】美术探究学习　　行为与理念　　实验研究　　反思

探究学习通过转变学习方式促进每一位学生的个性健全发展,尊重每一位学生的独特个性和具体生活,为每一位学生的个性的充分展开创造空间。因此探究学习洋溢着浓郁的人文精神,反映了时代特色。随着新一轮课程改革的不断深入,作为最优化学习方式的探究学习越来越受到一线老师的关注和接受。

在实践中,探究学习将我们带入了一个全新的民主和谐的美术教学世界,教师们已经完成了"技法只能由老师手把手教"到"技法也可以让学生自己去探究"的理念转变。然而,有些教师狭义地理解探究学习的含义,过分追求探究学习的模式,对探究学习的定位存在一定的偏颇,使教学实践走入了单纯追求形式的歧途,直接影响了教学效果。那么,在新课标背景下美术探究性教学该如何走出误区呢?针对该问题,本人结合平时一线教学的经验做了以下实验:

[实验]不同理念指导下的探究学习课堂的表现对比

实验内容:《剪花边》		
实验对象:囿山小学 201班 202班		
对象	课堂A	课堂B
教学理念	1.单纯追求课堂教学形式的改变; 2.将探究学习作为课堂的"亮点"和"卖点"。	1.强调学生自主积极投身于美术学习之中; 2.注重培养科学思维能力,锻炼解决问题、合作交流等能力。

	情景一： 　　教师给出探究问题，两分钟后请学生交流： 　　1. 在日常生活中你见到过哪些花边图案？装饰在哪些地方？ 　　2. 说说花边的排列组合有什么规律。 　　3. 你最喜欢哪种排列方式？ 学生的探究结果： 　　各自看书本（书中只有"直立式"花边图案），交流时第二、三两个问题的答案基本上一致：直立式。	情景一： 　　教师给出探究问题并提供了一个装着各种花边图案的信封，在巡回指导中发现有一组遇到了困难，就加入到这组的探究活动中去了。五分钟后，各小组的探究活动基本完成，教师请各小组派代表交流： 　　请根据所提供的花边图案分析花边的排列组合有什么规律，并用箭头表示。 学生的探究结果： 　　每个小组都发现了至少四种的花边排列规律。
课 堂 表 现	情景二： 　　探究过程中某一个小组：两个能力强的同学A和B相互交换了一下答案后点头笑了，这时一个平时成绩差的同学C把耳朵凑了过来，A和B急忙放轻了声音，B还瞪了那位想"偷听答案"的C一眼。交流时A和B都举起了手，老师请A回答，A一直用"我发现……"回答问题，B有点生气，C在书上涂鸦…… 情景三： 　　作业评价时，一个花边剪得漂亮但满地纸屑，其中还有两位组员因抢自己喜欢的手工纸而发生冲突的小组受到了表扬。而另一个活动过程井然有序，作品有创意但因难度大而剪得不是很美观的小组没有得到任何激励性的评价，这个小组的成员流露出懊丧的情绪。	情景二： 　　每个小组都发出轻微而有序的讨论声。在一个小组里，同学们有的在分析各条花边的排列规律；有的把同学分析出来的骨式图用箭头画出；有的不时看看手表，把握探究的进度。当一位同学发表意见时，其他同学都在认真听并提出自己不同的意见。看得出，他们在课前进行了细致而明确的分工。 情景三： 　　作业活动评价时，教师针对学生参与探究活动的表现及作品进行了多元化的评价。每个小组都有值得肯定的方面，教师也针对各小组的情况提出了不同的建议和意见。同学们因受到老师的肯定而高兴，当老师提出建议和意见时，同学们纷纷点头表示接受。

实验分析

情景一：课堂 A 的第一个问题（在日常生活中你见到过哪些花边图案？装饰在哪些地方？）过于简单，不具有探究价值，学生根本不需要思考就能回答。总体上分析，教师留给学生探究的时间过少，问题太多太碎，不能保证学生思维的充分深入和展开。课堂 B 所选择的内容（根据所提供的花边图案分析花边的排列组合有什么规律，并用箭头表示。）为本堂课的核心知识，内容的难度适合于学生的年龄特点和能力水平，适合进行探究学习。同时，课堂的知识总量也得到了控制，为探究活动留出了足够的时间。

情景二：课堂 A 忽视探究过程中学生之间的合作和交流。能力好、表现欲强的学生是探究活动中的主角，他们控制着探究活动的主动权，但不愿意帮助能力弱的同学。能力弱的学生在整个探究活动中无所事事，人云亦云。而课堂 B 的探究过程中，小组成员之间相互帮助、合作，按照一定的规则展开讨论，相互倾听、理解、赞赏、分享。每一位学生都分享和承担了探究的权利和义务。

情景三：课堂 A 的评价以探究的结果作为唯一标准来评价探究活动。课堂 B 的评价以形成性评价为主，重点评价学生在探究过程中表现出来的对探究过程和方法的理解和对探究本质的把握。

比较上表中的实验表明，在美术教学中开展探究学习不能仅仅只追求课堂教学形式的改变，只将探究学习作为向听课老师展示的课堂"亮点"和"卖点"，而应强调学生自主、积极地投身美术学习之中，将探究学习作为培养学生科学的思维方式、锻炼解决问题、合作与交流等能力的载体。由于理念的不同，课堂 A 中学生探究的氛围并没有真正形成，这种留于形式的"探究学习"的效果还不如旧有的接受式教学效果好。而课堂 B 就将学生带入了一个全新的民主和谐的教学世界，它最大限度地满足了学生自主发展的需要，让学生在活动中学习，在主动中发展，在合作中增知，在探究中创新，充分体现了学生学习的自主性。

以上实验的分析比较，不能不让我们对探究学习的形式与实质进行理性的思考、深刻的反思。

反思一：探究学习中的问题设计要有价值

并不是所有的问题都具有探究价值。如果说一位教师选择了一个没有价值的问题，这样的探究活动，可以使课堂气氛变得很活跃，但其实思维的含金量很低。

教师在进行教学设计时，一定要充分了解学生已有的知识，根据教材，对课堂上所要解决的问题要做一个基本估计：哪些问题学生能独立解决，哪些问题需要进行合作探究，以达到优势互补。一个有价值的探究目标是这一课教学的核心知识，对提高学生的理解能力和创造性思维能力具有重要的价值，问题的难度适合于学生的年龄特点和能力水平，在整堂课的知识结构中起着"牵一发而动全身"的关键作用。

反思二：应给探究学习的开展提供足够的支持条件

探究式学习往往比接受式学习需要更多的时间，需要小班化教学，需要充足的材料。在一个学生人数比较多的班级中，如果又没有充足的准备，教师在较短的时间内组织学生开展探究是比较困难的，即使激起了探究活动，也难于展开和深入。由于学生多，这就在很大程度上影响了学生充分表达、师生充分交流的机会，因此我们要保证探究的时间，从而保证学生思考的充分展开和深入。

从时间方面说，学生们要有时间去实验自己的新想法，要留出因错误耽误的时间，要有时间沉思默想，还得有时间展开相互讨论，也需要给学生留出充分的时间去总结个人经验，进行相互交流。记得我听过一堂美术欣赏课，老师用课件展示了六个关于对作品理解方面的问题，要求学生在两分钟内完成。我觉得这就很不科学：首先，学生不可能用这么短的时间完成这么多的问题，这根本不能保证学生充分深入和开展思维的条件；其次，假使学生能在两分钟内完成这六个问题的话，那么恰恰说明这些都不是真正有价值的问题，而是假问题，也就是说这些问题学生早就会了，根本没有存在的必要。因此对课程中的知识总量必须加以控制，以便为探究活动留出足够的时间，有了足够的时间才能进出思维的火花。

反思三：在探究过程中要强调学生之间的合作与交流

就探究自身的内容而言，应该有一定的难度，而美术课比其他课需要更多地留给学生完成作品的时间，这就需要学生之间的相互合作与交流，齐心协力共同解决问题，完成作品。另外这些合作与交流的实践和经验，可以让学生学会怎样与他人交流，怎样向别人解释自己的想法，倾听别人的想法，善待批评以审视自己的观点，获得更正确的认识，学会相互接纳、赞赏、分享、互助等，而这些做人的道理正是新世纪对新型人才的要求。

反思四：珍视探究中学生独特的感受、体验和理解探究活动中，学生会有不同的感受和体验，对问题也会出现不同的理解和看法。这些都是学生积极投身和亲历探究实践之后获得的，应该珍视。

比如说在欣赏课《艺术大师——毕加索》中有这样一个环节：老师问学生："你们喜欢毕加索的作品《格尔尼卡》吗？"大部分学生表示不喜欢，认为其恐怖、丑陋、乱七八糟，甚至由此认为毕加索根本就不会画画。 老师没有发表自己的意见，而是引导学生去探究该作品的主题、背景等。当学生们了解了毕加索创作这幅画的目的是控诉法西斯的罪行时，大部分学生都接受了该画的风格。但仍有小部分学生表示还是不喜欢这幅画。这时，老师没有强行要求他们的思维和老师保持同一个方向。因为每一个人对艺术作品的理解都是不同的，所谓"一千个读者心中就有一千个哈姆雷特"，正是这个道理。而且对一个问题也不必要求一次性探究深、探究透，有可能这问题超出了孩子的理解水平。再说，"尽信书不如无书"，孩子具有不迷信大师、不迷信书本、不迷信老师的胆量和魄力的确是一件好事。

反思五：探究学习的评价应以形成性评价为主，探究学习评价的目的是通过评价促进学生探究水平的不断发展和提高。因此我们不能仅仅从学生探究结果的好与坏、美术作业的优与劣来评价探究活动的成功与否，因为仅这些无法全面地显示出探究素质。因此，评价的重点应放在学生在探究过程中表现出来的对探究过程和方法的理解，对探究本质的把握上。具体地说，我们可以从学生参与探究学习的过程（如课前准备、积极参与、情感投入、合作习惯等）及探究的结果（表现在作品的创意、造型或构图、色彩等方面）进行多元化的评价。

总之，要想让探究学习真正为我们所用，不出现"穿新鞋，走老路"的现象，教师一定要从理念上深刻理解探究学习的含义，真正强调学生自主学习积极投身于美术学习之中，注重培养科学思维能力，锻炼解决问题、合作交流的能力等。通过有效的探究学习引导学生学会学习和掌握科学方法，为终身学习和工作奠定基础。

参考文献

1.《探究式学习的18条原则》 任长松

2.《探究学习如何从形式走向实质》 姜唯婷

等待发掘的宝藏

——谈学生资源在教学中的积极作用

浙江省宁波市镇海区骆驼实验学校　　王明远

【摘 要】学生资源是课程资源的一个重要组成部分，开发利用好学生资源，是体现学生在教学中主体地位的一个至关重要的环节，是提高学生积极参与教学活动的重要一步，更体现了新课程"以学生为本，以学生为主体"的基本理念。这就要求教师时刻关注身边的每一位学生，发现和把握学生智慧闪现的一瞬间和学生身上的闪光点，并巧妙地与教学相结合，使课堂充满活力。

【关键词】学生资源　教学　体验　多样性　创造性

根据《美术课程标准》提出"面向全体学生，以学生为本"的基本理念，作为教学第一线的教师，我们要时刻关注每一位学生，发现和利用学生中有利于教学的积极因素，并因势利导地与教学相结合，成为课堂教学的新因子，促进教学的发展。

当今时代谁也不能低估学生的能力，我们能清醒地看到，在很多方面学生的能力是长于教师的。几百名学生中一定有藏龙卧虎的，他们的能力绝不可小视，教师的一个脑袋绝不能和学生的几百个脑袋划等号，教师一个人的能力也绝不能和几百名学生的能力同日而语。特别是在信息时代的大环境下，学生见多识广、思维活跃、时尚前卫、求新求变，他们对身边的新事物敏感，勇于探究并喜欢尝试，更富有创造精神。我们必须确信他们是参与课堂教学和创新课堂教学的一批充满活力的生力军，他们的想象力和灵感必然会给教学带来无限生机。同时，他们中间丰富的课程资源的开发和合理利用，既体现了新型、平等的师生关系，也是学生主体地位的体现，让学生体验到自身的价值，从而得到精神的升华和学习的动力。

在教学中我们应从学生的实际出发，关注他们的情感价值，发展他们的首创精神，利用他们群体的能力，贴近他们的生活经验，以"发现—利用—总结—反思"的教学模式实施教学。充分利用学生资源，力求创造一个适合现代学生发展和提升学生能力的良好学习环境,并从中积累经验、创新教学,探索新时期学校美术教学的新模式。

一、利用学生有价值的情感优化教学

"运用美术形式传递情感和思想是整个人类历史中的一种重要的文化行为。"在长期的教学活动中,我发现每一位学生都有着爱学校、关注学校发展的纯真感情,这种情感对于教学而言有着十分重要的价值,它是学生参与课堂教学、促进教学发展的重要资源。如何把学生这种真实的有价值的情感转化为学生学习创作的原动力,让他们感受到他们所做事情的实际意义,把他们爱学校、爱集体的丰富情感融入其中,满足他们的情感需求,适时的把这些真实的情感通过自己的创作或设计表现出来,从而起到优化教学和实现教学目标的目的。

在一节设计课中,结合我区的发展规划,我设计了一个"为我们的新校园设计规划图"的课题。首先在课前我和同学们一起畅想2008年我们的新校园会是什么样子的,并为同学们提供了新校址的位置、占地面积、硬件设施、学校的规格及未来的发展等背景资料,告诉他们在这节课上,我们可以把自己对新学校美好的设想和愿望画出来。同学们听后欢呼雀跃,对新校园充满着期待。因为他们知道这是为他们自己设计校园,设计自己喜欢的校园,所以都画得特别认真。虽然很不规范,也很不专业,但在他们的设计里,却融入了他们的真实情感和理想。有的设计很有独创性,有的设计很有现代感,有的更把校园设计得像花园一样。这节课他们都做得很投入很认真。从他们的设计中体现了情感与教学密不可分的关系,以及情感为教学注入的无限活力。

最难割舍的是人的情感,只要心中有爱,就肯定会有无限的激情和勇气。作为一名合格的教师,就应该去探索如何让学生点燃爱的火花,开启情的闸门,并使学生能在这种爱与情的驱使下,去感受和体验过程带来的快乐。只要抓住学生的情感,教学就有了成功的先决条件。我们不要怪学生不爱学习,关键是我们设计的内容是否切合学生的实际,贴近学生的生活,能否引起学生情感的共鸣。这就需要我们在教学中潜心研究,客观地分析,针对本校学生的特点,一切从学生的实际出发来设计课题,寓教学于情感之中,以情感促进教学。

二、利用学生的集体智慧丰富教学

"美术课程应特别重视对学生个性与创新精神的培养,采取多种方法，使学生思维的流畅性、灵活性和独特性得到发展，最大限度地开发学生的创造潜能，并重视实践能力的培养，使学生具有将创新观念转化为具体成果的能力。"针对新课程的这一基本要求和学生的自身能力，在教学中我一改以教师为中心的传统教学方法，充分发挥学生人数多、思维活的特点，把他们的新想法、新观念运用到教学中来。

例如上《纹样设计》一课，我在课前要求学生准备工具时，根据学生的实际能力让他们选择自己喜欢的工具材料，马上就得到了同学们的热烈响应。学生的天性就是喜欢与众不同，他们喜欢的事就一定能做好，从而也把"要我做改变为我要做"，使教学变得更加主动。

学生准备工具材料的能力和丰富性也大大地出乎我的意料，广阔的市场的确为他们提供了求新求变的舞台。他们勇于探究，喜欢尝试，拥有极大的创新能力，他们把五花八门的工具材料都用到了设计上：卡通小贴纸有平面的也有立体的，闪闪发光精美极了，使设计更生动快捷；各种人物、动物的橡皮图章使连续纹样的制作更加方便；荧光彩笔、彩绳、彩纸的使用等使画面丰富多彩……工具材料的多样性，为学生的设计带来了极大的想象空间和变化，这些新工具材料的应用也使得设计出来的作品更生动、更新奇、更有时代感。

灵活多样的教学形式必将为教学注入活力。学生的作业一改往日千人一面的特点，更富有变化，更具有时代性、时尚性和多样性，从而建立起一种把握时代脉搏、关注社会发展、与时俱进的先进意识，并把这种意识融入美术课教学中。同时绘画工具材料的多样性，也正适应了学生求新求变、关注时尚的心态，学生很愿意接受并且更容易发挥其潜在的创作意识，使教学焕然一新。

在教学中我体会到，充分利用学生的集体智慧和群体能力，并及时准确地转化为积极的教学行为，适时地用好这些资源，鼓励他们参与教学，往往能达到教师以往力所不能及的教学效果。同时，又能给学生创造机会展示自己的才能，实现他们的自我价值，培养他们的自信心和自主学习能力，体现学生在课堂中的主体地位，扩大课堂的双向交流面，师生、同学之间的多向互动使课堂更贴近学生，真正使他们成为课堂的主人。

三、利用学生的个人创新带动教学

新课程的课堂不再拘泥于预先设定的不变的程式，而是强调预设的教案在实施过程中，必须接纳潜在的、始料未及的体验和发现，并使这些体验和发现融入课堂得以升华。要鼓励师生在互动中的即兴创造，超越预定目标的要求。布卢姆也说过："人们无法预料教学所产生的成果的全部范围。没有预料不到的成果，教学也就不成为一种艺术了。"

教学中我时刻关注着身边的每一位学生的反应和变化，以便及时从他们的语言和行为中得到有助于促进教学的信息和方法。师生的交流和生生的碰撞必然产生智慧的火花，也必然是课堂里的精彩闪现。把这精彩的一瞬扩大为积极的教学行为，成为带动教学发展的一股新生力量，从而激活师生创新思维，使学生智慧的闪现成为打开教学资源的闸门，让更多的学生参与到教学创新中来，成为教学的一支生力军，并使他们融入到教学活动之中，充分发挥学生在教学中的主体地位和积极作用，使教学更加精彩。

在卡通画一课教学中，我设计了用橡皮泥"塑一个卡通头像"的内容。首先我告诉同学们，这节课的作业老师将用数码相机拍下来并发布在校园网上。教学评价方式的改变和难度的降低极大地调动了同学们的学习积极性，他们的兴趣和积极性极高。很快张亮同学完成了第一件作品，这件作品人物个性鲜明、形象夸张，突起的眼球、上翘的鼻子、厚实的嘴唇，大张的嘴里还伸出一根长长的舌头，像是在向我们大喊。我马上给予了肯定评价，生动的造型也得到了全班同学的掌声。榜样的作用很快发挥了威力，又有几个手脚麻利、头脑机灵的同学完成了作品，这些人物形象更是各具特色、与众不同，同学们看后叫好不迭。接下来产生了连锁反应，同学们的卡通头像个个精彩。这真是富有创造性的一节课，同伴点燃的灵感火焰，竟燃烧得如此热烈。这节课使我深深地感悟到，学生的创新能力和榜样的力量绝对不可小视，它必定会对教学的成败起到至关重要的作用，将是教师无法替代的一股巨大的力量。

新课程把教学定位为师生交往、生生互动、共同发展的过程。它意味着课堂上不仅是教师的教学，而是主体间的互动，相互影响，共同进步。教师与学生、学生与学生共同分享彼此的思想、经验和知识，交流彼此的情感、体验及观念，丰富教学内容，促进教学发展，从而达到共识、共享、共进，实现教学相长、共同发展的双赢目标。以学生资源为突破口，给了学生提供展示自我的舞台，关注学生的发展，提升学生的主体地位，合理地不失时机地把握学生的思想、行为，以学生为本去了解、发现他们经意或不经意间闪现的智慧火花，并把这一资源进一步提升和扩大，形成一个良性循环。从本地区、本学校的实际出发，从学生的自身条件和发展出发设计和调整课程，做到思想上产生共鸣，难易程度上恰到好处，教学形式上丰富多样，真正使学生的学习处在一个主动的状态下，让他们感到"我喜欢去做，愿意去做"，并在做的过程中主动地去发现，去体验，去创造。

参考文献

1.《美术课程标准》北京师范大学出版社

2.《美术新课程案例与评析》 尹少淳 主编　高等教育出版社　2003年

新课程背景下的美术课堂管理初探

浙江省宁波市镇海区贵驷小学　　潘明耀

【摘　要】本次课程改革，不仅是教学内容、教学方法和教学评价的改革，也是课堂管理的改革。伴随改革的深入，各种各样的课堂问题行为不断地向我们的美术教师发起新的挑战。本文列举了新课程背景下美术课堂的各种问题行为，详细分析了产生的原因，并提出了相应的管理策略，供同行们参考与商榷。

【关键词】新课程　美术课堂　问题行为　管理策略

随着新课程改革的不断深入，美术课堂出现了许多欣喜的变化：很多教师尝试着把新理念融入到他们的实际教学中，慢慢摆脱了美术课堂单纯注重知识传授的方式，转化为关注学生的学习方式、学习愿望和学习能力的培养。课堂热闹了，学生活跃了。但同时，伴随着教学方式和评价主体的改变，也出现了许多新的问题，特别是一些问题行为，使一线教师忙于应付，甚至难于招架，严重影响了教学，从而导致有些教师对新课程改革的实效性产生了怀疑。下面，我结合自己的实践粗浅地谈谈新课程背景下的美术课堂管理策略。

一、针对新课程工具材料观的变化而生发的问题行为的策略

《美术课程标准》要求学生尝试不同工具，用身边容易找到的各种媒材创造作品，因此很多美术新教材中，学生的学习工具、材料又多又杂，没有充分考虑城乡差别，有些材料在一般乡镇是找不到的，有些一堂课要准备很多东西，连老师都感到吃力，何况学生。所以，在学生发生问题行为时，教师要有宽容之心，要深入到学生中去，了解情况后再想办法。

1.少带、不带工具材料

这里要弄清学生是无意行为还是故意行为，如果是前者，不能算是问题行为，教师只要提醒其以后不要忘记就行了；如果是后者，就

是问题行为了。究其原因，不外乎三个：其一，思想上不重视，轻视美术课；其二，对美术课不感兴趣；其三，材料确实难备。对其三，教师不能怪罪学生；对其一，教师就要端正其思想观念，必要时可以请班主任、家长配合教育，使学生认识到现代美术教育的重要性。对其二，如果是教师方面的原因，如教学内容枯燥无味、课堂教学不生动及师生关系不和谐等。这样的话，教师就要想办法改善，比如选一些贴近学生生活的题材，多创设良好的情境，教学方法要灵活多样，尽力搞好师生关系等。如果是学生方面的原因，比如美术知识技能低下等，那么就要老师慢慢对其指导了，但帮助其树立信心是首要的。

另外，教师若能经常加以检查，并预先告诉学生要与成绩评价挂钩的话，效果是很好的。有时教师自己来不及检查，也可委派责任心强的学生检查，课前、课内和课后都行。

2. 无法充分利用工具材料，索性玩耍，甚至攻击其他同学

造成这类问题行为的原因主要是学生想象力不足，实践能力弱，贪玩等。对不能充分利用材料的学生，教师应积极采取多种手段，如名家作品欣赏、学生作品欣赏、对材料启发讨论、教师示范等，努力开启学生的想象力，提高他们的创造力和实践能力；对上课拿工具材料当玩具耍的学生，教师不要一味地指责，要在玩中加以启发，有时说不定还能产生特殊的灵感呢；对用工具材料攻击同学的学生，教师心里要明白，这类学生大多是没有恶意的，采用注视法和接近控制法（指教师身体靠近分心的学生，以帮助他将注意力收回到学习上），可收到较好的效果。

3. 无法正确处理用剩材料，桌上、地上杂料成堆

产生这个问题行为的原因主要是学生缺乏良好的卫生习惯。对此，教师可采用榜样法，让其看看在卫生方面做得比较好的同学，从而督促其改过；也可采用剥夺奖励法，如摘去其带有奖励性质的东西，像五角星、小红旗等；另外，也可请他课后帮忙打扫干净整个教室。

二、针对新课程教师教法的变化而生发的问题行为的策略

如今的美术教师正努力使自己从以往以教师为中心的填鸭式、讲授法而逐渐转化为以学生为主体的引导式、发现法，这是好现象。有些教师课堂管理有方，引导得法，学生积极参与，善于发现，课堂问题行为较少。但是也有一些教师，课堂管理无力，引导不当，捉襟

见肘，学生跟不上教师的引导或根本无能力去发现什么，结果课堂问题行为不断发生，影响了教学。

1. 上课心不在焉，傻坐，对老师的问题置若罔闻

形成该问题行为的原因，主观上与学生的身体情况有关，如睡眠不足，没有休息好，注意力分散；客观上是教学内容太难，教师教法单一，引导不当，使学生失去信心。对此，教师一方面要求学生早睡早起休息好，尤其是夏天，要有午睡时间；另一方面可降低教学期望，改变教法，转换教学情景。

另外，教师也可以采用旁敲侧击法，即故意叫旁边的同学回答问题，从而引起他注意；还可采用接触控制法，即用于督促学生继续学习的温和的、非侵犯性的身体接触，如教师把手放在学生的肩上，从而让其注意力重新回归到学习上。

2. 摆弄小东西，看其他书籍，吃东西

引起该问题行为的主要原因是课堂教学对其难以产生兴趣，无法激起其学习的动机，比起前者，程度上加重了不少，它会连带其他学生一起分心，若处理不好，会使整个课堂教学失效。故教师除了改变教法外，还可采用下述两种方法：（1）请这个学生回答问题，但不指出他的问题行为，在其回答问题的过程中让他明白老师的用心，从而使他自觉改过；（2）移走引起分心的东西。教师直接走过去没收这些东西，并且平静地告诉学生这些东西下课后才能归还。教师的态度要温和但坚决。

三、针对新课程学生学习方式的变化而生发的问题行为的策略

《美术课程标准》指出：教师应重视学生学习方法的研究，引导学生以感受、观察、体验以及收集资料等学习方法，进行自主学习与合作交流。目前，有些一线教师在尝试当中有"误解自主学习，忽视教师主导"，"误解合作探究，忽视活动成效"的现象，从而导致一些新的课堂问题行为产生。

1. 不与人合作，资源不共享

产生这个问题行为的主要原因是教师缺乏引导，学生没有理解合作学习的意义。因此，教师要预先告诉学生合作学习可以提升个人的学习效果、学习成就、学习动机和人际交往能力等。但是，同组的学生必须彼此协助，互相支持，否则达不到效果。另外，教师也可采

用参照形成法，即引导其去学习与同学合作得比较好的、乐于资源共享的学生，从而促使其快速形成乐于奉献资源、乐于合作的心态。

2．能者多劳，惰者更惰，自耕自由地

该问题行为成因主要是合作学习分工不明确，放羊式的自主学习和优势生看轻弱势生的心理倾向。对此，在小组刚组成时，教师应花一定的时间使每个组员明确责任，学习合作技能。在合作过程中，千万不要有部分学生打"小工"，或者小组成员各自为阵，自耕自由地，一张画面四分天下的现象出现，否则就是无效的合作。在自主学习中，教师不可放任自流，要掌握主导作用。必要时教师要示范，要指导学生做什么、怎么做。另外，教师对优势生要做好心理辅导工作，使他们消除轻视别人的不良心理习惯。教师对学生要一视同仁，要多创设条件，给弱势生提供机会和帮助，使他们尽快消除压力与挫折感。

3．游手好闲，与同学争吵，声音嘈杂，打小报告

该问题行为的成因主要是学生为了寻求注意。在课堂中，学生往往有相对较多的自由时间，有些学生因为不会做作品索性不做，转而在教室里走来走去骚扰他人，直接引发个别学生向老师打小报告；还有些学生上课做鬼脸，逗得同学们哈哈大笑，课堂内嘈杂声一片。这类学生这样做的目的就是为了获得教师的注意。面对这样的学生，有些教师会责骂、惩罚，甚至把他撵出课堂。根据行为主义心理学者的观点，对这种行为，教师千万不可怒骂甚至体罚，否则，只会强化他的行为，令其下次再犯。其实教师可加强技能指导，激发他完成作业的兴趣，从而使他有事可做，再没有时间去影响他人。另外，教师还可采用课后找学生谈话和给学生写纸条的方法，讲明教师对他上课行为的看法，该行为对学生本人和其他同学可能造成的后果，以及教师纠正该行为的建议。

四、针对新课程评价方式的变化而生发的问题行为的策略

《美术课程标准》评价建议的第一条是"重视学生的自我评价"，第二条是"注重对学生美术活动表现的评价"，第三条是"采用多种评价方式评价学生的美术作业"。比起以往由美术教师一人评定，并以"画得像不像"、"绘画技法好不好"为评价标准，内容不知丰富了多少。但是，一些教师在实际操作中，出现了"误解尊重学生，忽视科学评价"的现象，如任由学生评价，教师不加引导点评，哪怕是知识性的错误。表

面上看课堂热闹非凡，实则学生还是不知评价方法，始终停留在好看不好看的低层次上，同时，新的课堂问题行为也相伴产生。

1. 课堂像菜场，过分热闹

该问题行为的成因主要是（1）教师误把菜场般的热闹评价看成是尊重学生，从而忽视了科学评价；（2）缺乏课堂评价常规。因此，教师首先要纠正自己的观点，要立足于科学评价，要告诉学生新课堂的评价方法，要多引导多启发。这样用不了多久，学生就不会乱评了。其次，教师要和学生一起制定出美术课堂评价常规，因为良好的课堂评价常规是师生进行有效课堂评价的一个必要条件。试想，在一个没有纪律的、乱哄哄的课堂中，师生怎么能进行有效的评价？

2. 不参与评价，评价倾向主观性

该问题行为的成因主要有：学生缺少快节奏习惯，对"课堂作业"理解不清，没有掌握评价方法以及学生的心理偏向。在小学美术课堂中，学生作业时间一般在 15 至 25 分钟之间，而学生往往不理解课堂作业与课外作品的区别，加上很多学生磨磨蹭蹭，导致到了作业评价一环时，很多学生还在拼命地画（其实早就达到了课堂作业的要求），任凭老师怎样催，他都不参加评价。因此，教师一定要反复向学生说明课堂作业与课外作品的区别。当然，对那些还没有掌握评价方法的学生，教师要告诉其评价的要领："评之有物"，不要尽说些很好、很美之类的空话，要评出好在哪里，不好在什么地方。对那些有心理偏向的学生，如自评分很高，给好朋友互评高分，关系不好的打低分等，教师要晓之以理：我们的评价主要是为了诊断、发展和内在激励。

3. 不交作业，不珍惜作品，随便捏团成废品

该类问题行为的成因主要是学生的审美能力不强和学习习惯不良。对此，教师首先要提高学生的审美能力，比如针对他的作品，想方设法引导他去发现作品的闪光点。其次，可以故事、例子的形式告诉学生保存作品对成长的作用以及保存作品的方法，如作品档案袋等。

以上笔者所述的是新课程背景下，针对美术课堂问题行为而采取的管理策略，是静态的，而我们的学生是处在发展中的，是动态的、是具反复性的人，某种方法今天对他有效，明天可能就失效了。因此教师在采用管理策略时，务必要灵活多样，不拘一格。只有这样，才

能把我们的美术课堂管理得生动活泼，才能使我们的学生健康、幸福地成长。

参考文献

1.《课堂管理的策略》 杜萍编著 教育科学出版社 2001年

2.《美术课程标准》 尹少淳主编 北京师范大学出版社 2002年

3.《小学美术教学基本功训练》 李永正主编 东北师范大学出版社 2002年

4.《新课程下的美术课堂教学方法的改革》 余琳玲讲稿 2004年

当美丽的热带鱼变成"垃圾鱼"

浙教版第七册 《美丽的热带鱼》案例分析

浙江省宁波市镇海区骆驼中心学校　王荆

一、思考的问题

（一）如何安排角色置换，以促进学生自主地探究；

（二）如何构建合作环境，以促进学生积极、有效地合作学习；

（三）如何体现主体地位，发挥教师的主导作用；

（四）如何解决突发问题，促进学生的全程学习。

二、背景

课题：《美丽的热带鱼》浙教版第七册

时间：2005.11.15

地点：四（3）班

三、案例描述

用生动的FLASH动画，在学生的惊叹声中直观地欣赏美丽的热带鱼，从而产生强烈的兴趣，希望进入热带鱼世界，寻找更美丽的热带鱼。

在了解了热带鱼的身体结构后，分解步骤：1.尝试做条鱼祖宗（普通的鱼）；2.自主美化鱼祖宗（变成热带鱼）。了解掌握热带鱼的制作方法后，学生自由组合，组建热带鱼之家，动手制作美丽的热带鱼；个别学生成为志愿者，绿化美化海洋，共同塑造自己的海洋家园……

在教室的中间，布置一个蓝色底纸做成的海洋，在同学们的努力下，美丽的、夸张的、怪异的热带鱼穿游在珊瑚、海草、海星中间……

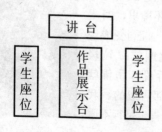

"可爱的热带鱼们，让我们来组建一个热带鱼海底旅游团（教师戴上导游证）吧！瞧，现在我就是'王导'了！让我们一起遨游海底，欣赏我们美丽的家园，看看我们在海底看到了什么美景？哪条热带鱼最美？哪条最有特色？哪条最怪？你最喜欢哪条？"

　　"王导，瞧，我看到的这条鱼的样子实在太奇特了，真希望以后能看到真的。"

　　"王导，我这儿有条色彩特别绚丽的热带鱼，我数了数，她共有8种颜色呢！"

　　"王导，我游啊游，看到了一条浑身墨黑的鱼，它叫'垃圾鱼'！"夏奇亮大声地说着。

　　"垃圾鱼？"学生听后，马上像炸开了的锅：有哈哈大笑的，有惊讶的，有站起来仔细欣赏的……

　　我一愣，面对即将结束的本课教学，面对我的预想答案：看到了一群群、一条条美丽的热带鱼，海底世界真是太美了！谈谈美在何处……可现在，才欣赏了两条美丽的热带鱼，竟然有人"发现"了"垃圾鱼"。

　　那条长长的黑色的热带鱼，我早就发现了，心中还暗暗叫好，认为这位小作者能够标新立异，独创出如此别具一格的热带鱼，真是不简单呢。可现在怎么成了"垃圾鱼"呢？我有点恼火，后悔叫了他，但我马上意识到要尊重学生的想法，于是吃惊地问道："怎么会是'垃圾鱼'呢？我们可是在美丽的热带鱼世界里游玩啊！我们是美丽的热带鱼啊！"他似乎知道老师肯定会问他，不慌不忙地说："对啊！它本来也是条美丽的热带鱼，身上的花纹比谁都漂亮，可是后来因为人们很不注意保护环境，随意将垃圾、污水排到海里，海水变得越来越脏了，美丽的热带鱼每天喝这样的水，生活在这样的环境里，身上的花纹就慢慢地褪了，直到变成现在的样子，所以我就叫它'垃圾鱼'了。"听着他的诉说，仿佛就是那条"垃圾鱼"的邻居似的。我知道我的预设教学设计肯定是行不通

了。但也发现这绝对是一个教学的契机，在快速地思考后我说道："是啊！夏奇亮同学不仅欣赏了海底美景，还发现了海洋的危机，让我们一起来体会可怜的'垃圾鱼'的感受？'垃圾鱼'会怎么想呢？又希望人们怎么做呢？"

"'垃圾鱼'肯定在想，人类怎么能随意丢弃垃圾呢？这是我们共同的家啊！"

"它太可怜了，每天都生活在垃圾的世界里！"

"它可以去环境没有污染的地方，比如'我的海洋之家'。"

"不行的，海洋是相连的，我们只有一个海洋，一个地球啊！"

"他们可以请环卫工人随时打扫卫生，这样就不会垃圾满世界了！"

"人类应该注意环保，爱护这些美丽的热带鱼。"

"我们要呼吁人们不要乱丢垃圾，污水要处理后再排放。"

……

学生们在感慨中引发思考，了解了保护海洋环境的重要性。教师适时提出下节课内容，将学习自编教材造型表现领域的《美丽的海洋——生命的摇篮》。课堂教学得到延伸，学生将带着课堂上的问题寻找资料：了解破坏海洋环境的因素，美丽的海洋图片等。

四、反思与研究

新的教学理念，一直促使我以学生为主，以人为本的发展理念。在本课教学中，通过生动的直观动画场面，激发学生学习的欲望，并创设合理的学习情境，通过角色置换、自由组合、集体交流的合作学习形式，使课堂教学在创设的情景中自然进行。学生在轻松的环境中，自主探究学习，掌握知识，体验在集体中探求知识、积极参与的乐趣。面对教学时出现的突发问题，不能排斥学生，不搭理学生，而应充分变不利因素为有利契机，在课堂教学中把学生放在第一位，尊重学生，突出学生的主体地位，引导学生积极探究，解决问题，使学生处理问题的能力增强，才能更好地促进学生的发展。

（一）角色置换，更易发现问题

心理学家莫雷诺认为，角色置换是一种心理技术，它让人暂时置身于他人的社会角色，并按照这一角色所要求的方式、态度行事，以增进人们对他人社会角色及自身角色的理解，从而更有效地履行自己的角色。在本课教学中，通过创设情境，学生摇身变成一条条热带鱼，想象的空间也就随之打开，他们尽情徜徉在热带鱼的世界中，有的学生感受到鱼儿生活的自由自在，有的学生体会到鱼世界的绚丽色彩，个别思维独特的学生则发现了鱼儿因环境污染而产生的烦恼……所以学生就发现了"垃圾鱼"，并从"垃圾鱼"的角度想象自己生活环境的肮脏不堪，感受到垃圾鱼的烦恼和痛苦，从而发出源自内心的呼喊。由此可见，学生置身于鱼的世界中，思考的角度发生了变化，他们能感受到角色的特点，发现着问题，也就促进了学生的思维。合理有序的角色置换，熟练地掌握和运用这种心理技术，能使学生从不同的角度思考问题，促进思维模式的转变和师生之间的相互沟通，缩短心灵之间的距离。

（二）学生主体，更能促进发展

教育与教学研究的基本出发点和最终目标都是人，是成长中的人、是独一无二的人。教学中，只有了解并尊重学生的感受和体验、需求和愿望，才能爱护他们，促进他们的发展。当一条"垃圾鱼"出现在绚丽的热带鱼世界时，学生马上感到了惊奇，而教师也受到了震动：理想的教学过程似乎被破坏了。这时，如果教师批评、打断或者不理睬学生，就将使该学生的积极性受挫，美好的海底之游也会不欢而散，其他学生的疑惑也必将加深。这时只有尊重学生，突出学生的主体地位，运用教学机智，采用随机教学策略，根据学生的心理需求因势利导，提出"怎么会有'垃圾鱼'呢？让我们一起来体会可怜的'垃圾鱼'，说说你的感受，'垃圾鱼'会怎么想呢？希望人们怎么做呢？"等问题，从而使本来的课堂自然突变成为新的学习内容。学生也将对身处热带鱼世界的"垃圾鱼"产生各种感受，从而获得知识的深化。这样，从学生的角度思考问题，让学生充分发表自己的看法，教师根据他们的回答，引导学生共同探究、解决问题，使学生的学习升了级，并引出了课外知识的探究和下一堂课的教学内容。巧妙利用学生产生的问题设置新的有趣的学习活动，使其达到求知欲的保护及心理的满足。这样顺势解决问题，才能保护学生良好的学习习惯，实现知识向智能的转化。

（三）动态评价，更会体会快乐

美术课程的评价不仅要看学生的学习结果，还要关注学生在学习过程中的行为，而过程性评价即动态评价，如学生在创作热带鱼的过程中，通过小组组建海洋家园，积极地为"海洋之家"出力，在完成后又主动地参与整个展示台的海底世界的环境布置等，表现出了积极友好的参与意识和合作精神，严肃的课堂也变得充满情趣；当教师摇身变为导游，带领由学生变成的"热带鱼"游客的时候，学生的欣赏、评价的过程也成了游玩的一部分，在快乐中体会着美，学习着评价。整个学习过程中所表现出来的积极参与、努力构建的学习态度，都表现着"玩中学，学中乐"的学习心态，参与意识、合作精神、操作技能、探究能力、认知水平以及交流表达的能力等都得到了发展，使学生真正感受到学习是快乐、充实的过程。

（四）合作学习，更乐于展现自我

在教学本课前，已安排了多节有效进行合作学习的主题彩泥课，进行了"愿意合作——学会合作——善于合作"的尝试，即"自由组合——异质合作——自主合作"的分层教学。在本课教学中，学生自由组合，组建热带鱼之家，动手制作美丽的热带鱼，变身为热带鱼；当完成自己的热带鱼之家后，部分学生成为志愿者，在教室的作品展示台上绿化美化海洋，共同塑造自己的海洋家园……这样，学生所表现出来的主动合作，已经不是教师要求下的小组合作，而是集体的合作，自愿的合作，学生在学习过程中，表现得更主动，展现着"家庭"一分子的努力，并进一步得到集体交流合作的快乐。

（五）自主学习，更愿探究表现

培养学生从愿学、爱学到主动学，形成自主学习的观念，乐于探究，体验成功。教学中学生自主探究鱼祖宗的制作方法，变身为热带鱼，然后教师引导学生自己总结出热带鱼的制作方法，改变学生以往的学习方法，凭借自己的能力主动构建知识与活动。在学习的过程中，学生对热带鱼色彩的组合探究、造型的创意探究都表现出积极的思维热情。在课尾，教师提出下节课的内容，学习自编教材造型表现领域的《美丽的海洋——生命的摇篮》，也是依据学生的思维，取决于学生的需要，因此内容上的安排也更能促进学生自主探究、乐于探究。

陶艺教学中渗透人文教育的研究

浙江省杭州大成实验学校　　陈　莹

【摘　要】人文教育，是指对受教育者所进行的旨在促进其人性境界提升、理想人格塑造以及个人与社会价值实现的教育。其实质是人性教育，其核心是涵养人文精神。这种精神包括广博的文化知识滋养、高雅的文化氛围陶冶、优秀的文化传统熏染和深刻的人生实践体验，既重视由外而内的文化修养，更强调自我体悟与心灵觉解，归根结底，它使人理解并重视人生的意义，并给社会多一份人文关怀，在根本上体现教育的本质。而陶艺就是一种生活化且富有鲜明个性的艺术。陶艺作品本身那种奇特的外观造型，无限的创造魅力，朴实的原始风味，强烈的时代气息，能让所有人为之倾倒。陶艺的创造活动对儿童来说，能使他们回归自然、亲近生活。当儿童亲手揉一下泥，做一件陶艺作品，体验陶土的湿润、柔软和韧性，与自己进行无言交流时，那种追求原始，探究神秘，触摸土质，回归自然的潜意识迫切与渴望，得到了满足和释放。2003年开始我校开设了陶艺校本课程，探索陶艺教学中渗透人文教育的研究，在不断的课程开发和教学尝试中，我们深刻地感受到，在捏塑和创作中能让学生感受浓厚的人文情境，提升学生的想象力和创造力，增强对民族文化的自豪感，以及专注精神和团结协作的进取精神。

【关键词】陶艺　陶艺教学　人文教育

艺术能力、人文素养是现代艺术教育的发展目标。小学陶艺教学，正是让小学生走进自然，感受生命的意义、泥土的芳香，体验创造的成功快感、表达自我情感的一种新的教学内容。《全日制义务教育美术课程标准》指出：基础教育阶段的艺术课程，应本着着眼于使孩子们从小喜爱艺术，形成一种终身追求艺术、参与艺术活动的取向，并为他们全面、持续地发展提供良好的艺术素养，以促进学生艺术能力和人文素养的整合发展。陶艺教学作为艺术教育的一个重要载体，对提高学生对作品的鉴赏能力，启迪人生，陶冶情操和促进道德升华有着得天独厚的优越性。通过对陶土的揉捏塑造，感受泥土中所承载的静谧久远的文化气息，用自己的双手和心灵去发现美、表现美、创造美，用陶艺这种特殊的语言去表现心中的世界。当作品展现在眼前时，作品本身所体现出的那种奇特的外观造型、无限的创造魅力、朴实的原始风味、强烈的时代气息，会让每一个孩子为之倾倒。

著名科学家爱因斯坦曾尖锐地指出："学校的目的始终应该是青年人在离开学校时，是作为一个和谐的人，而不是作为一个专家。"仅仅"用专业知识育人是不够的。要使学生对价值有所理解并产生热诚的感情，那是最根本的。他必须获得对美和道德上的鲜明的辨别力。否则，他连同他的专业知识就更像一只受过很好训练的狗，而不像一个和谐发展的人"。随着人们对教育的日渐重视，特别是现在的家庭都努力地想把自己的孩子培养成高素质的人，在教学中融入人文教育的学习，显得更为重要。在一些优秀的学校教育中，陶艺课程已经成了学校的常规教学活动，并在教学中开展各种形式的研究活动，据不完全调查，目前所进行的研究范畴有陶艺教学对学生创造力的发展研究；现代陶艺教学对学生素质发展的推进等等。但在我校开展陶艺教学活动的三年多时间里，一次次的课堂教学，一件件的学生作品，一位位学生身上所散发出来的魅力，让我们越来越感受到陶艺的教学无时无刻不渗透着人文教育，无时无刻不提升着学生的艺术素养、使命感、责任感和事业心、进取心以及敬业精神、创造精神，顽强的毅力和百折不挠的精神。因此从2005年5月开始我们把"陶艺教学中渗透人文教育"作为区立项课题进行研究，收集了一些有意义的资料。

我校是一所九年一贯制的国有民办学校，早在2003年就成立了学校陶艺教学基地，并将陶艺教学内容列入学校总体教育教学规划中，投入大量的资金建立了陶艺教室，配备了电窑以及陶艺教学用具，还让美术教师到中国美院陶艺系学习，聘请刘政教授为学校陶艺教学顾问，并把南宋官窑定为学校陶艺教学校外基地。

学校成立了以校长为首的艺术教育领导小组，并把陶艺教学定为了学校校本课程开发的主要课程。学校优良的硬件环境和领导的重视为本课题的研究提供了得天独厚的条件，在不断的研究和探讨中，运用了总结、调查、学科整合、文献参考等研究方式，总结出了具有一定价值的成果。

中共中央国务院在《关于深化教育改革全面推进素质教育的决定》中指出："要尽快改变学校美育工作的薄弱状况，将美育融入教育全过

程。中小学要加强音乐、美术课堂教学，高等学校应要求学生选修一定学时的包括艺术在内的人文学科课程。"关于人文学科的教育，是指以人文学科为基本内容的教育。这种教育在中国古代的"六艺"教育和希腊的"七艺"教育传统中就已有体现。人文教育的根本目的是为了促进受教育者人性境界提升、理想人格塑造以及个人与社会价值的实现上，而不是培养专业工作者，是一种非职业性的非专业性的教育，其核心是提高涵养和充实人文精神，而不是停留于获得有关的人文知识。知识的获得当然是必要的，但它不是最终目的，最终目的是要通过自我体悟与心灵觉解达到人性境界的提升。

中国的陶艺发展史其实就是一部中华民族的文明发展史，学生学习陶艺制作其实就是学习中国文明史，是对人类不断创新发展的历史的了解，在不断的了解过程中学生深刻地感受到了人文情景。陶艺教育的发展空间是广阔的，它是一种立体的造型、三维空间的塑造，由于涉及文化、艺术、历史、数学、物理、化学等多种学科，陶艺教育中更能培养学生发散思维、非智力因素、实践能力和创新精神，以及推进人文教育的有效载体。作为美学教学中的一个绝佳的载体，它可以让学生直观生动地了解我们祖国的悠久历史和灿烂文化，感受精深博大的中华民族文化精神，增强民族自豪感。

实践证明，陶艺教学作为一门全新的艺术教育课程具有很高的开发与推广价值。它以其独特的艺术魅力激发了学生的学习兴趣，促进了学生的个性发展，为提高学生的审美能力、实践能力、创造能力开辟了广阔的空间，在提升学生的人文素养上有着得天独厚的优势。

陶艺就是一种水、火、土完美结合的艺术。喜欢"玩"泥土是人类的天性，黏土的柔和与人有着天生的亲和力。玩陶的本源在于欢乐和愉悦，是通过触觉、视觉直入心灵。黏土具有很强的可塑性和稳固性，使得陶艺创作在造型上有相当大的自由度，能记录人们的情趣意志，并表现泥土本身的特质。创造者对泥土的捏、搓、揉、压、抹、按等制作语言的感情流露、创作痕迹，均能在陶艺创作中得到体现和升华。通过焙烧成型后便显现出心性对泥性的认同，内心的体验固化在作品上形成永恒的记忆，作品具有了人的灵性。这种无限、不可把控、无法预测、神奇而抽象的艺术语言是大自然的造化与人的创造灵性完美结合的产物，这些都是引发创造者兴奋的因素。

把柔软的泥土变成坚固的陶器，是人类控制自然状态能力的扩大，是人类按照自己的意志创造出来一种崭新的物质，不仅发生了量的变化，更重要的是发生了质的升华，虽然最初的制陶功能是实用，但这里面蕴涵着不可估量的文化积淀。那些陶艺杰作会使我们产生一种强烈的想去触摸它、把玩它的愿望。正是那些独特而又多样的表现形式和手法，赋予了作品旺盛的生命力、时代的精神和多样的人生观。但这些在我们的老祖先时就具备的创造精神、创造意识和创造能力，似乎随着人类的不断进步在慢慢地减弱，而陶艺教学的开展却能很好地引导学生：

1. 通过对生活环境的观察、聆听和反思，感受生活和表现生活。

2. 通过感受陶瓷艺术（尤其是古今中外的经典陶艺作品），体验人类的丰富的情感和思想，丰富学生的精神世界，净化心灵，陶冶情操，培养积极乐观的生活态度。

3. 通过艺术与文化的融合，增强学生对各种不同文化习俗的了解以及对不同地区、不同时代陶艺的文化含义的领会，了解本民族及其他各民族艺术的风格和丰富的文化内涵。

通过对丰富的文化内涵的感受，陶艺展示了人类社会的善恶、美丑、真伪，从而为学生提供充足的文化养料，滋养他们内在的人文精神，使其达到更高的思想境界，成为一个具有较高文化素养并身心和谐的人。

随着新课程改革的不断深入，许多学科也纷纷地融入了人文教育，但常常重在课堂，重在教，对文化氛围的营造与学生个体的人生体验却往往予以忽略。陶艺教育在传授、操作的同时，更加侧重于培养学生的创造力，使得学生在创作时能发挥各自的潜能及创造力。在儿童的陶艺制作中，可以不像成人那样刻意地追求某种高难度的技艺或深刻的理念，更可以不像工匠作坊制作那样规规矩矩、如出一炉。儿童的陶艺作品是儿童没有受到任何理性的束缚，只是根据自己内心的经验和对周围事物的直接感知，运用手中的陶土进行的最直率的表现。这种实践活动能更好地培养动手能力，激发丰富的想象力和创造愿望。

陶艺无需什么基础，简单易学，普及程度高，不同年龄段的学生，只要有兴趣都可以参与。学生在体验创造的过程中容易获得满足感和成就感，只要愿意尝试就都能做出稚拙、质朴、生动的陶艺作品。

在陶艺教学中，教与学处于一种融会状态，以"悟"的方式体验艺术创造的本质，因人而异的教学方式让教师对学生可以进行逐个关怀和辅导，使学生在创造性思维的基础上充分展示自己的个性。教与学之间积极活跃的互动充分体现了陶艺教学的巨大潜能，教与学真正回到发展儿童创造性思维的本质上来，在教与学的互动中找到探索、实践、发现以至成功的乐趣。所以，陶艺的思维教学是以社会的、经济的、科学技术的发展为前提，并将这些因素通过教学中的设计思想加以融合，转换为物质文化和生活方式的审美创造，这种创造过程应是综合性的过程，是融入人文教育的一条非常有效的途径。因此在陶艺教学活动中设立了以下目标：

1. 基本确立陶艺课程的总目标，结合各年龄段学生的动手能力和创作能力，编写了以艺术性、开放性、生活性、合作性、选择性为宗旨的陶艺课程校本教材。

2. 选择具有文化底蕴的课题，让学生进行陶艺创作，举办陶艺展览。

3. 建立陶艺教学的人文教育资源，开发教学案例和学生个案。

4. 通过实践与研究，让教师重塑教育观念，探索教学与发展、师生互动、教育资源之间新的和谐关系。

人文教育有利于提高人的素质，但是我们应该知道，人文教育并不等于只向学生传授某些人文知识，使其掌握某方面的技能。就如同一些学校把素质教育的衡量标准作了这样的误解一样：给学生开设多少门人文学科课程，学生修得多少学分，掌握了多少方面的人文知识，甚至学会唱歌、跳舞、书法和阅读了多少文学作品等。这些教育方法和内容对实施人文教育当然也是必要的，但这并不意味着修完人文学科的课程，获得了若干人文学科的知识就等于完成了素质教育的任务。要使人文教育真正起到提高人的素质的作用，更为重要的是，还必须将人文知识转化为学生自身内在的人文精神。而在陶艺教学中可以通过以下四个教学环节来渗透人文素养的培养：

1. 通过引导学生运用揉、团、搓、捏、接等方法自由地改变形体，激发其探索陶土塑造新方法的浓厚兴趣，使眼、脑、手三者协调发展，从而促进学生的创新意识、创造思维、实践能力的和谐发展。

2. 通过对各时期陶艺作品的欣赏，激发学生创作的思维与灵感，特别是通过富有生活情趣的儿童喜闻乐见的创作主题的设置,引导儿童在自由轻松的创作活动中陶冶性情,培养健康的审美情趣和良好的品德情操,从而使学生对事物的观察力、空间的想象力、形象的创造力等得到综合性的锻炼。

3.从学生的兴趣、能力和需要出发,通过各种教学引导,让学生尝试合作与独创相结合的学习体验,引导学生亲自动手去发现、去触摸,从而培养学生积极主动的学习精神,促进学生在艺术创作活动中萌发创作的激情。

4.通过对各种不同风格及同学之间作品的评价,在情节交流中形成互相学习、互相关爱、不断超越的人文精神。

在陶艺教学中渗透了以下一些人文教育内容:

1.学生具有了动手实践意识,就感受到了真正的快乐学习。

毛泽东曾说过"人是要有一点精神的"。这种精神就是人的精神,民族的精神,人类的精神。这种精神就是把人性不断提升的精神。今天这样强调人文教育,目的就是让学生从小就学会充分理解人生的意义,并把人生意义升华和社会价值实现统一起来。陶艺教学中简单的一次动手玩泥活动,就能让学生滋生出许多新的感受,感受到真正的快乐学习,起到了我们用双倍说教教育都无法收到的教育效果。

第一次的陶泥创作课,我带学生到了南宋官窑,意在情景教学中引发孩子的创作兴趣。整个下午,学生的高兴劲儿就甭提了。那周语文老师收到的本周趣事,所有的学生都写了这堂陶艺课,其中有一位最讨厌写周记的学生居然也主动上交了作业。他这样写道:"以前,我对陶泥没有什么兴趣,只知道它是一块泥而已。可是今天去做了陶艺以后,才知道原来做陶泥是能让人那么快乐和轻松的事,后来陈老师教了我们做陶泥的方法,做陶泥这种事更加令我喜欢了……"

黄旨嫣原是一名不起眼的学生,自从开设了陶艺课,她就像一颗明亮的星星,越来越亮,一个个生动的作品在她的手中诞生。她在周记中这样写道:"记得我第一次到南宋官窑,看到那么多有趣的瓶瓶罐罐以及土里土气的泥人,一下就被它们吸引住了。没想到'烂泥巴'摇身一变,竟然变成了这么精致的工艺品。我们的手都痒痒起来了,拿着泥揉啊,捏啊,兴奋不已。可等到正式开始做时,手中的泥却开始不听使唤,一会儿太黏一会儿又太干,搓的泥条用力不均,

总是粗细不一样，急得我用手使劲往脸上擦汗。'哈哈……'小伙伴们哄堂大笑！我莫名其妙，最后才知道自己成了'大花脸'。经过一下午的努力，我终于完成了一件集多种动物特征为一体的'旨嫣牌'泥塑作品！从那以后，我和泥巴的感情与日俱增。如果现在有人问我最喜欢什么，我一定会毫不犹豫地告诉他——玩泥巴！"

还有一位在老师眼里凡事都不讲道理的学生，却写下了这样的一段话："陶艺增强了我的想象力，也让我懂得了一个道理——一团陶泥虽然难看，可在人类的加工下，却变成了精美的物品。做人也要这样，不能光看别人的外表，就算别人长得难看，可他也有优点。"

调皮的任九成同学更是"有感而发"，写了《泥巴"七十二变"》的小短文。文中这样写道："第一次接触泥巴，随着好奇心的驱使，单调的泥团成了美丽的水壶。第二次，我怀着兴奋的心情将泥巴变成了滑稽的脸谱。这次，我带着激动的心情把手中的陶土捏成了温柔的年兽。泥巴在我手中的'七十二变'还会继续下去，并成为我童年的乐趣！"

在这些真实感受中，让我们了解到动手创造是一件真正让学生感到快乐的事，就像学生说的，陶艺让人体会到了什么叫做自豪，那就是在认真制作完成后，欣赏自己作品的感觉。

2．激发学生自主探究的精神，培养学生的创造能力，提高学生的审美能力。

培养学生爱美，包括感受美、理解美、鉴赏和表现美，这一切都需要审美意识的支撑。而培养学生成为具有较高的审美能力又是人文教育中的一个重要内容，我们试图让学生在创造陶艺形态的过程教育中，提高审美素质。教学中通过对各个不同时期、不同文化背景的作品欣赏，学生被一个个纯朴生动的形象感染，体会到了什么是装饰美。于是在动手制作的过程中，努力尝试发现美的造型，并予以实践。创作出的那些作品虽然非常稚嫩，但包含了他们对事物的比例、重心、对比等美的法则的运用。

在陶艺兴趣教学辅导中，我们根据每个学生的创作风格，帮助他们设计不同的内容，着重进行个别辅导，共同合作完成一些大型的陶艺作品。这样做，学生不仅可以感受到老师对他的关注，而且还可以领悟到老师是和他在一起努力，共同站在同一个舞台上，这就给学生带来了创作信心。在参赛作品《残局》和《对弈》的创作中，考虑到这位学生的绘画基础较好，想象力较丰富，于是在个别辅导中只是提示他可以把中国象棋中的棋子设计成象形的形象，就像古时候的两军对阵，从而把更多的创作空间留给了学生，学生如鱼得水，来了一个时空运转，大胆地把各个不同朝代的将、帅、兵组合在了一起，进行了一次巧妙的大胆构思。在制作中，更是明确地告诉学生，老师只是帮助他解决各部分的粘合，而人物的造型就由他独自来完成，把权力还给了学生。在制作的这段时间里，学生根本就不用督促，每天吃完午饭就早早地出现在陶艺教室了，作品完成后，这位学生感慨地说："陶艺是我的最爱，以后我一定要成为陶艺家，让我的作品家喻户晓！"后来，他的作品荣获杭州市中小学陶艺作品比赛金奖。当学生知道自己获得金奖，得到老师和同学们的称赞时，那灿烂的笑容简直无法用语言来形容。

创作的作品虽然非常稚嫩，但包含了学生对事物的比例、重心、对比等美的法则的运用，这不正是一种审美意识的深化吗？在《想象中的年兽》一课的教学中，教师每一刻都努力地让学生感受到美，把上课的教室用大红灯笼、迎春剪纸以及对联布置起来，使学生一走进教室就感受到了过年的喜庆气氛，然后让学生听喜气的鞭炮声，欣赏民间的各种夸张的神兽形象，又从年兽的传说讲到人们想象中的年兽，不断地向学生传递着中华民族灿烂的文化，在浓厚的文化氛围熏陶下，学生有了足够的体会和感受，在年兽的创作中，纷纷插上了想象的翅膀，让年兽合着自己的想法变成了桌前的装饰物或者是喜欢的一个玩具，还让年兽具有了不同的性格，有凶猛的年兽、善良的年兽、可爱的年兽，还有美丽的年兽……整节课学生都充满着激情，运用自己的想象力不断地创造着，就这样在体验、感受、创造中学生的审美能力得到了潜移默化的提高。

在教学制作面具脸谱时，老师则带领学生从面具的产生历史开始了解，接着欣赏各个时期和不同风格的面具，让学生通过已经了解的塑造方法，创造具有个性的面具。在进行制作时，老师又播放了一段印地安部落劲舞狂欢的录像。经过视觉和听觉的双重冲击，学生们不仅有了灵感，还对面具脸谱有了一种全新的感受。视觉与听觉这两种不同形式的艺术产生了奇妙的"扩散性思维"，在学生的创作中引起了共鸣，使学生的思维彻底地放飞起来。 所有的作品看似稚拙、粗糙，实际上在创作的过程中体现了儿童内在的精神，表达出了比客观事物更敏锐更生动的感觉，使我们感觉到学生作品与远古人类陶器是那么的亲近，既像原始艺术，又像现代艺术。特别是一些在其他学科被老师认为 "思维死板" 的学生的作品出现在这些老师的面前时，他们惊叹了：陶艺的魅力真大啊，还真看不出这些孩子能在这方面找到感觉和自信，这么快乐地体验着。

　　人文教育的根本价值在于培养人格和精神，完善人的精神结构，从而实现人的全面发展，最终拥有健康完善的人格。陶艺创作在潜移默化中提高了文化品味和格调，在塑造美化灵魂方面更有着特殊作用。

　　3．挖掘学生潜在的塑造能力，培养学生建立良好的品质，促进学生身心健康成长。

　　表现也是一种沟通，至少是沟通的尝试。陶艺就是学生乐于运用的一种表现形式。 通过陶艺，学生仿佛走进了一个健康的地区，能够从任何角落感受到善，那些充满童趣、纯洁的作品都会有一股力量使人耳目一新，就像一股和风从健康之境飘来，使学生自儿童时期开始就在不知不觉中培养了一种健康、美好的心理。

　　(1) 陶艺活动能培养学生的耐心、细心和认真的学习态度。

　　陶艺创作是一门需要耐心、细心和认真用心体会的课程。刚开始一听到上陶艺课，所有学生都是大声欢呼，可几次课后，有些学生上课就变得心不在焉，提不起精神了。 原来这些学生觉得玩陶泥也是一件很累、很脏的事。是啊，现在的孩子大都是独生子女，没有吃苦的经历，

没有耐心，非常需要意志力的培养，于是我在课堂教学中穿插了艺术家们的故事，如毕加索晚年专注陶艺创作的故事，还带领他们参观历史博物馆、官窑博物馆、韩美林艺术馆等，给予各种文化的熏陶。我还在课堂上提出严格要求：必须制作出一件完整的作品，不能半途而废。渐渐地，当看到别的同学做出了让大家赞扬的作品，而自己却没做好，就非常羡慕。我适时抓住学生的这种心理，鼓励他们，帮助他们一起完成创作，锻炼他们坚持到底的品质，培养他们养成认真学习的态度。

一件好的作品不是一次就能完成的，它需要学生多次进行修改。在一次次的修改中，学生感到烦躁，会坚持不下去，这时老师及时地扶一把，主动当他们的帮手，帮助学生一起完成作品。时间一长，耐心自然就培养出来了。同样，在盘条盘筑的过程中，一不小心泥条就断了，学生在不断的实践中了解了泥塑的规律和要求，慢慢地学会了细心观察，在陶艺创作中不知不觉地培养了自己的细心和耐心，并逐步形成坚持到底的行为习惯，最终成为良好的品质。

(2) 陶艺活动培养了学生的自信心，获得了满足感。

小学生学习陶艺的状态从某种意义上讲就是儿童本身的状态。儿童陶艺制作过程中善于用点、线、面等造型元素来装饰陶器表面，他们的作品在没有任何理性的束缚下，只是根据自己内心的经验和对周围事物的直接感知，运用他们所能利用的材料进行最直率的表现。为了让学生的创作过程不被打断，在教学处的配合下，上陶艺课时把两节美术课合并在了一起，在课堂上老师还时常用竖起大拇指和鼓励的眼神代替语言，从而让学生在激励中满怀信心地创作。在以《生活中的我》为主题的陶艺创作课中，满是陶土味的制作室里，每个学生都全身心地投入在制作自己的作品创作中，无拘无束，完全陶醉于自我的欣赏中。虽然许多作品在大人的眼里是那样可笑、幼稚，但学生望着自己用那一团黑黑的泥"变成"的作品时，一张张稚气的脸上都展现出了满足和欣喜，流露出了对自己的自信。同时学生对陶艺的理解也有了更深层次的，或者说是更感性的认识，特别是当其他学科的老师看到那些平时并不起眼的学生展现的作品时惊讶了，通过陶艺课使他们重新认识了许多平时并不引人注目的学生。

反思：

早在20世纪初，人们就对人文教育有了广泛地理解和认识，其中各类艺术学科被认为是最重要的人文学科，学生的各种艺术活动，都被认为具有审美、创造，乃至完善个人品格，治疗心理疾病等作用。人文学科教育的本质是重视心智的训练和情感的陶冶，而不是以培养专家为目的。学生在从事所喜爱的艺术活动的过程中，自觉或不自觉地都在进行创造，其创作的过程也被视为个人隐性心理结构的外在化，每个人都被视为潜在的艺术家，只要不失去个性。而促进学生手脑并用，激发学生的想象力和创造力，蕴藏着非常教育潜能的陶艺教学正是通过不同的视觉样式，为学生提供了广阔的天地，让学生能得以体会多样的文化情趣，满足自己认知和情感上的需要，从而充实自己的心灵。

结论及展望：

通过教学实践与探讨，认为学科的教学内容不应当仅仅局限于学科范围本身，还要在课堂上体现人文主义的教育精神，让学生不仅要掌握一定的专业知识，还要让他们具备一定的社会、历史、自然、艺术等广泛的素养；教会学生学习，注重培养学生分析、解决问题的能力，创新能力和团结协作精神。陶艺教学能把专业知识和人文素养的内容很好地融入在一起，更多地关注学生的亲身体验，反映社会、科技的最新进展，满足学生多元化发展的需要。在真正体现教育的人文性上，陶艺教育是其他学科无法比的。由于学校陶艺教学开设的时间还较短，实践过程中还存在不足，其成果还是初步的，尚待更深层次的研究，在实践过程中发现的一些问题也有待于在今后的研究中关注：

1．学生接触的陶艺作品形式还是单一了些，除了课本上的陶艺欣赏，他们很少有机会去欣赏不同形式、不同种类和风格的陶艺作品。因此还要多收集各方面的知识，多给学生欣赏一些不同形式、不同种类和风格的作品，开拓学生的视野。比如感受罗马雕刻艺术那种不加任何美化、强调、概括的自然主义的逼真；感受非洲的图腾柱所呈现出来的原始艺术稚拙、古朴、粗犷之美；有针对性地欣赏一些现代艺术，从野兽主义到立体主义、达达主义和超现实主义等。同时，为了能够获得更好的教学效果，设想把一些欣赏课程放到各类博物馆去，能让学生在特别的环境中感受陶艺文化。

2．探讨陶艺课程学习与其他课程学习之间的联系，把陶艺作为一门综合课程，融入历史、文化和民族特色的学习，从广义上树立学生的自信心，培养持续发展的能力。

3．陶艺作品晾干的阶段，就是对作品牢固程度的检验阶段，在这段时间里，一些制作不合规范，粘合不到位的作品往往会开裂，严重的会报废，使学生的创作激情受到打击，因此对产生这种状况的学生要重视心理辅导，特别是平时承受能力就比较差的学生。

参考文献

1.《陶艺技法》　邓和清　黄胜编著　江西美术出版社
2.《陶艺技巧百科》　彼得　康逊迪诺编著　中国青年出版社
3.《说陶论艺》　杨永善著　黑龙江美术出版社
4.《艺术课程标准解读》　教育部基教司艺标组编
5.《中国现代教育家》　颜新元主编　湖南美术出版社
6.《中国民间美术造型》　左汉中编　湖南出版社
7.《美术课程标准解读》　美术课程标准研制组编　北京师范大学出版社
8.《中小学陶艺教学的点滴思考》　东北育才网站

让地方文化资源走进美术课程的研究

浙江省杭州市安吉路实验小学　　方晓云

【摘　要】在传统教学中，教学与课程是分离的。教师的任务只是教学，是各项规定的机械执行者。而新课程的实施，使课程内容更加贴近学生的生活，更加多元化、多样化。也就是说，教师必须在课程改革中发挥主体作用，教师不能只成为课程实施中的执行者，而更应成为课程的建设者和开发者。因此，如何开发好地方文化的资源，并把这些资源用来丰富我们的课堂教学，是我们教师所要研究的一个课题。

【关键词】地方文化资源　美术课　研究

在传统教学中，教学与课程彼此分离，教师的教学任务是按照教科书、教学参考资料去教。教学计划和教学大纲是由国家规定的，教材和教学参考书是由专家或教研部门编写的，教师是各项规定的机械执行者。随着新课程的实施，鼓励各地学校和教师积极开发具有地方特色的课程和校本课程，使课程内容更加贴近学生的生活，更加多元化、多样化。也就是说，教师必须在课程改革中发挥主体作用。教师不能只成为课程实施中的执行者，而更应成为课程的建设者和开发者。《全日制义务教育美术课程标准（实验稿）》的"课程资源的开发与利用"中也指出："广泛利用校外的各种课程资源，包括美术馆、图书馆、公共博物馆及私人博物馆、当地文物资源、艺术家工作室和艺术作坊等。学校与美术馆、博物馆以及社区携手，开展多种形式的美术教育活动……尽可能地运用自然环境资源（如自然景观、自然材料等）以及校园和社会生活中的资源（如活动、事件和环境等）进行美术教学。"其中包括了两个层次的资源：地方文化资源的利用和开发以及地方物资资源的利用和开发。

一、问题的发现

作为一线的教师，我们不难发现新课程的改革已经进行得如火如茶，从老教材到人美版，又到浙美版的教材，不仅课本的设计变得越来越漂亮,而且教学的内容也更接近学生的生活,学生都变得越来越爱上美术课了。

但是我们从教材的内容上比较难找到有关当地的特色文化,这也是比较遗憾的。我们都知道杭州是一个美丽的城市，有着悠久繁荣的历史文化，可开发的文化资源应是比较多的，可从一些民间艺术、文物古迹、风景名胜等等方面来开发。虽然在实际教学中有意识地添加了当地的风景摄影照片、当地的民间艺术照片等，却未能从与自然景观、民间艺术相关的情境，以及与学生生活、未来发展的角度去发掘其内涵。仅仅从事物表面的关联出发来设计课程，利用美术本土资源只是浮光掠影。

本土文化所蕴涵的审美成分和它自身深处的本体成分，是其他任何艺术所无法替代的。因此美术的本土课程的利用与实施,对学生的文化修养的培养有着尤为重要的作用。

二、结合地方资源，完善课程结构

随着社会发展，学校已不再是与社区生活毫无联系的"象牙塔"。一方面，学校的教育资源向社区开放，引导和参与社区的各种社会活动；另一方面，社区也向学校开放自己的可供利用的教育资源，参与学校的教育活动。学校教育与社区生活正在走向"一体化"，强调二者的互动，重视挖掘社区的教育资源。目前台湾、香港等地区都非常重视开发"社区取向的美术教育"，将美术教育变成学生了解当地社区生活、传统文化，关心社区发展、参与社区建设的途径。在地方物质资源的利用和开发方面，因地制宜地将许多材料带进课堂，创造性地开发出一系列各具特色的校本课程，比如砖雕、卵石造型，利用树皮、树叶、树枝、小果子、豆类、稻草、蛋壳、瓦片、沙子、羽毛、碎布、毛线等制作实物粘贴画，利用稻草、树藤、棕叶等材料进行编制和捆扎造型，还有用石膏板做装饰等等，真可谓"点石成金"，"变废为宝"。这些美术作品体现出浓郁的材质之美和拙朴的造型之美，具有鲜明的地方特色，有的还散发出民间艺术的味道、或是渗透着环境保护、废物利用的意识，深受学生的喜爱。在如何拓展美术地方课程方面，我也曾做了一些尝试。

地方美术课程资源表

自然风光	柳浪闻莺	断桥残雪	花港观鱼	三潭印月	京杭大运河
民间艺术	王星记扇子	天堂伞	胡雪岩故居	都锦生丝绸	
名人遗址	岳 坟	中山公园	元宵花灯	章太炎纪念馆	

1.选用典型，创设意境，提高审美能力

在教学中可选择富有代表性、具有普遍意义或典型意义的地方文化资源，并采用多种教学形式来提高学生对这些资源的审美能力，丰富他们的审美经验，完善我们的课程结构。

案例1：《如诗如画如歌——杭州西湖》

为了激活课程资源，让生活走进美术课堂，使本土美术文化成为教师开采的重要课程资源，我根据杭州这独具魅力的城市，开发了《如诗如画如歌——杭州西湖》一课。在本课开始时展示《溪山行旅图》，让学生感觉雄浑壮阔的山水特色，接着引出：其实我们杭州就有着如图中所画的秀丽山水，这节课我们就来领略西湖的特色。然后循序渐进地逐步展开内容。在展示大量风光图片的同时，安排了选择背景音乐、尝试即兴赋诗等练习，力求让学生从视觉艺术、音乐、文化的角度对本地山水有一个三维欣赏的效果，从多角度创设文化情境，进而在文化情境中欣赏西湖的美，使课程内容走向学生熟悉的社会生活和自然环境。

案例2：《扇子的设计》

杭州的王星记扇子非常有名，也是杭州民间艺术的一大特色。在上人美版教材第三册第14课《小扇子》一课时忽受启发，在学生原有的对扇子审美品味的基础上，再增添了与扇子有紧密联系的本土教材《扇子的设计》，发扬自己的地方特色，在更具吸引力与感染力的地方文化中发现自身价值，创新和发展本土文化。在准备这一课时，我要求学生在上课前采取多种方法了解有关扇子的知识，如上网查询、通过书籍获取、向长辈请教等等，这将有利于教师更好地完成课程任务，丰富教学内容。我们可以看到，随着时代的发展，绘画在美术中的主导地位逐渐弱化，多形式、多手段、多媒材的造型方式不断丰富起来。为了使学生的各种能力都得到均衡发展，美术教育应趋向于综合化。生活就是材料的宝库，处处都有可用的材料，天然材料有枯枝、树叶、狗尾草……人工材料同样丰富，有各种质地的纸张、精美的包装盒、各种颜色的毛线……对这些有用的材料，需要用审美的眼光去发现，并用创新的思想去想象它。语言引导，作品欣赏，利用各种材料进行制作，也有利于教师更好地完成课程任务，使教学内容更为丰富。这些都在无意间培养了学生关注生活、善于发现美的习惯，使学生的想象力和审美力得到了提高。

在引入新课前，一是引起学生学习的兴趣；二是要融入语文学科（说说你是怎么猜出来的？）通过逐字推敲，猜出今天的学习内容，学生的学习兴趣积极高涨，个个流露出兴奋的情绪，产生急于探究的愿望。这时，我又顺势引导大家进入新课，提出问题：最早的扇子是怎么来的呢？同学们纷纷争先恐后地把他们查来的、问来的有关扇子的知识告诉大家。这样，通过课前让学生充分的准备，有效地让知识在学生间相互传递、相互交流，培养了学生自问自答的自主学习能力。在欣赏时出示一张孙悟空拿芭蕉扇的图，让学生来说说故事……通过欣赏扇子的演变历史，从最古的扇子到现在的扇子，让学生在初步感知中产生兴趣，通过课件的演示，了解扇子的不同造型以及在生活的各种用途，引导学生了解扇子不同的风格特点，紧接着展示一些扇子的图片给学生以启发，充分体现教师主导、学生主体地位的理念。最后让学生在欣赏传统艺术的基础上充分展开想象，积极创新。

2．深入实践，感悟、体验、创作

由于人生阅历及思维能力发展的局限，学生对客观事物的认识往往只停留在肤浅的层面，更多的是感性的、直觉的、形象化的东西，他们需要通过自己的亲身实践，去感悟，去体验。

案例1：《多彩的元宵节》

农历正月十五，是我国民间传统的元宵节，又叫灯节，旧称上元节。是整个春节节庆活动的收尾。杭州的元宵节是非常热闹的，这一天，各个城区都要举行多姿多彩的灯展，并举行猜谜等助兴活动。

但是，我在课堂中上《多彩的元宵节》一课时，提到元宵节是如何具有民族特色、如何精彩纷呈时，学生脸上反映出的却是一片茫然。在这么一个承载着中国文化民俗特色的节庆日，我们周围的学生竟有不少人一无所知。因此，我让学生组成小组，到自己所在的社区查找资料，寻求答案，并让学生回校后进行想象、设计、创作。这一活动使学生学到了课堂上学不到东西，学习效果非常明显。学生根据自己对元宵节的感受和理解，运用自己的生活体验和审美经验，将情感融入作品中。有的用画的形式，有的用剪纸的形式来表现元宵节的热闹。有的学生还去了解了灯笼的制作过程，并学习了一些简单的制作方法。这些作品令人赏心悦目，特别是有一次在社区与学校联手举行的"巧手迎新春"的活动比赛中，学生的才智得到了尽情的发挥，有多名学生获得了很好的成绩。这样贴近学生生活的本土课程，缩短了课程与学生的距离，不但有助于本土文化的传承和发扬，还有助于学生确立生活信念和获得发展的动力。

案例2：《家乡名人遗迹写生》

本土丰厚的文化底蕴和人文资源，为我们开展美术教育实践活动提供了非常广阔的天地。杭州古迹众多，保存完好，如胡雪岩故居、章太炎纪念馆、西泠印社等等，都包含着丰富的人文教育资源，作为美术教师应很好地去挖掘和利用。在准备这节课以前，我先让学生通过各种方式查找资料，对其有一定的了解。学校放春假的时候，我让学生在这段时间里去进行实地考察，用画的形式或是摄影的形式来完成课题，充分、直接地了解古代文化的内涵，也丰富了学生的假期生活，这些建筑古迹为学生的写生、创作提供了极好的条件。利用这些条件，我们引导学生进行了各种形式的绘画训练，大大提高了学生的多种绘画基本技能，同时进一步熟悉了本土文化的内涵，培养学生热爱家乡、热爱民族文化的思想感情，强化对文物古迹的保护意识。

三、开发本土课程的思考

新的美术课程改革的推进，将更注重本土课程的开发，课程资源的如何利用已成为实施优质美术教育的重要环节。我们如何更好地开发本土课程呢？我想主要从以下这些方面进行思考：

1．要善于研究，要理解课程资源的内涵和外延，认识教科书不是唯一的课程资源，学会开发和利用课程资源的方法。

2．对地方文化要根据多样化和选择性的原则，经过挖掘、整理、筛选、分类、整合，有针对性地对这些资源加以利用，以达到更好的教学效果。

3．我们要把地方文化资源合理地、有机地结合进自己的教学，作为教学内容的扩展、延伸和补充，充分发挥地域优势，扬长避短，突出个性。

4．有效地与当地设施相结合，如社区、博物馆等，这不仅能更好地为开发地方资源提供素材，同时也丰富了学生的学习生活。

在今后的地方课程实施过程中，我们还要处理好"传承"与"创新"的关系，在引进美术本土资源的同时，还要把现代艺术的元素渗透其中，采用相结合的实施教学方法，让学生看到一个更精彩的美术世界，使美术课的教学更上一个台阶。

新课改下音乐与美术如此和谐

——音乐引入小学美术课堂的探索与实践

浙江省杭州永天实验小学　胡小仙

【摘　要】艺术教育综合化体现了现代教育的一种发展趋势。艺术新课程要求通过音乐与绘画艺术的双重美感的熏陶来激活学生的艺术细胞。音乐引入美术课堂营造了轻松愉快的课堂气氛，提高美术课堂教学质量，帮助学生更好地理解和把握美术学科知识。

【关键词】小学美术　课堂教学　综合化　创造力　音乐

艺术教育综合化是当今艺术教育发展的一种潮流和趋势，也是基础教育改革需要突破的一个难点，是我国课程改革中的新理念。小学美术教育作为基础性艺术教育，必然向综合化教学发展，因为艺术在沟通和形成各学科间的各种联系方面具有其他学科无法相比的优势，所以小学美术教学能够并且应该利用这一优势，注重各门艺术之间以及艺术与其他学科之间的联系。在新课程改革中，课程标准很明确地提出了"综合"的要求。在小学美术学科中，把"综合探索"作为重要的学习内容之一。艺术新课程也要求通过音乐与绘画艺术双重美感的熏陶来激活学生的艺术细胞，给予学生充分的想象空间去探索美、鉴赏美。笔者认为，把音乐引入美术课堂是新课改对美术学科教学的要求。利用音乐辅助美术教学的形式，是笔者适应新课改的一个尝试。

一、国外艺术教育综合化发展的现状

艺术教学综合化，是当前国际艺术教育发展的一种潮流和趋势。美国《艺术教育国家标准》明确提出"在各门艺术之间寻求合理的联系"的要求，同时在各项内容标准中还规定了具体联系的学科内容。又如加拿大、日本等一些国家，在艺术学科的教学中，不同程度地融入了跨学科的教学内容。德国小学把音乐、美术两科结合在一起进行综合教学，韩国小学低年级把音乐、美术、体育三科综合，作为"快乐生活"课程，这些尝试为我们把音乐引入美术课堂实施综合教学，提供了依据与有益的探索经验。

二、音乐与美术相同知识点的分析

美术与音乐虽是两门不同的学科，前者通过线条和色彩诉诸人们的视觉感官，后者通过音响诉诸人们的听觉感官，但二者有一些共同的美学特征：

1.二者都不是客观现实的再现，而是主体精神的表现，这使它们都具有象征性、多义性和概括性。

2.二者都靠一定的数的比例关系来构造形象，都具有鲜明的比例、节奏、韵律的和谐美。更直接地来讲，美术虽然是静态的，但它通过整体布局，通过空间序列的安排，可以获得连续流动的变化的空间整体美，使二维空间的艺术具有了四维空间的魅力，即音乐的旋律。

3.美术中各种形式因素的运用，诸如形体的大小和高低、线条的刚健和柔和、色彩的冷暖、笔墨的浓淡、构图的疏密，以及对比、统一、均衡、对称、比例等形式美学法则的合理运用，都使美术形象具有了类似音乐形象的节奏与韵律。但这不是实际上的音乐节奏与韵律，而是视觉的节奏，视觉的韵律，是依靠通感获得的"无声如有声"的音乐感。

三、音乐引入小学美术课堂的原则

音乐与美术有着密切的联系，把音乐引入美术教学是非常必要，也是完全可能的。笔者认为这种综合应该要有美术学科的主体意识：

1.以美术为主线，在突出本学科内容和时间安排上占主体地位的前提下，可以与美术教学内容相关的音乐内容进行必要的综合性教学。

2.所引入的音乐内容必须与美术教学内容有着密切联系，在安排上应该是有机而自然地融合在一起，不能为综合而综合，也不能片面地追求形式上的"多元文化"而堆砌与美术教学关联不大的内容。

3.把音乐引入美术课堂，要使两者完美地融合，没有生拼硬凑的感觉，需要找到一个很好的切入点。要寻找它们的共同点，找出两者的结合点，使两者巧妙融合。

四、音乐引入美术课堂的研究与实践

从美术教学改革的进程来看，学科综合是个有意义的新课题。在美术课堂配上合适的音乐，使课堂充满艺术气息，能营造一种生动活泼的教学气氛，让学生在愉快中不断追求新知识，抒发情感，在活泼愉快的学习中发挥潜能与创造力。以下是笔者在教学实践中的几点尝试。

1. 音乐引入美术课堂利于营造轻松的课堂气氛。

(1) 音乐导入新课，激发兴趣

音乐导入容易调节学生的学习兴趣，启发学生的思维，为整个课堂营造一种轻松愉快的教学气氛。

案例：在上浙人美新教材第一册《小雨沙沙》一课时，我利用歌曲《小雨沙沙》导入，这时学生对上课内容产生了一种好奇心，注意力马上集中到音乐上了，这样就轻松地开始了教学。"小雨，小雨，沙沙沙，沙沙沙……"的欢快旋律划破了教室的静谧。因为这首歌学生特别熟悉，于是个个兴趣大增，跃跃欲试，情不自禁地和着歌曲，踏着节奏，摆动两手，模仿着下雨的样子跟着唱了起来。这样整个课堂马上充满了轻松愉悦的气氛。这时，我就趁机引出问题："大家能够描绘一下下雨时的情景吗？"歌曲已经激发了学生的创作欲望和热情，每个学生都想立刻描绘出一幅下雨的画面，这样学生就马上兴趣盎然地投入到学习活动之中。

(2) 创作配上音乐，激发创造

以音乐为手段，创设有利于创造性学习的情境，使学生思维更加活跃。音乐有一个很重要的作用就是能够渲染和强化气氛，我们也可以把这一点利用到小学美术教学中来。通过音乐使学生产生一种身临其境的感觉，激发学生的创造力和想象力，使创作作品更加生动逼真。

例如：在上浙人美新教材《鸟的天地》时，在学生作业过程中，我配上一段鸟语花香的乐曲，有鸟的鸣声、有小鸟展翅欲飞时的拍翅声、有风吹树叶的声音，使学生进入情境中，刺激学生去"想"。优美的音乐，让学生步入童话世界，去感受葱郁的树林、鸟蝶飞舞的环境，使学生留恋、向往，唤起美好的记忆。在音乐的影响下，同学们画的鸟儿形象千姿百态，原来几个胆小的同学也能大胆地表现。因此，让学生一边听音乐一边作画，不仅活跃了课堂气氛，还可以激发学生的创新思维。

(3) 评价利用音乐，活跃气氛

学生完成作业后通过音乐展示作品，进行讲评，可以活跃课堂气氛。如一年级《帽子》一课，学生的帽子都做好以后，配上一段轻松欢快的音乐，然后让学生把自己设计制作的帽子戴上以后进行表演，使他们体验每件艺术作品的美感。这样，每位学生都能获得成功的喜悦感，体验到学习的乐趣，使学生的兴趣再次步入一个高潮，为整堂课划上一个轻松圆满的句号。

音乐的节奏会使大脑的思维处于一种兴奋状态，并产生积极的联想。通过音乐营造出的这种无拘无束的思维环境和轻松的课堂气氛，大大提高了学生的学习兴趣，激发了学生的创造思维，使学生根据自己的感觉和想象去塑造他们心中活灵活现的形象。这种诱发学生积极探索的思维方法是现代小学美术教学的目标。

2. 音乐引入美术课堂利于提高课堂教学质量。

由于美术与音乐在节奏韵律、意境等方面都有相通之处，所以美术往往可以从音乐中得到启发，音乐也可以辅助美术课堂教学，帮助学生更好地理解和把握美术学科知识。这种以美术学科为主的，将音乐与美术在艺术上有机整合后，巧妙地设计于课堂教学，则有利于提高学生的学习兴趣，有利于学生视觉与听觉审美能力的同步提高，从而达到课堂教学质量的提高。

(1) 利用音乐辅助美术线条教学

在美术教学中我用音乐来做线条练习。绘画中的线条是构图的基础，初学绘画者都要进行线条练习。在上浙人美版新教材三年级的《我们身边的线》一课时，给学生听不同类型的音乐所创作出的线条也是不同的。在听贝多芬的《命运》后创作出兴奋的线条，在听柴柯夫斯基的《天鹅》后创作出平静的线。学生在运笔时随着音乐的旋律和节奏起伏，表现出线条或刚毅或柔软的韵律，使作品融入诗的情感、音乐的旋律。这些大胆的表现，说明了学生在音乐节奏的影响下，获取绘画艺术的灵感，对线条练习更感兴趣了。

(2) 利用音乐辅助美术色彩教学

色彩是美术绘画中的重要因素，色彩本身富有音乐感。康定斯基在《艺术的精神》中说："色彩本身便能构成一种以表达情绪语言的因素，如同音乐的音所直接诉诸心灵一样。" 因此我根据音乐的节奏和情绪来辅助美术色彩的表现。在低年级学生学习色彩的冷暖时，我先出示暖色系列和冷色系列的颜色，让学生在视觉上感受冷暖色的特点后，欣赏民乐《喜洋洋》和《二泉映月》这两首乐曲。第一首乐曲欢快喜悦，第二首乐曲哀惋忧伤。听后我向学生提出问题："这两首乐曲哪首听起来感觉符合冷色调，哪首听起来感觉符合暖色调？"同学们有的说：《喜洋洋》听起来高兴热闹，像暖色调。"有的说："第一首听起来符合暖色调，像穿了一个大棉袄。"还有的说:"第二首乐曲像是孩子在想妈妈时流的冷冷的眼泪,是冷色调的……"这些天真稚气的话表明了学生是真正感受到了冷暖色调的区别,体验了色彩冷暖的特点,在学习中也就能更好地掌握色彩冷暖的表现。

我还尝试过音乐感觉法进行色彩练习,如:放一段舒缓的音乐,让孩子边听边联想画面,然后说出心中感觉到的色彩,大部分孩子会用浅蓝、浅黄、粉红、淡绿、淡紫等来表现,但也有一些孩子用大红色和黑色来表现。使用红色的孩子说舒缓的音乐像血液在体内流动,所以联想到大红色;使用黑色的孩子则说听了这段音乐联想到黑夜和睡梦,所以用黑色。应该说,这几种感觉是很宝贵的。利用色彩去表达对音乐的感觉是一种有趣的游戏,同样听爵士乐,两位学生表现出截然不同的感受:一种是浅色的曲线与直线中穿插着深色的小方块,表现了轻重不同的节奏和韵律感;一种是由绿色、黄色、红色等大色块作底,加上变幻不定的线条镶嵌其中,把对爵士乐随意性和即兴性的印象描绘出来。

(3) 利用音乐辅助美术欣赏教学

美术与音乐都是比较特殊的艺术,欣赏者可从中获取精神力量,使思想得到升华,浸润心灵。在进行名画欣赏教学时,为使学生更好地理解名画所传达的意思,笔者有意识地选择了一些表达含义与名画相近的曲子作为背景音乐。让学生在视听觉感官的共同参与下更好地理解名画的含义。

例如在欣赏法国印象派大师莫奈的作品《日出·印象》时,采用的背景音乐是法国印象派作曲家德彪西的作品《月光曲》;欣赏荷兰风格派大师蒙德里安的作品《百老汇的爵士乐》时,配上相应的爵士乐,使学生对静止的画面产生了动态的感受,更能使学生理解画面所表达的内涵。在课堂中,当学生听了爵士乐后,有的同学提出用跳跃的波浪线来描绘,有的同学提出用鲜艳、跳跃的色块来表现,有的同学提出用变化的点线和色彩来表现……在学生有了这样的想法的基础上,我再给他们看蒙德里安的作品,学生才感觉到大师表现画面的水平之精湛,而在以前,他们则会不屑地说一句:"这也能算是名画?我也能画!"我同时发现,把美术和音乐结合起来进行欣赏教学,学生的欣赏热情高涨了,思路更宽了,想象力和创造力更强了,也就更好地拓展了艺术空间,增强了艺术趣味。

融入音乐的美术课堂绘画练习，让学生能深入而细腻地描绘，无拘无束地画出真实感情，培养学生集中注意力的能力，锻炼了手与脑的配合，触动了学生的听觉、视觉、感觉，提高了学生美术绘画的创作力和表现力。

3. 音乐引入美术课堂激发美术创造力和表现力。

把音乐引入小学美术教学中激发了学生的创造意识，提高了绘画表现力和创造力，促使学生的感知觉发展，并通过对音乐的直观感受诱发了他们创造性的想象。世界著名教育家苏霍姆林斯基对音乐的意义和作用曾经作过这样精彩的描述："音乐的旋律在儿童的心灵上唤起鲜明的想象，这种旋律是培养创造力的一种不可比拟的手段。"由此说明音乐可以激发学生的创造力，绘画可以在音乐的影响下更富有表现力。

例如在自编教材《乐曲的联想》一课中，我进行了大胆的尝试，将音乐和美术整合在一起，收到了意想不到的效果。这节课的教学目的就是让学生把音乐的感受用绘画的形式表达出来。培养他们依靠听觉激发美感情绪，创造视觉符号的能力。学生通过欣赏大师作品和同学的优秀作业，了解欣赏音乐和绘画作品的统一性，开阔眼界，再通过作业来提高学生用线条和色彩表现对音乐的理解力、感受力、表现力。通过对音乐的认识与表达，学生试着运用线、形、色诸多因素的反复重叠表现听觉感受。

在教学过程中我选择节奏轻柔的轻音乐和节奏强烈的迪斯科音乐让学生感受不同的音乐节奏。轻音乐柔和、优美、流畅；爵士舞音乐强劲、热烈、奔放，然后利用这些音乐启发学生的视觉表现。让学生先把这种感觉用线来表现，哪些线感觉硬，哪些线感觉柔软？让学生知道直线有硬的感觉，曲线使人感到柔和。还有，用线条来表现节奏就如同音乐的节拍，会有上下、强弱、长短、起伏等变化。由线组成的形有几何形和自由形，产生有规律的运动节奏。如康定斯基的《圆之舞》用圆表现宇宙空间和星系的相互作用。用飘带式和飘浮体造型表现一种活泼的、游动不定的、变幻的感觉。马列维奇则采用直线组成的一个个图形，形成了神秘莫测的宇宙空间，其使用的基本方法是数量的变化、位置的变化和方向的变化，由此产生各种缓慢或激烈的运动节奏，给人流动、滑行、奔驰、激荡、升腾的感觉。在创作时我要求学生根据音乐节奏来想象出现的图形，也可以根据音乐中乐器奏出的乐音来创造视觉符号进行表达，符号需有大小、位置、方向的不同变化。

通过这样的教学尝试，我发现音乐使学生的绘画富有变化，而且有节奏感，学生表现的线条和绘画符号更具感染力。音乐赋予画面一种内在的美感，反过来美术作品的创作则加深了学生对音乐的理解，激发了他们的创造力和表现力，提高了他们的综合艺术素养。

　　综上所述，我认为音乐以其富有变化的旋律，能够活跃小学美术课堂教学的气氛，创设课堂教学的审美氛围，提高美术课堂的教学质量，提高学生绘画的表现力、创造力和想象力，有利于学生愉悦身心、激发灵感、发展思维和陶冶情操。音乐与美术有机融合，旋律与色彩富有激情的同台演唱，使孩子们的视野更加开阔，想象和创造也更加丰富，画中有声，声中有画，两者和谐统一，这也正是课改的魅力体现。

参考文献

1．《小学美术"综合探索"学习领域的设计和实施》　刘伟慧著
2．《艺术教育论》　郭声健著　上海教育出版社
3．《小学美术教学法研究》　李永正著
4．《小学美术教学综合性教育的探索与实践》　郭风岩著
5．《外国中小学教育》　1997年2期
6．《儿童的知觉与视觉的发展》　艾略特·W·艾斯纳著
7．《儿童绘画解析与教程》　杨景芝著
8．《艺术的精神》　康定斯基著

如何在小学美术教育中表现中国传统节日

—— 试论美术人文课程资源的开发

浙江省杭州市刀茅巷小学　　　宋杭晨

【摘　要】　中国作为历史悠久的文明古国,有着五千年的古老文明史,其传统节日形式多样、内容丰富,是我们中华民族悠久的历史文化的一个组成部分。在教学中对开发"美术人文课程资源"做一番研究,具有深远的意义。

把"中国传统节日"这一人文课程资源引入小学美术教育具有独特的意义;探究如何开发中国传统节日成为美术人文课程资源,值得研究和实践。

【关键词】　美术教育　传统节日　人文课程资源

一、中国传统节日的一般概述

1. 中国传统节日的基本知识

节日的起源和发展是一个逐渐形成、逐渐完善,慢慢渗入到社会生活之中的过程,是一个民族或国家的历史文化长期积淀凝聚的过程,它和社会的发展一样,是人类活动发展到一定阶段的产物。传统节日的形成,无一不是从远古发展过来的,从这些流传至今的节日风俗里,还可以清晰地看到古代人民社会生活的精彩画面。

中国传统节日是人类日常生活中的精华,它区隔出一个生活周期中的各个阶段,集中地展现了各个阶段的含义,并在节日活动中保留了该民族文化中最精湛、最具代表性的一面。中国历史悠久,所孕育的节日活动十分多彩多姿,无一不是代代相传的文化遗产。个别节日形式虽然风格迥异,但都保留了一定程度的先人智慧及经验。中华民族的每一个节日都有它的历史渊源、美妙传说、独特情趣和深广的群众基础,它们反映了民族的传统习惯、道德风尚和宗教观念,寄托着整个民族的憧憬,是千百年来人们在岁月长途中的欢乐盛会。

我国主要的传统节日有春节、元宵、清明、端午、七夕、中秋、重阳、冬至、腊八等等。这些节日有很强的内聚力和广泛的包容性。一到过节，举国同庆，这与我们民族源远流长的悠久历史一脉相承，是一份宝贵的精神文化遗产。

2. 中国传统节日的现状

在中国这些传统节日中，春节，至今虽然仍是中国人最重要的节日，但是最近年味却显见地越来越淡，不但过年的内容和形式起了不小的变化，就连内心那份憧憬与期盼也无从捡拾了。比起春节，其他同样延续了几千年的中国传统节日就更显颓落了。虽然我们依然会在元宵节吃元宵，在端午节包粽子，但是参与的热情却与日俱减，更不要说"人胜"、"中和"、"上巳"这些几近消失的节日了。

而另一个不争的事实是，一些舶来的"洋节"却是越过越红火，尤其是都市里的青年人在圣诞节、情人节间迸发出的热情，足以燃起"冬天里的一把火"。

这显见的现象，由来已经不止一年了。而在过去的一年中，由于有"韩国申报端午节为文化遗产"和"将春节改期"的专家提议，使得"传统节日民俗保护"的讨论变得格外热火，看得出，"中国传统节日情结"在社会上还是普遍存在的。

北京大学哲学系张祥龙教授在《中国传统文化的危机》一文中关于"自新文化运动、'文化革命'和改革开放以来，中国的传统文化遭遇了什么异变"这一问题时："她已经在很大程度上被横行而来的西方文化顶替掉了，而且其残存的部分也正在被全球化过程进一步扫荡"，"以儒家为主的中国传统文化已陷入了生存危机，可说是'文命危浅，朝不虑夕'。"

可以说，中国传统节日文化在近几十年来的变化，超过了以往几千年变化的总和。这一变化的实质，是中国民众旧世界观向新世界观转变的具体表现，这样的表现在生活中还有很多。刘魁立称："现在大家见了圣诞节穿红衣服的白胡子外国老头，就感到某种亲切，而对于我们自己的许多传统的东西，反而感觉好像是已经落伍了。这样一种观念，在某种意义上来讲，是被强势文化浸染之后的态度。"这能够代表一部分民俗学家的观点。

二、开发"中国传统节日"美术人文课程资源的初探

（一）开发"中国传统节日"美术课程资源的原因和意义

1. 开发"中国传统节日"美术课程资源的原因

（1）《美术课程标准》的要求

《美术课程标准》指出："美术是人类文化最早和最重要的载体之一，运用美术形式传递情感和思想是整个人类历史中的一种重要的文化行为。在现代社会中，随着信息化进程的加快，图像作为一种有效而生动的信息载体，越来越广泛地出现在人们的生活中。通过对美术课程的学习，有助于学生熟悉美术的媒材和形式，理解和运用视觉语言，更多地介入信息交流，共享人类社会的文化资源，积极参与文化的传承，并对文化的发展作出自己的贡献。"

随着我国基础教育课程改革力度的不断加大，《美术课程标准》的全面推行，课程资源的重要性日益显示出来。对美术课程资源的开发与利用已成为我国基础教育改革所面临的一个崭新的课题。"中国传统节日"这一美术教学资源作为校本课程的一个组成部分，由于是中华民族长期生活积累的产物，具有深厚的文化底蕴；它立足于本土，与其他课程资源相比具有一定的独特性；且学生对此资源了解深刻，接受容易，因此充分挖掘传统节日这一资源进行美术教学具有特殊意义。从而使学生感到有传承民族文化、弘扬民族精神的责任。

（2）实际教学要求

"洋节"越过越红火，青年人尤其是都市里的青年人在圣诞节、情人节迸发出的热情，就连小学生也跟着争相模仿。对于中国传统节日来说，保护和发扬"本土"节日已经到了刻不容缓的地步。作为一名教育工作者来说，我们始终觉得只有从小把这种意识树立起来，才能根本杜绝此类破坏现象的发生。

我们教育工作者要把祖先流传下来的传统节日继承下来，并传给子孙后代，从中汲取宝贵的人类文明的知识，享用无尽的文化精神财富。

由此可以看出开发"中国传统节日"这一课程资源有着极其重要的必要性，我们开发它、利用它是为了能够更好地传承祖国文化、弘扬民族精神。

2. 开发"中国传统节日"这一美术课程资源的意义

本课题的实施有利于《美术课程标准》的推行，是对美术新教材较好的补充。

由于传统节日和我们的日常生活息息相关，学生更能深刻地体会其中的精髓。开发"中国传统节日"这一人文资源有利于丰富美术课堂，激发学生学习美术的兴趣，有利于学生主动探索学习的方法。

"传统节日"开发的实践活动，培养了学生自发进行课程整合的能力，锻炼了学生的社会实践能力，培养了团队合作能力，提高了资料搜集能力和分析处理信息的能力。

（二）"中国传统节日"，美术课程中的人文资源

美术作为人文学科的核心之一，凝聚着浓郁的人文精神。

将人文性确定为美术课程的基本性质具有十分重要的意义，它将使我们改变一种根深蒂固的观念——美术教育只是技能技巧的学习和训练，从而帮助学生通过美术的学习，更好地汲取不同时代美术作品中所蕴涵的丰富的人文精神，同时，也有助于学生通过美术的方法与媒材表达自己对人文精神的理解。

（三）如何开发"中国传统节日"这一课程的美术教学

1. 开发"中国传统节日"美术课程资源的教学步骤图

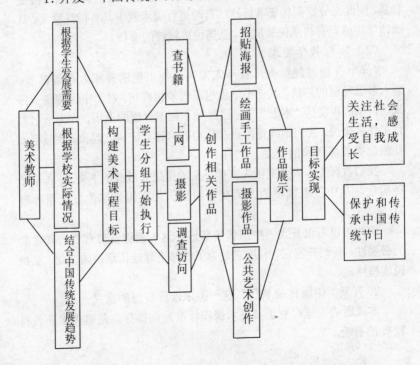

2．开发"中国传统节日"美术课程资源的教学案例——《过春节》
（1）单元课程设计

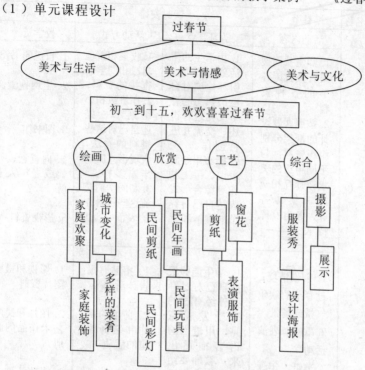

以《过春节》一课为载体，在美术课堂教学中将课程内容以绘画、欣赏、工艺制作及综合的方式进行表现，以达到发展学生的综合实践能力和探究发现能力。

（2）《过春节》的教学活动设计（见下图）
（3）《过春节》的教学活动涉及到的相关资源

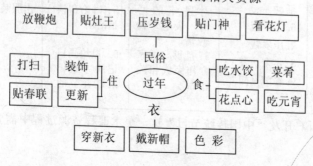

《过春节》的教学活动设计表

单元名称	过春节		课时安排	6课时
	活动内容	学习要点	活动方式	教学资源
教学活动	1.师生共同搜集有关我国春节的各种资料。 2.按照课题设计的框架分别组织资料，与不同年级的美术教师互相交流，集体备课，各自发挥特长。	1.由学生的生活经验出发，引导他们对自己最熟悉的春节文化进行讲述、交流并进行创作。 2.能够用绘画表现、手工制作等综合形式表达自己对春节的理解和感受。	1.收集和整理自己和同学们查找的资料。 2.在班级和小组展示、描述自己对这些资料的看法，表现形式应该丰富多样。 3.和同学们交流这些资料并发表看法。	1.自己的书籍 2.上网搜索浏览 3.图书馆 4.向爸爸、妈妈或老年人了解 5.影视资料
	1.创设情境：过春节的欢乐气氛或场景 2.歌唱、表演活动 3.剪纸、年画的装饰活动 4.大队部组织的迎新春音乐会活动 5.灯会、猜谜活动 6.年夜饭 7.压岁钱 8.走亲访友 9.春节见闻	1.学生能够根据自己对过春节曾经有过的感受发表意见，用恰当的语言描述出来，教师要结合民俗文化进行提示和必要的引导。 2.学生能够用自己擅长的不同艺术形式向大家展示自己对过年的心情，表达一种感情。 3.能够与大家合作完成相关作品。	1.招贴海报设计活动 2.剪纸的制作和装饰教室的活动 3.民间艺术作品的欣赏和分析 4.绘画作品的创作 5.讨论和谈话活动 6.以绘画日记的方式记录过春节的感受	1.影视和摄影图片资料 2.图片和民间艺术作品的画册 3.表演活动需要的道具和自己制作的打击乐器 4.自己设计并参与制作的演出服装

（四）开发"中国传统节日"这一美术课程资源过程中需要注意的问题

《美术课程标准》指出，本次美术课程改革的最主要的突破点在于："第一，以学习活动方式划分学习领域，重视以学生为主的美术学习；第二，加强学习活动的综合性和探索性，注重美术课程与学生生活经验紧密联系；第三，制定导向性内容标准，给予教师更大的教学空间。"

由次可见，可以发现本次美术课程改革的最主要的突破点都与课程资源的开发与利用有着密不可分的关系。课程资源开发是课程改革的一个亮点，也是其中的一个难点。在开发此次课程过程中为了要体现中国传统节日的特点及其人文价值，在课程内容的选择与确定上，我们要注意以下几点：

1. 美术教师是学生活动的平等参与者、合作者，在教学活动中教师起向导、顾问作用。教师在活动中应该鼓励学生开展自主学习、探究性学习和合作学习，启发和引导学生主动地开展活动。

2. 在资源开发的过程中以学生自主活动为基本学习方式，引导学生进行研究性学习。美术自主发展的核心是"自主"；学生主体的自主作用体现在教学过程的始终；学生的自主发展是通过一系列的自主美术时间活动实现的；美术自主发展着眼于培养学生的自主意识。

3. 重视学生活动的过程，注重对学生美术活动表现的评价。重视学生的精神成长，重视学生的态度、观念、思考方法等的发展，而不是仅以知识技能的水平来决定学生的成绩。新的评价模式要求教师改变过去只关心画的质量的片面做法，而要更关心学生，关心学生创造这幅画所付出的劳动和画这幅画的心理变化过程。

4. 教师尽可能多地利用计算机和网络美术教学，引导学生利用互联网资源，检索丰富的美术信息，开阔视野，展示他们的美术作品，并进行交流。

三、展望美术人文课程资源的未来

1. 关注人与环境——在美术学习中认识社会

人是社会活动的主体，而环境则是人生存与发展的空间，二者互相依存。《美术课程标准》明确提出美术课程具有人文性质，强调美术活动要关注环境，要使每个学生通过美术的学习培养环境保护意识，树立社会责任感，并服务于社会，做一个对社会有贡献的人。

美术作为人类文化的一部分，一方面可以使学生对文化有更加广

泛和深刻的理解，另一方面把美术的学习放到广泛的文化情景中，有利于学生对美术有更加深入的理解。

2.影响深远——传统节日人文性的积淀

中国传统节日的产生乃至传承发展的根源在于千年的农耕文明，具体的支撑表现在三个方面：服务于农业生产的中国农历历法为其刻画出具体的时令节点；中国人推崇的"天人合一"的哲学思想排除了这些时令节点之于古人的外在性和偶然性，并赋予它们更多形而上的意义；为封建社会历代统治阶级所尊崇利用的儒家伦理学说丰富了节日的社会基础和实用意义以及实施形式。

中国传统节日内容丰富、积淀深厚、源远流长。美术课程将课程资源扩展到中国传统节日，极大地丰富了美术教学的人文性，对学生的教育意义也将影响深远。

四、结束语

将中国传统节日引进美术课程中，不仅能增加学生的学习兴趣，还能够使学生更加了解中国传统节日的文化特色和历史知识，增进他们对祖国的热爱和自豪之情。为此，我们应该认识到开发"中国传统节日"的课程资源进入小学美术课堂的重要性。引导学生们走进中国的传统节日，能够帮助他们拥有超越国界的视野和沟通能力，这正是我们的教育面向世界、面向未来、面向现代化而造就国际化人才的需要。

参考文献

1.《美术课程标准》

2.《美术课程标准解读》

3.《断裂、整合中的中国传统节日文化》 韩晓东 中华读书报网络版

4.《谈世界文化遗产中的美术教育》 何洁 华东师范大学艺术学院

5.《艺术课程的实现》 李力加 山东美术出版社

农村小学开设美术兴趣小组选项思考

浙江省绍兴市东浦镇中心小学　　徐文英

【摘　要】对农村小学目前开设美术兴趣小组的意义和现状分析、开设兴趣小组的原则以及开设活动的方案进行阐述。

【关键词】兴趣小组　　开设原则　　活动方案

美术兴趣小组属于学校第二课堂，是指国家颁布的现行"课程计划"以外，不受"课程计划"和教材的限制，在教师指导下，学生主动、自由选择参加的有计划、有组织的活动。它以启发学生求知欲，扩大视野，调整知识结构，培养智能，陶冶情操，了解社会，提高学生的政治科学文化素质为根本目的。作为我国学校美术教育的重要组成部分，学校美术兴趣小组的开设有其重要意义。

一、学校开设美术兴趣小组的理论意义

学校美术兴趣小组的开设，是学校美术教育的重要组成部分和必然趋势。

在后现代教育思潮的影响下，美术教育界在设计美术课程时，吸取了后现代课程的丰富性、回归性、关联性和严密性的特征，提出参与全球化进程、阅读世界、艺术大众化、多元文化等观点，走出了狭隘、纯粹的圈子，与日常生活、人文活动紧密结合，关注社会的发展、环境的变化，并充分吸取本国文化传统以及其他民族文化的营养，从而形成一种能在美术学科与各学科以及社会之间架起桥梁，又不排除美术学科特性的开放的、符合社会发展的以及有利于学习者终身发展的课程。

依据与上述观点相关联的"开放的学校"的观念，学校美术教育需要跨越课堂教学的界限，走出校门与社区携手，充分利用当地博物馆、美术馆资源以及更为广阔的自然资源、人文资源，并配合社区活动，保护与美化社区环境，参与社区规划，为社区的发展作出贡献。

从课程实施的活动空间来看，班级课堂成为学校美术教育的最主要的条件性课程，但是仅靠每周一两节的美术课来实现中小学美术教育的目标显然是不够的。面对开放的、互动的新课程教材，一些美术教科书中虽然编排了本地风景、民间艺术照片等，而实施过程中却没有更多的时间到这些自然景观、民间艺术相关的情境中去发掘其内涵，如浙人美版新教材中造型表现课《桥》、《绿化家园》，民间艺术课《窗花花》、《中国民间玩具》，欣赏和综合探索课《茶香四溢》等，为我们提供的课程引领的内容就可以通过学校美术兴趣小组的活动，引导美术爱好者们去深入探索。

新美术教育理念让我们认识到，小学美术教学的最终目标是培养学生成为会欣赏美，会运用美术知识去美化生活，会实践创造的新一代。可见学校开设校内课外美术兴趣小组，正好填补课堂的不足或者成为拓宽学校美术教育的重要渠道。

二、学校开设兴趣小组的现实意义

根据《浙江省教育厅浙江省人民政府教育督导室关于开展学校体育、卫生与艺术教育工作专项督查的通知》[2006]126号文件精神，要求学校建立有计划有组织的艺术团体或课外兴趣小组，并且做到课余艺术辅导与训练经常化、制度化，可见国家与政府对学校课外兴趣小组活动的重视。在今后一段时间内，兴趣小组作为第一课堂的延伸和辅助，积极开展活动是目前深入开展教学改革的一项重要内容。学校美术兴趣小组的开设将越来越得到重视与规范。

美术兴趣小组根据其学科特色，活动内容与方式的余地很大。城市与农村的区别，中学与小学的差异，学校与学校的不同，在活动方案的设计中应该取其所长，避其所短，使美术兴趣小组的活动效果达到最优化。

三、课堂教学与兴趣小组活动的性质区别

课堂教学与兴趣小组活动存在区别：两者在课程内容、学员人数、活动组织形式以及所要达到的学习目标上都存在差异。

就学习内容来说，课堂教学的课程资源为国家或地方统编教材，而兴趣小组的内容可以是统编教材的其中某个内容的延伸，也可以根据自己本地特色新开发课程资源；就学员人数来讲，课堂教学面向学校全体学生，而兴趣小组面向的是对美术有兴趣有特长的部分学生；就活动组织形式来讲，课堂教学一般实行40分钟授课制，而兴趣小组的学习时间和空间都可以根据需要随时调整；就学习目标来讲，课堂教学要达到国家课程标准规定的发展要求，而兴趣小组的目标是纵向提高学生对某个领域美术学习内容的感知、理解、创造，甚至可以将此教学作为学校特色来实施。

四、农村小学开设美术兴趣小组的原则

第一，需要切合农村本地实情、学校实际、学生年龄等特点来开设。

就目前而言，农村小学美术兴趣小组开设的情况不容乐观。

笔者从对浙江某市所属几十所农村小学调查情况中获悉，完全没有开设美术兴趣小组的占30%，开设了但不适合农村学生学习的占20%，开设了但不符合小学美术学习的占10%，留于形式没有实际教学价值的占30%，有序开设的占10%。其问题可以细分为以下几方面：一、由于没有教材，美术兴趣小组活动得不到重视，不知道该上什么，因此没有开设。二、无固定教材，教师购买市场上的一些教材范本，如：水粉作品临摹、国画作品临摹等，由于材料比较多，耗费较大，农村学生家长普遍反映费用大，因此积极性不高。三、一些条件稍微好一点的学校，教师根据自己所长，进行素描石膏训练，采用学院式的临摹与写生，由于难度较高，学生学习有一定的难度，积极性也逐渐降低。四、教师买一些儿童绘画作品选，教学生根据教师所选定的教材内容画主题画，有些教材材料是农村学生在当地无法买到的，教师也没办法，画完就行，留于形式。

以上的做法都是脱离了农村学校的实际情况，脱离了学生的年龄特点，因此没有将美术兴趣小组的教学效果和价值体现出来。

第二，需要本着国际视野、本土行动的理念来选项。

农村的建筑、自然的一花一草一木、农村传统的民间美术等，这些农村独有的美术资源，是有别于城市美术教育的一大亮点。结合本土资源，选择适合自己学校实际情况的美术兴趣小组开设方案，制定相应的科学操作步骤，以民间美术作为切入口是比较合适的途径之一。在浙人美版教材的编制中形成了一整套系统的祖国优秀传统艺术欣赏内容，这为兴趣小组的开设提供了极好的素材引领。

五、农村小学开设美术兴趣小组活动分类

活动按内容分成以下几个方面：

1．绘画类：当地的遗址遗迹、山水风貌、田园风光等，以这些资源作为活教材，带学生开展兴趣小组写生、创作活动。

2．欣赏类：民风民俗、生活习惯（包括服饰、饮食等）、地方戏曲中的艺术形象等，都可以作为民间艺术欣赏对象。

3．制作类：折纸、剪纸、刺绣、编织、拼贴、泥工这五种在农村广泛流传的民间工艺，是农村小学开展美术特色活动的亮点。

活动按创作形式分成以下几个方面：

1．线描写生。农村孩子由于受经济条件的限制，适合材料简单方便的创作形式。线描写生只要一支笔、一张纸就行，适合随身携带，即兴创作。

2．油墨版画。材料简易，适合表现农村特有的风格古朴的作品。

3．折纸。一张纸，通过简单的折、剪，便可创作出栩栩如生的各种形象。

4．撕纸拼贴。利用身边的废纸，通过联想、撕贴、添画，就可以形成巧妙的创意。

5．物产拼贴。农村里有独特的矿产、农副土特产等，可进行合理利用，如植物的种子、瓜果的果核等，作为美术拼贴创作的材料。

6．编织与刺绣。这些民间艺术在农村中广为流传，如塑料带编织的箩筐、畚箕，枕巾、围裙上的刺绣等，在学习制作中既可以体会传统工艺美感，还可以培养学生的耐心与对家乡艺术的自豪感。

7．泥工制作。条件稍微好一点的学校，可以用橡皮泥、陶泥等来制作，条件偏僻落后一点的地区，就可以直接将学生带到泥土地里，就地取泥进行创作。

六、农村小学开设美术兴趣小组活动组织形式调整如下

（一）活动授课学习方式与时空调整

学习方式采取以美术课堂教学为主阵地，以实地参观操作为补充，或有组织地开展各项乡土文化艺术活动。

（二）兴趣小组课堂教学活动的时间与空间调整

可将时间安排为两课时或两课时以上，以解决课堂中40分钟的师生讲练时间分配不妥的矛盾；将学习空间拓宽到周六、周日，协同部分家长带领学生出外开展探究性美术活动；还可带领学生走访一些民间艺

人，到一些传统手工艺作坊进行参观，实地观察工艺品的整个制作过程，把知识结构转化为能力结构，以"活课程"的形式开展。

（三）活动成果评价展示方案调整

1．美术兴趣小组活动成果可以在学校展厅展出。

2．将展示空间设在社区，请社区的大人们参与我们的成果评议。

3．请民间艺人来校进行讲解点评。

4．召开作品发布会，学生社团代表自己介绍。

5．以师徒结对的形式，现场观摩演示评述。

七、小学美术剪纸兴趣小组开设方案举例

（一）题材内容：民间剪纸

（二）活动形式与活动时空设定

1．空间设定

主阵地——美术课堂授课；副营地——课外、社区学习。

2．时间分布

（1）在中午或活动课时，利用多媒体、网络等渠道，让学生欣赏一些剪纸作品，感受剪纸的趣味和美，培养兴趣。

（2）在周六社区活动时，请剪纸手艺好的爷爷、奶奶来校指导；或去其家中实地观察。

（3）利用假日时间，在父母的带领下外出采风。

（三）活动人员

根据学生的不同年龄，剪纸兴趣小组分成1-2年级一组，3-4年级一组，5-6年级一组。人员30人以内。

（四）活动过程安排

第一阶段：收集资料

剪纸的起源和发展、剪纸的应用、剪纸的种类、剪纸的方法以及自己喜欢的剪纸图案。通过父母帮助和看书、走访等途径获取有关知识。

第二阶段：讨论研究

资料交流，教师补充或请民间艺人来校讲解示范。学生临摹练习。

第三阶段：阶段展示

作品在校内校外开放展示，征集意见。

第四阶段：尝试创造

采纳建议，改进学习方式，尝试自己设计图案。成果展览。

第五阶段：互动提高

总结剪纸学习活动，交流心得，召开作品发布会。

（五）活动成果评价展示方案

1．班级窗花展：把作品贴在班级的窗户上展览，调动其他学生的积极性。

2．特色展示栏：作为校园特色栏的一个内容，定期更换展示。

3．社区巡回展：以实物或照片的形式剪辑成报，配上介绍文字，在社区巡回展示，为打造校园品牌建构基础。

参考文献

1.《国际视野与本土行动》 钟启泉

2.《美术教育展望》 钟启泉

3.《浙江农村美术教育发展现状的调查与思考》 朱婷

让漫画之花开遍校园

——以漫画教育环境美唤醒孩子真善美的综合课程研究

浙江省杭州市萧山区回澜初中　　陈莲

【摘　要】在应试教育的环境下，素质教育举步维艰。以受到学生广泛喜爱的、具有极强亲和力的漫画为载体，营造校园漫画教育环境，来唤醒和激发孩子的真善美意识。面向学生的真实生活、情感、价值观，欣赏、创作漫画，使漫画教育成为实施素质教育的有力工具，并进一步完善漫画教育的综合课程体系。

【关键词】漫画教育　　环境美　　真善美　　综合课程

研究意义

一、有利于明确漫画教育环境美是能唤醒孩子真善美的教育

在当今"以分数论英雄"、"唯学历论"的社会大背景下，谈素质教育的本质尤为重要。真正的教育是什么？就是唤醒孩子真善美的意识，唤醒孩子"美的欣赏、善的本质、真的自我"的教育，使孩子的心灵得到滋润，情感得到升华。对素质教育的评价，不仅仅体现于分数、学历，还应该包括道德、责任感、敬业精神、情感的控制能力等。

传递智慧与幽默的漫画艺术，具有极强的教育功能，它集讽刺性、幽默性、教育性于一体，正如漫画家缪印堂先生所说："漫画让你明辨是非，成为正直正派的人；漫画让你思维敏捷，成为聪明机智的人；漫画让你风趣幽默，成为开朗乐观的人。"漫画里有许多知识营养，学生接触漫画，大有裨益。漫画又是一门流行艺术，它极有亲和力，容易打动学生心弦，调动学习的主动性，特别有利于开展学校的美育、德育工作。在课堂内外创设校园漫画教育环境美（指校园风气的美、人文的美），唤醒和激发孩子的真善美意识，面向孩子的真实生活、情感、价值观，欣赏、创作漫画，能使漫画教育成为实施素质教育的有力工具。

二、有利于培养动漫人才，打造动漫强国

本课题研究的另一意义在于这项研究不仅是提高未来人才素质的需要，更是打造未来中国走向动漫强国的需要。现在漫画界有一股"哈韩哈日"之风，但仅仅模仿人家的东西是没有出路的，只有民族的才是世界的。上海美术电影制片厂在上世纪五六十年代制作的《大闹天宫》、《三个和尚》、《牧笛》、《小蝌蚪找妈妈》、《九色鹿》、《哪吒闹海》等动画片至今仍被认为是中国动漫界的经典。中国动画片技法多样，《张飞审瓜》用皮影表现，《崂山道士》用木偶表现，《小蝌蚪找妈妈》用中国水墨画制作（该片一问世便轰动全世界）。可见，中国动画在形式上并不比外国差，如果在老祖宗的基础上发展创新，应是一条有益的前进之路。所以，努力培养出具有中国风味的漫画尖子人才，已成为当务之急。

研究措施

一、创设漫画课堂环境美，唤醒孩子真善美

真正的教育是什么？就是唤醒孩子的真善美意识。真善美，是人的理想追求。追求真善美，就是追求品位、追求觉悟、追求快乐的人生。

1．以漫画教育唤醒孩子的"真"

象征知识与理性的"真"，包括客观和主观两个方面，即客观事物的真实和主观理性的真情实感。优秀的漫画作品，能以情感人，而缺乏真情实感的作品是不能打动人的。

(1) 客观上树立漫画的大概念之"真"

让孩子永远追求"真"知。漫画是一个大概念，有很大的范围，包括中国传统的漫画，也包含中外漫画、动漫、卡通等。漫画教育要引导孩子树立大漫画概念，心中能容纳各种积极健康的漫画。对于学生喜爱日、韩、美漫画的现象，不可一味抹杀，应加以正确引导。例如学生徐少楠非常喜爱画唯美的卡通，笔者就引导他创作有主题的漫画作品，他在自己创作的《和平女神》中这样写道："和平女神走过的地方，都会变得安详、美丽、和谐，莲花怒放，蝴蝶纷飞，还有那几只叼着象征和平的橄榄枝的鸽子跟着女神，可是女神很忧愁，因为人类……"

(2)客观上引领漫画的夸张之"真"

教育总是给后人以前人的智慧，后人总是能够"站在巨人的肩膀上"去接近自然的本来面目。漫画教育也要利用前人给我们留下的实用知识，如漫画的夸张技法。通过一个有趣的转盘，临摹或创作，师生共同探索出几种画法；以一条假设的动势线主导动作，动态表现更为生动；以团块的概念去画物体，更易表现各种动物的体积感和真实感；利用孩子对动物特别喜爱的特点，临摹拟人化的动物表情，孩子就非常容易掌握……这样，漫画夸张的基本方法也就能掌握一些了。

(3) 主观上领会漫画的童趣之"真"

天真烂漫的孩子有许多想法与大人不同，如漫画《雨天》所表现的 "多讨厌的雨"！ 看看大人们各种无奈的表情；"多美妙的雨"！再看孩子们是那么快乐地在与雨精灵嬉戏，大人与孩子的感受有很大的反差。创作天真有童趣的漫画作品是漫画家们苦苦的追求；而孩子只要稍加引导，就可成就一幅幅充满童趣之作。看看下面孩子们设计的漫画大赛吉祥物，很有童趣吧。漫画课堂不仅要利用漫画本身的趣味，还可通过多种形式来设计活泼的授课形式，如提供三个动物造型，告诉孩子："这三位是动物表演系的演员，请来当剧组的导演、编剧兼服装、道具，谁上场，谁担当主角，都由你说了算，为他们编一个有趣的故事吧。"

这样设计，很受孩子们欢迎。

（4）主观上表现真情实感之"真"

教育给孩子的不仅仅是自然真实的存在，更有追求真实的科学态度与精神。这种态度与精神，才是追求"真"的基石。漫画教育要引导学生求真，平时随时记录自己生活中的"灵感"，做到勤看、勤记、勤想。漫画构思只有与学生的实际生活真实地联系起来才会有生命力。如作品《一百米训练》，"灵感"来自于孩子有一天在放学回家的路上遇到一条狗，吓得他

跑了起来，他越跑，狗越追，后来他就结合当天体育课的内容创作了这幅作品。这幅漫画是学生的亲身经历，也反映了作者的构思线索。学生王一清看到报道说，全国各地有多少学生早起晚归，成为极为辛苦的特"困"群体，

很有感触，画了一幅《顶着月亮上学，顶着月亮回家》，以表达共同的心声。

2. 以漫画教育唤醒孩子的"善"

"善"代表道德，代表维护美好事物的思想和行为，不善的作品不可能是美的，顶多也只是具有一些形式美而已。漫画作品只有有益于社会，合乎社会道德规范，才能为人们所喜闻乐见。漫画中的"善"主要表现为作品描绘的艺术形象所蕴藏着的积极的社会意义。

（1）唤醒孩子的"善心"

经常听说教书应先育人，而育人最基本的内涵就是对孩子"善"的唤醒。在人类文明的长河中，我们已经积累了许许多多关于人性中"善"的成分，人性中也积淀了许多"善"的遗传因素，所以这些隐性的"善"在每一位孩子的内心深处都有隐藏，它们等待着我们用教育的方式去唤醒，而在唤醒的同时更激发孩子产生新的"善"。如丰子恺的漫画《你给我削瓜，我给你打扇》，姐姐以娴雅的的姿势

与表情，给弱小的求助者以真诚的爱；可爱的弟弟，不会使刀削瓜，却懂得做力所能及之事，决不坐享别人的帮助，一双小手合力摇动芭蕉扇，努力表示谢意。姐弟的"善心"犹如清风般和美，瓜果般香甜。

你给我削瓜，我给你打扇　丰子恺

(2) 唤醒孩子的"善行"

善是希望别人好，善的根本是自律！引导孩子从自律开始吧！善待自己，也善待他人，"勿以善小而不为，勿以恶小而为之"。 如一学生针对乱扔垃圾的现象画了一幅画，两位学生在路上发现一张废纸，一位说："总是有人乱扔垃圾，不爱护我们的环境，""我真担心这样下去，明天地球将变成什么样……"另一位说："我们现在就把它捡起来吧。"弯腰捡废纸的"善行"，捡起的不就是孩子的美德吗？善行得到的不仅仅是自己的快乐，周围人也是快乐的。希望别人好，你就得知道别人有哪些痛，知道有人缺水，你就会节约用水。我们呼唤真正的善者。真正的行善之人，就像雷锋一样，做最简单却又最难能可贵的事。

以服务人民为荣 365送梦报

3．以漫画教育唤醒孩子的"美"

美的标准因人而异，一个人只有拥有真与善，才有可能被称作美。 美的漫画一定也是"真"是"善"的，是内容健康、积极进步的。

(1) 塑造孩子的心灵美、行为美

欣赏漫画作品，要寻找具有育人功能，能体现出漫画艺术育人魅力的。有一幅学生的优秀作品《共筑爱心》，以夸张的笔触批评了画中人轻视生命的举动，一句"俺不活了"的大喊，一张被编织成爱心的救助巨网，让学生一看就明白了作者所要表达的主题。看了这幅作品，有的学生写下了"不能只关心自己，应该更富有爱心"的感触，有的学生则写下了"关爱生命，珍惜生命"的体会。在赏析品味中受到心灵震撼的同时，也可以看出我们的学生有着对人类社会的关爱和强烈的社会责任感。

(2) 激发孩子发现美、创造美

要让孩子有一双发现美的眼睛。世界是美好的，处处存在美，时时体现美，事事蕴含美。丰子恺慧眼中一棵平凡的嫩芽就让我们感受到了生命的力量、大自然的美丽。孩子更需要从小有创造美的意识，有利于他今后创新思维的发展。在漫画教学中，我们要充分发挥漫画所特有的培养创新能力的功能，对学生进行创新思维的各种训练。如《重拳出击》，学生俞恋泓的创新手法很浪漫，以比喻手法和富有童趣的游戏来阐释"地球沙化"这一重大主题，标题《重拳出击》精练准确，这样的构思幽默效果显而易见。通过这样的学习，学生从小训练创新思维，树立创新意识，创新能力自然就得以提高。

(3) 塑造孩子的幽默美、睿智美

校园生活节奏紧张，当孩子的心理神经越绷越紧时，幽默作为一种生活的艺术，对于孩子心灵的滋润就显得更加重要。研究幽默的方成借漫画将幽默分成了很多种类，有巧合的幽默、转折的幽默、重复的幽默、合理的幽默、想象的幽默等等。如《提个醒》，孩子给楼上人家一个有趣而善意的提醒，这是意料之外、又在情理之中的合理的幽默。多让孩子接触幽默，利于培养一个性情开朗豁达、待人宽厚大度的人，一个有幽默感的人。生活中的矛盾和困境，很多时候就能因幽默和诙谐而得到化解。我们喜欢幽默，需要幽默，幽默不仅是生活的调节剂，更是生活的艺术。

二、创设漫画课外环境美，激发孩子真善美

一个堪称"美"的校园环境，可以起到"处处育人"的良好效果。我们组建漫画社团、组织漫画竞赛、设立漫画网站、编写漫画课

程……这些漫画教育环境美阵地的建立，丰富了校园文化生活，更进一步激发了孩子"美的欣赏、善的本质、真的自我"。

1.建立漫画社团，提升真善美

漫画社团由漫画爱好者自愿组成，每年进行竞选，选举一名社长，下设组织、编辑、记者、宣传、公关、发行各部门，分别负责内务管理、出好社刊、挖掘题材、发动宣传、协调关系、分发校刊。社团的活动内容很丰富，有①开设漫画讲座，如"中外漫画欣赏"、"时事漫画分析"等，满足爱好者更高的需求。②创办《漫画天地》小报，发表漫画作文、漫画作品，提供展示机会，并择优向外推荐孩子们的作品。到目前为止，已有多家媒体发表了我校的漫画作品。③设立漫画展区，教室内有"漫画角"，室外有"漫画园地"，展示习作中的优秀作品。一方面让被展示作品的学生体验到成功的喜悦，另一方面也提供了互相学习的机会。

2.组织漫画竞赛，表现真善美

学校有计划地组织和辅导孩子学习漫画，把优秀漫画向各大媒体推荐，同时组织孩子参加全国各类漫画活动和漫画竞赛，体会学习的乐趣，享受成功的喜悦。如：组织开展"珍爱生命，学会自护"漫画大赛，以孩子校内外生活所存在的安全隐患开展自护活动为主要内容，进行漫画创作；以"关爱社会，关爱环保，关爱他人"为主题的"回澜杯"（我校为承办单位）首届中小学生漫画大赛，得到了全国六十多家网站的响应和十多家报刊杂志的支持。这些活动使学生以主人翁的姿态、自豪的情绪投入到活动之中。另外，我们还开展了"漫画角"的竞赛、吉祥物的设计比赛、漫画小报的评比等活动。

3.建立漫画网站，展示真善美

充分利用学校教师管理的漫画网站——中小学漫画网，让漫画走出校园，迈向社会。在这个平台上发表学生更多的漫画作品、漫画作文，介绍漫画理论知识，听取名家点评，欣赏老师的漫画作品，并展示全国各地的优秀学生漫画等。俗话说"眼高才能手高"，好作品看得多了，学生才能提高漫画的创作水平。好的漫画作品和漫画作文通过这个网站向全国展示，并被推荐到《中国艺术报》、《儿童漫画》、《少儿美术报》、《艺术》等媒体发表。

4.编写漫画课程，推广真善美

根据多年的漫画教育研究，笔者编写了《中小学生学漫画》一书，分四大块内容：①漫画是什么；②漫画分哪几类；③怎样掌握漫画造型基本功；④怎样创作漫画。文中以大量的图例帮助学生掌握漫画夸张的基本规律，学习头像、手脚、全身、神态、动态、发型、帽子和衣着等的夸张画法，为独立创作做好准备。其中怎样创作漫画，重点介绍写实法、比喻法、夸张法、矛盾法等多种漫画构思方法。　全国著名漫画家缪印堂、丁午、于大武、于保勋以及全国著名儿童美术教育家杨景芝教授、浙江省教育厅美术教研员李永正先生均为本书题词勉励。

研究成果

一、学生的参与意识明显增强，创新能力提高迅速

通过漫画教育环境美的熏陶，使学生体验了漫画的鉴赏和创作，丰富了心灵历程，并逐渐意识到漫画可容纳万千世界，技法上更是丰富多彩。这样的美术课不再强调学科本位，而是把书本知识与生活经验加以综合，既综合各门学科，渗透到社会、自然、人生等其他领域，同时大量的表扬、展示、发表、获奖机会，又展现了孩子的个性，让他们获得成功的快乐。实践证明学生更加喜欢漫画了，由"要我学"转变成了"我要学"。画漫画是一种强调"新、奇、巧"的创造性劳动，对学生的智力是一个很好的提升，它融绘画、思想、技巧、趣味于一体，培养了学生"你无我有"、"你有我优"的创新精神，让孩子展开了想象的翅膀，启迪了心灵的智慧。

二、学生的社会责任感明显增强，促进形成正确的人生观

漫画的教育性很强，它不仅让学生从丰富的漫画内涵中直观形象地了解了很多事物的本质，还在享受美的同时理解了人的多样性和复杂性，从而对照自己的言行去理解、反思，去分清是非、美丑、善恶，使心灵受到净化；同时孩子还被这独特的艺术形式所吸引，在不知不觉中受到了良好的教育。杭州市萧山区教育局组织了"珍爱生命，远离毒品"的漫画比赛，学生们踊跃参与；为配合区宣传部"我把安全带回家"主题系列活动，学生集体创作了"安全防范十招"；为配合区教育局开展的"预防青少年溺水"教育，学生辅助制作了漫画插图。这些活动都起到了很好的教育作用，促进了学生形成正确的人生观和价值观。

三、学校的漫画教学成果显著，完善了漫画的综合课程体系

我校是一所以漫画教育为特色教育的学校，在新课程理念的指导下，"于课堂内外创设校园漫画教育环境美，唤醒孩子真善美"的综合教学理念开始真正走近每一位孩子。漫画教学喜结硕果，三百多件学生漫画作品在全国各地发表、获奖，有些作品还获得全国漫画大赛的最高奖，受到新闻媒体的广泛赞誉，近百家网站、几十家报刊和几家电视媒体都宣传过我校的漫画特色教育。

学校的校本课程《中小学生学漫画》经过实践检验，得到了进一步的补充与完善，成功的经验将继续推广。本课程还获得了全国漫画理论评比优秀奖。现在，学校的漫画特色教育已经课题化，并在系统实施之中。而2006年"回澜杯"全国首届中小学漫画大赛的成功举办，更进一步证明我校的漫画艺术教育已经走出了一片崭新的天地。综上所述，以漫画教育环境美唤醒孩子真善美之综合课程研究，不失为一种成功的教育模式，具有一定的推广价值。

今天，漫画之花开遍校园；明天，中国漫画的灿烂前景值得我们期待！

参考文献

1.《艺术美——美学知识丛书》 蔡仪主编 漓江出版社

2.《社会美——美学知识丛书》 蔡仪主编 漓江出版社

3.《漫画艺术》 缪印堂著 中国连环画出版社

4.《漫画一生》 华君武著 新世界出版社

5.《儿童漫画》杂志 中国美术出版总社

6.《全日制义务教育美术课程标准（实验稿）解读》 北京师范大学出版社

浙美版美术新教材使用思考与创意开发的实践探索

浙江省富阳市东洲三小　王阳红　　富春四小　朱立峰

【摘　要】浙江人民美术出版社（以下简称"浙人美版"）出版的中小学美术新教材在我市普及施教已经第三个年头了，它对广大的美术教育工作者来说无疑是雪中送炭，为使用了十余年之久的老教材的美术课程注入了新鲜的血液。新教材改变了过去教学中过于注重传授学科知识、技能的倾向，以学生全面发展为本，形成积极主动的学习态度，从而使学生获得终生必备的美术学科基础知识与基本技能，同时培养学生形成正确的审美观和价值观。然而，在两年多来的新教材使用过程中，很多美术老师认为其中的一些教学内容不容易操作，只能敷衍了事或索性跳过不上。本文就其中一些不容易操作的教学内容提出见解，以求创意性地进行新教材的教学。

【关键词】创意　美术　新教材

　　自2003年9月开始，陪伴了广大美术教师十余年之久的浙江教育出版社出版的美术教材逐步退出历史舞台，取而代之的是全新教学理念的人民美术出版社出版的美术教材（以下简称"人美版"），这让一度沉寂的美术课堂又活跃了起来。老师们对新教材都颇有好感，都全身心地投入到新教材的使用中。第二学年，我市又启用了浙人美版的教材，而原先的年级仍保留使用人美版教材，人美版的教材对老师们来说是"一次性"的。要同时适应两套新教材，感情上不是很快就能接受。老师们会自觉或不自觉地把这套教材与前一套教材进行横向的比较，认为浙人美版的教材在内容的编写上存在一定的缺陷，如单元设计缺乏逻辑性，部分内容仍有老教材的影子，部分教学内容操作性不强，老师无从下手等。这就要求美术老师认真备课，灵活运用，因此怎样创意性地使用好这套教材成为当前美术课堂教学的当务之急。

　　一、美术新课程改革与浙人美版小学美术新教材

2001年9月，新课程改革浪潮席卷全国，一些学校和地区被作为试点进行改革试验。浙人美版教材就是在这样的大环境下应运而生。浙人美版新教材和以往的浙教版老教材相比，以它独特的优势赢得了专家和老师的认可。它的优势主要体现在以下几个方面：

（一）在编排体例上有新突破，淡化了美术门类，改变了过去以画种为主线的编法，拓宽了美术的文化背景，增加了工艺设计的比例。

（二）改变了过去教学中过于注重传授学科知识、技能的倾向，以学生全面发展为本，形成积极主动的学习态度，从而使学生获得终生必备的美术学科基础知识与基本技能，同时突出美术教学中对审美能力、想象能力和创造能力的培养。

（三）以素质教育为导向，以促进学生全面发展为宗旨，以促进美术素养的形成为核心，以探究式美术实践活动为主线，以人文性单元结构为基本特征。

（四）根据各年级学生身心发展的特点，结合对相关学科的要求，组织编排了与之相适应的课程内容。在单元课题的教学目标上体现了对知识与技能、过程与方法、情感态度与价值观的培养。

（五）从过去被动的接受性学习转变为主动的自主性学习，运用以问题为纽带的教学设计，每一课开头都明确地提出该课的学习目标，使教师与学生有了明确的"教"与"学"的方向。同时，每一课学习内容的组织都紧紧围绕学习目标来安排。

二、浙人美版小学美术新教材的局限性

（一）一些教学内容的材料不够集中

如第二册第四课和第五课是泥塑课，第六课是综合材料制作，第七课又是泥塑；再如第五册第十课《飞流直下三千尺》是用水墨的方式表现的，与前课后课都无相关的联系，且让学生为了这一节课去准备一套国画材料是很难办到的。美术课最让美术老师头疼的事情莫过于学生准备工具材料难的问题。如果每节课都让学生带不同的材料，学生肯定很难准备齐全。如果把需要相同材料的教学内容安排在一个单元，学生准备材料的情况就会好很多。而新教材在色彩和水墨画的安排上采用了散点分层的编排，即每个学期安排一两节，且由易到难，以游戏的形式培养学生对水彩和水墨的兴趣，这种编排固然是好，但是有没有考虑到教学中的实际困难。试想一下，一个学生为了上美术课，至少要准备一

套水彩画工具（水彩画颜料、大小画笔、调色盘、水彩纸或素描纸）、一套国画材料（国画颜料、墨汁、大小毛笔、宣纸等）、一套手工工具（彩色纸、各色卡纸、剪刀、胶水、双面胶、橡皮泥等），另外还有油画棒、水彩笔和其他手工材料等。这些材料的准备并不是每个家庭都能承受和支持的，更何况这些工具和材料每个学期几乎都要准备，何况小学生很难把一盒颜料用上六年，有的甚至一个学期就弄丢了，下一次开学又要重新买了。

（二）一些教学内容的时间安排不合理

如第四册第一课《春天来啦》和第二课《处处有鲜花》，看起来这两课安排在上半学年的开始好像很恰当，可是上过这两堂课的美术老师都知道，在问到学生"在春天你见到了哪些美丽的景色？"（教材上的提问）或让学生"到大自然里寻找春天的色彩并把这种感觉表达出来。"（教材上的学习建议）时，都不能收到有效的结果。其实，我们平时所讲的"开春"只是天文学上的春天，真正意义上的春天应以气象学为准。当春天的景色能明显地体现出来时，应是三四月份，那么，这节课的安排是不是为时过早了呢？

（三）一些教学内容的编排缺乏可操作性

很多老师在使用这套教材时，发现有些课不仅老师好上，学生也好学，如第一册的《我心中的太阳》、《窗花花》、《花式"点心"》、《大鱼和小鱼》等，第二册的《"蘑菇"家园》、《剪拉花》、《彩旗飘飘》等。但有些教学内容老师都不知道怎么上，该从何下手，学生也提不起兴趣，如第四册的《奇特的梦》、《大家来运动》，第五册的《山外有山》、《灵璧奇石》、《飞流直下三千尺》等。

三、创意性地使用浙人美版教材

（一）根据所需材料的特点调整一些课的先后顺序

如第二册第四课和第五课是泥塑课，第六课是综合材料制作，第七课又是泥塑，教师在教学时就可以把第六课和第七课交换位置，这样对材料的准备会相对集中些，使学生比较容易记住所要准备的材料；考虑到水彩画和水墨画的编排有跳跃性，每个学期只安排了一两节，有的学生颜料还没有买好，课却上完了。有的学生会觉得还没有尝到味道，有的学生则认为美术材料带不带无所谓，不太有用处。每册教材都留有一定的空间和时间让教师自主安排，也就是教师上完了教材上的内容外还可以自行编排校本教材，这样教师就可以把原先只有一两节的水墨课和水彩课集中起来多上几节，让学生觉得这些工具是必须准备的，而且连续几节课的教学会让学生逐渐对水墨或水彩产生兴趣，为下一学期的水彩和水墨画教学奠定良好的基础。

（二）根据课的时间性调整一些课的先后顺序

如第四册第一课《春天来啦》可以延后几周，等春天的景色比较明显时再进行教学；第二课《处处有鲜花》可等到百花齐放时再进行教学。第一册第四课《我做的胸卡》可以适当提前（如开学后的第二节美术课），这样，可以趁这个机会让小朋友们互相认识，互相了解。第五课《小雨沙沙》可以放到春雨绵绵的日子进行教学，而第六课《我心中的太阳》则可以安排在春光明媚的日子进行教学。第三册第四课《多姿多彩的课程表》可以放到第一节的位置，让学生的课程表能在第一时间被利用起来，增强了课程表的利用价值。第五课《小闹钟》可以放到第二节的位置，让学生在新学期开始时有一个良好的时间观念，并养成良好的作息习惯；第二十二课《下雪了》是这册书的最后一课，但如果之前遇到下雪天就可以把这节课提上来，这样学生会有亲身感受，可以观察雪花的形状，既迎合了学生的兴趣，又能收到较好的教学效果。

（三）变难为易，删繁就简，改变一些课的上课思路

有些教学内容让老师们不知从何下手，如第四册的《奇特的梦》，第五册的《山外有山》、《灵璧奇石》、《飞流直下三千尺》等。这些内容不但生疏，而且很难操作，这就需要教师大胆改革，改变教学目标，放宽教学思路，把这些生僻的内容变为浅显易懂的内容。如第五册第八课《山外有山》和第十课《飞流直下三千尺》，课题富有诗意，非常吸引人，看起来教学内容很新奇，但这两节课在作业上却容易雷同，表现不出创意，让人感觉又回到了纯粹的技能教学。以下以第五册为例介绍几则改编后的案例。

案例一：《山外有山》

思考：让学生了解祖国的大好河山，这个单元的设计出发点很好，但游过山玩过水的学生只是极少数。"说说自己曾经看到过的名山"以及"观山感受"，从何说起。这节课要求学生用纸造型表现重叠的山峰，是否形式过于局限，本身表现"山"就有一定的难度，加上"山"又很难体

现出创意，不能体现出作业的多样性，容易产生千篇一律的结果。

创意：学生对祖国的大好河山仰慕已久，那就让学生在这节课上饱饱眼福吧。教师可发动学生把自己爬山时拍的照片、印有山的照片的门票、宣传资料等带来进行介绍。教师可根据条件准备录像资料、课件、图片等，让学生了解名山的不同风格，如桂林山水以秀闻名，华山以奇险著称于世，黄山多奇石，泰山多险峰，让学生感受不同风格的山，并用不同的方法来表现。

学生以小组合作的形式分别表现群山的"奇"、"险"、"秀"等形态，然后展开讨论，用什么材料、什么方式表现山的"奇"、山的"险"、山的"秀"。如用绿色卡纸、圆弧线造型表现秀美的山峰，用瓦楞纸、撕纸造型表现形状奇特的山峰，用大小石块堆叠成险峻的山峰。在此基础上，再鼓励学生表现重叠的山峰，处理好前后遮挡关系，并让学生给自己的"山"取名字。

案例二：《灵璧奇石》

思考：人美版第六册的第五课叫《卵石动物造型》，课本上有很多好看的卵石动物作品，这些作品都是利用卵石的形状进行创作，在学生作业时具有一定的参考借鉴价值。而浙人美版的这一课《灵璧奇石》，题目很大，让学生望而生畏：哪里去找这么奇形怪状的石头呀？"收集奇石，欣赏奇石"（第一条"学习建议"）从何谈起。教材似乎也考虑到了这一点，第二条"学习建议"说"将收集到的石头通过组合、添画成一件作品"，这里提到的是"石头"而非"奇石"。于是课本上的学生作业就与"奇石"毫不相干了。那么，课题和作业不是脱节了吗？

创意：灵璧奇石固然很美，学生在欣赏时也赞不绝口，但它毕竟是可望而不可及之物。欣赏归欣赏，与学生的创作扯不上关系，只是让学生长了见识而已。灵璧奇石乃天然产物，学生不可能特意去制作，那么，是不是可以利用泥巴来制作"奇石"呢？布置学生准备一块稍大的泥巴，通过扯、砸、敲、捏、抠等各种手段进行随意的造型。学生在制作时，没有预先的设计，没有主题，几个人一组一起开工。教师可在一分钟后让学生停下来，观察自己的"战果"，欣赏自己创作的"奇石"，然后继续开工，一分钟后停下来再来看看自己的"杰作"，以此类推。学生可以时刻欣赏到不同的作品，在欣赏的过程中还可大大开发学生的想象能力。学生有兴趣的话可在

第二课时安排卵石造型。

案例三：《飞流直下三千尺》

思考：有几个学生看见过瀑布？那又有几个学生会有亲身的感受？如何让学生"观察大自然，把美丽的瀑布画下来"（教材上的学习建议）呢？能不能把"画瀑布"改为"表现瀑布"呢？

创意：大自然的景色美不胜收，何不让学生好好地欣赏一番？所以这节课是不是可以以欣赏为主？有条件的学校可布置学生搜集各种有关瀑布的资料，包括去网络上搜集，教师可制作相关课件；没有条件的学校，教师可找一些图片，并借助教具进行演示，让学生观察水从高处落下的形态美，让学生观察瀑布的颜色和水流、落差、阻挡物的关系。

在欣赏之余，可以让学生动手制作"瀑布"。制作的形式可以多种多样，如用白色纸条、白色塑料绳、白色塑料布等代替瀑布，学生可分组讨论制作方案，鼓励多种形式的表现，让学生从枯燥的技能学习中走出来，让美术学习成为一种乐趣。

（四）多套教材，优势互补

新课程改革出台后，各路教材也闪亮登场。2003年9月，人美版教材进入我市美术教育课堂，学生和老师都很欢迎。2004年9月，我市换用浙人美版教材，原先的年级仍保留使用人美版教材，这就让美术老师有了两套美术教材，教材之间可相互参考，优势互补。浙人美版教材有不少内容与人美版相似，这样，美术老师就可以把人美版教材、投影片上一些好的图片、优秀的学生作业用作课外资料供学生欣赏借鉴。如人美版第一册第六课《花点心》和浙人美版第一册第九课《花式"点心"》教学内容相似，人美版《花点心》的图片比较丰富，可作为浙人美版《花式"点心"》的课外资料供学生欣赏。同时，人美版教材中一些好的内容，也可作为自编教材穿插在浙美版教材中进行教学。或者，在浙人美版教材的教学内容教完之后，可选择人美版教材中一些好的内容作为自编教材使用。如人美版第一册第九课《谁画的鱼最大》可穿插在浙人美版第一册第十二课《大鱼和小鱼》中，或作为该课的第二课时。

（五）用自编校本教材丰富教学内容

与浙人美版教材配套的教师用书，集教材、教学参考、备课笔记、教学光盘为一体，给教师教学提供了很大的方便。在教师用书的最后几页，是校本教材的设计稿纸。校本教材的内容可有以下几种形式：

1.选择有地方特色或学校特色的教学内容

如欣赏《富春山居图》，了解富春江，并用自己的表达方式设计新版《富春山居图》。

2.编写一些与书中内容相关联的教学内容

如第一册第五课《小雨沙沙》之后，可安排一节创意课《各种各样的雨》。学生化身"魔法师"，手挥"魔法棒"，对着天空大声说出自己想要下的雨：如糖果雨、玩具雨、花瓣雨、水果雨等，说说怎么来捡这些"雨"，用什么工具来装。最后，让学生把自己想要下的"雨"画下来，并添画上捡"雨"人的样子。

3.编写一些教师易教，学生易学且感兴趣的教学内容

当教师在上节课忘记了布置这节课所要带的材料，或很多学生忘记带材料而使这节课无法按正常计划开展时，可安排学生绘画，内容可以是教师从其他教学资料或教材中引进的，也可以是教师自创的。引进和自创的内容最好与这节课有关。如第一册第九课《花式"点心"》，学生如忘带彩泥，可让学生进行花式点心的平面设计，下节课再根据平面设计图纸进行泥塑创作。平面设计不仅方便，不受材料限制，而且容易出效果，学生都比较喜欢。剪纸、折纸也是学生比较感兴趣的内容，一般在每册的教材中都有所安排，但课时有限。教师可适当增补些剪纸、折纸的内容，学生容易掌握，而且可以在剪、折的基础上进行添画，培养学生多种方面的能力。

四、小结

总之，新教材的出炉，对于广大一线教育工作者来说，可谓是一场"及时雨"，它给美术课堂重新带来了生机。但新教材不可能尽善尽美，它不可避免地存在一些局限性，只要老师们认真钻研教材，大胆取舍，敢于创新，灵活运用，再大的难题也能够迎刃而解。

参考文献

1.义务教育课程标准实验教科书《美术》小学第1-5册 浙江人民美术出版社

2.义务教育课程标准实验教科书《美术》小学第1-5册 人民美术出版社

3.义务教育课程标准实验教科书《美术》 教师用书小学第一册 浙江人民美术出版社

少儿校外陶艺热的若干思考

浙江省杭州青少年活动中心　　黄华高

【摘　要】在素质教育的大背景下，社会上掀起了一股陶艺热，越来越多的少儿爱上了陶艺活动。笔者试图阐述这股热潮产生的原因，找到其背后存在的问题并提出相应的解决措施，以求实现陶艺教育的可持续发展。

【关键词】陶艺　　平台搭建　　多元促进

一、透过现象看本质

1.现象

假日里，一批批孩童在陶艺室里，揉捏着泥巴，乐不思蜀。在他们的身边，有默默观望的爷爷奶奶，有一同创作的爸爸妈妈。全家人在泥的世界里放松，气氛融洽和谐，时间眨眼即过。

2.本质

儿童玩泥的本性被激发，人类与生俱来就有一种亲近大自然、亲近泥土的天性。每个成人都会有小时候玩泥玩沙的记忆，许多小孩玩起泥来可以忘了时间，其乐无穷。由于陶泥的可塑性，学生们可以随意制作各种自己喜欢的东西，所以陶艺活动让他们感到十分自由和轻松。意大利陶艺家波尼索拉也说过："我献身了陶艺，因它开创了各种可能性，并且是绘画所没有的。当工作进行的时候，新的方法、新的范畴和新的经验永远是开放的。"成人尚且如此，儿童更是无法抗拒。在那里，他们拥有一个相对自由的全新的创造空间。

那么，是什么促使他们进入陶艺世界的呢？

二、原因透视

1.思想的渗透引起观念的转变

随着我国教育体制改革的不断深入，实施素质教育已成为我国当前教育改革的一个热点。过去应试教育强调片面的知识教育，使德、美、体、劳各育都处于薄弱的位置。现在实施素质教育，不仅要重视智育，还要重视德、美、体、劳各育，全面贯彻教育方针，全面提高人才素质。它的实施，不仅提高了学生的综合素质，还在很大程度上提升了美育的地位，让更多的人开始关注陶艺，特别是家长们开始意识到，自己的孩子需要学习陶艺。

2. 学校设立陶艺课，缩短陶泥的距离

2000年国家教育部艺术教育委员会在《九年制义务教育全日制小学美术教学大纲修订稿》中提出：有条件的学校可增加陶艺的内容。浙江人民美术出版社根据美术新课程标准的精神编写的美术教材中每册都安排了泥塑课程，由此看出，陶艺课程的开设受到了很大的重视。

以杭州主城区小学的陶艺开设状况为例：

表一

城　区	学　校	开设时间
上 城 区	崇文实验小学	2005 年 9 月
	天地实验小学	2004 年 10 月
下 城 区	长寿桥小学	2003 年 2 月
	安吉路实验学校	2002 年 9 月
	大成实验学校	2004 年 9 月
	长江实验学校	2005 年 9 月
西 湖 区	三墩镇中心小学	1999 年 5 月
	学军小学	2006 年 10 月
	绿城育华实验学校	2005 年 10 月
	求是竞舟小学	2005 年 9 月
江 干 区	四季青小学	2005 年 10 月
拱 墅 区	贾家弄小学	2004 年 9 月

表二

场　地	面　积	开设时间
杭州青少年活动中心陶艺活动室	100 平米	2000 年 6 月
杭州南宋官窑博物馆陶艺活动室	90 平米	1998 年 5 月
杭州青藤茶馆陶艺活动区	20 平米	2004 年 8 月
韩美林纪念馆陶艺活动室	70 平米	2005 年 9 月

它们的设立，很大范围地扩大了陶艺对孩子们，甚至对家长们的影响。因为小儿科的"玩泥巴"也变成一门学科了。

3. 校外陶艺活动室潜移默化

除学校内部环境外，更多的还有校外场地的开发，这些公益性陶艺场所的设立，无形中又向人们传递了一个信息：陶艺越来越受到人们的关注。

在以上三点的促使下，校内外掀起了少儿陶艺热。

三、多元促进

在这股热潮中，普遍存在着学员低龄化的问题。他们以幼儿园大班和小学一、二年级学生为主。到了小学三年级，参加陶艺培训的孩子就慢慢变少，这其中固然有年龄的影响，但更多的是孩子和家长受学业压力所迫只能选择放弃。怎样保持他们对陶艺的兴趣，让他们坚持学习呢？笔者认为应该多元促进。

1. 改变评价态度

根据学员的年龄特点，我主张"鼓励一切创作"。因为儿童的陶艺创作往往是在理性与非理性、意识与潜意识交互融合的状态下进行的，它不像成人那样刻意地追求某种高难度的技艺或深刻的理念，更不像工匠作坊的制作那样规规矩矩、如出一炉。在参加陶艺活动中，每个学生都会根据自己的思路、独特的审美观来做自己的作品。虽然每个学生做的作品或多或少存在着这样或那样的缺点，但每个学生的作品都会有自己的特别之处，他们的作品与原始陶艺、民间陶艺，甚至现代陶艺存在着某种相似。所以教师不应该用"像"与"不像"，"好"与"不好"这些单一的标准答案来评价，而是应该微笑着鼓励，提倡"自我参照"，从多元角度进行评价。

在这样的赏识教育下，陶艺活动中的每个学生都是成功的，他们会因此而自豪，从而产生成就感。有了成就感，学生就会对这种活动更加感兴趣，就会更投入，就会提高得更快。而他们愉悦的心情，长足的进步，会让父母们坚定对陶艺培养的选择。

2. 更新培训内容

除此之外，还要让陶艺班的学员对学习内容保持新鲜感，有持续学习的愿望。为此，教师得不断地更新培训内容。我选择学生熟悉，适于表现的内容进行开发，做到每期培训不重复，而且有梯度。

课题\类型\程度	人物	动物	植物建筑	罐	瓶	盆
初级上	《笑脸》（平面）	《小刺猬》	《向日葵》	《手捏罐子》	《圆圆的瓶子》	《餐盘中的画》
	《形态各异的脸》（立体）	《恐龙世界》	《小小竹筏》	《泥条》	《大口瓶子》	《泥球垒的花盆》
初级下	《大嘴巴里的世界》	《大花猫》	《窗》	《猪形储蓄罐》	《泥条花罐》	《塑个挂盘》
	《美丽的大脚》	《猪的一家》	《美丽的拖鞋》	《叶形花罐》	《给泥瓶绘上花纹》	《方形花盆》
中级上	《泥娃娃》	《小老鼠》	《大海螺》	《罐子上的动物园》	《镂空的花瓶》	《给挂盘上釉彩》
	《塑在墙上的人物》	《狮子王国》	《仙人掌》	《小小油灯》	《泥条装饰瓶子》	《圆形花盆》
中级下	《可爱的陶偶》	《神气的大公鸡》	《想象中的城堡》	《树干变成的罐子》	《小老鼠上油瓶》	《圆形花盆装饰》
	《塑个半身人像》	《长相奇特的大鸟》	《塔林》	《茶壶新家族》	《旧花瓶收藏与赏析》	《葫芦形盆子》
高级上	《我的一家》	《帝企鹅日记》	《墙上的风景》	《点线面装点的罐子》	《两口瓶》	《用泥做成的盆景》
	《运动的人》	《长颈鹿》	《江南水乡》	《陶罐综艺》	《上了釉彩的花瓶真美》	《花盆里的世界》
高级下	《威武的大将军》	《动物大观园》	《家乡的桥》	《像大师一样做陶罐》	《多口瓶》	《扭曲的花盆》

从表中我们可以看到培训内容直接走进了学生生活的世界。每次培训内容的名称，让学生倍感亲切，如《恐龙世界》、《帝企鹅日记》、《威武的大将军》等。这样的主题内容既可为学生所关注，又有较大的表现空间，能够极大地激起他们无穷的创造欲望，从而达到"乐中学，学中乐"的主动探求性学习境界。

3. 创设宽松环境

"创设与教育相适应的良好环境，为学生提供表现能力的机会与条件。"在陶艺活动中，要激发学生内在的创造冲动和欲望，激发学生的求知欲和好奇心，教师就应该有意识地积极引导学生参与环境的创设，主动创设符合学生发展需要的，与陶艺主题相适应的生动形象来丰富环境，以此使学生通过与环境的交互作用促进其发展。

"艺术应为教育的基础"（柏拉图语），教学环境的创设很重要。我们应该在陶艺室四周陈列许多陶艺作品，便于学生近距离地欣赏，增强学生对作品的感受力。我们还要鼓励学生将家中的陶艺工艺品带来，与同伴们互相欣赏，通过说说、看看、做做，激发学生对陶艺的兴趣。当学生完成作品后，我们就将他们的陶艺作品陈列在陶艺室的橱柜里，为他们提供展示自我作品及学习他人作品的机会，为他们的陶艺活动创设了一个宽松的学习氛围，在与环境的交流与互动中感受陶艺艺术的独特魅力，进一步提高学生对陶艺作品的审美情趣，从而拓宽了学生的视野，丰富了学生的想象，激发了学生的创作热情，为他们的持续学习陶艺创造了很好的条件。对家长来说，这种宽松环境也激发了他们帮助孩子树立学习陶艺的兴趣。

4. 举办作品展览

陶艺是一门集实用性和观赏性为一体的课程，很多人都会有这样一种感受，当自己完成一件作品时，总想给别人看，得到别人的认可。所以我们定期地进行陶艺作品展，培养学生的综合能力，吸引更多的陶艺爱好者，提升陶艺在家长心目中的知名度。

在现场布展中，存在着场地限制的问题，学生最多只能选择两到三件作品参展，其固定时间内来参观的人数也有限。因此我们还可以尝试运用网络平台，进行网上展览，丰富陶艺教学的发展空间。

在不同形式的展览中，一方面，学生和家长们的内心得到很大满足，愿意继续陶艺课的学习；另一方面，更多对陶艺一无所知的人会被吸引到陶艺的世界里来。

5. 辅导参赛获奖

学校教育应该尊重学生的个性、特长、爱好，并提供相应的条件使他们充分发挥自己的优势和特长。陶艺教育更应该使学生在学习期间体会到成功的喜悦，看到自己的优势，从而保持一个健康、积极向上的心态和精神面貌。因此，陶艺培训也需要辅导学生参加比赛，并力争获奖，让他们创造出更多具有想象力的作品，在更大的范围里获得成功的体验，在学习中树立一个努力的方向。

"兴趣是最好的老师"。参赛作品获奖后，既能激发学生的学习兴趣，延长其参与陶艺学习的时间，也能给家长以信心，鼓励他们继续支持子女的学习，一举多得。

总之，陶艺发展也需要体现其公平性和持续性原则。在以上多元措施的实施下，学生"玩泥"的天性受教于其中，美育于其中，快乐于其中，陶艺教育将得到最大程度的可持续发展。

参考文献

1.《儿童心理学》(修订版) 朱智贤著 人民教育出版社 1993年
2.《一般持续发展论》 杨开忠著 中国环境科学出版社 1996年
3.《美术教育与人的发展》 杨景芝著 人民美术出版社 2003年
4.《美术教育：理想与现实中的徜徉》 尹少淳主编 高等教育出版社 2005年

美术教学中体验的重要性

——浅谈从体验入手激发学生的美术创作才情

浙江省玉环县楚门镇二中　　柯震霄

【摘　要】《美术课程标准》提倡创新，因此创新性作业较以前大大增加。很多已经习惯了按部就班摹画的学生面对这类作业茫然不知所措，即使有好的构思，也不知从何处下笔。其实造成这种状况的最大原因是学生缺乏生活体验和观察体验，描绘对象没有在他们心中留下清晰的印象，因此"巧妇难为无米之炊"。解决的办法就是加强这两方面的体验。

【关键词】生活体验　　观察体验

眼下，新课程改革正在全国全面展开，我从一开始的不适应，到现在的接受、思考，历经了一段时间，相信许多老师和我一样都有过这段经历。在新教材的使用中，我最有感触的是学生们缺少体验，无论是绘画上的，还是生活上的。

怎么理解这种状况呢？打个比方，不管是不是美术家，他都会画自己熟悉的东西，足球运动员会画足球，渔夫也会画出不错的渔船。学生也一样，让他们画一支笔、一本书，人人都会画，因为这些是他们有着亲身体验的东西，是他们触摸和使用过的东西。他们也见过其他的东西，但是没有接触、使用，这些东西他们也许就从未想过要去画。我曾问学生："你们能把树画下来吗？能回忆起它的模样吗？"没有一个学生能给我肯定的回答。树，是大家天天都能见到的，为什么画不出来，甚至想不起它的样子来？原因只有一个，那就是缺少体验。他们对身边常见的人、事、物习惯而不见，缺少生活经验。正因为这个原因，学生在进行创作时，面对画纸无从下笔，这是绝大多数学生共有的问题。只有解决了这个问题，才能让学生继续自己的创作之路，所以加强体验性教学就成为了重中之重。

教学中我发现学生进行创作绘画时，主要有两种难题：一种是想不出画什么；一种是构思不错，但是却不知道怎么画。本人认为第一种情况是因为学生缺乏生活经验，或体验不深；第二种情况是因为学生缺乏观察体验。面对这两种情况，我进行了以下的教学尝试。

一、加强、挖掘生活体验，激发学生创作才情

艺术创作来源于生活，任何优秀的艺术作品脱离了生活就如同无根之木，无源之水，空洞而乏味。每个学生的生活经历和环境都不一样，如果能把这些不同体现到创作中，自然是十分丰富精彩的。学生的生活体验是多方面的，有直接的（自己亲身经历的），有间接的（听别人说的，包括老师），有看到的（报纸、书籍、影视、包括课堂知识）。这三种体验教师都可以参与其中，进一步让学生体验生活。例如第15册《设计的魅力》一课中，在分析椅子时，我是这样设计的：让学生说说自家的椅子、沙发是怎样的，喜欢不喜欢，坐着舒服不舒服。通过这些问题结合图片分析让学生明白椅子设计的原理和要点，让学生明白这种工业产品的设计一定要遵循"以人为本"的原理，多从使用者的角度考虑问题。当看到别的图例，如《叫壶》、《'海浪线'熨斗》，学生们就很自然地想到自己家里用的开水壶和熨斗了，这节课的作业也相当成功。许多学生虽然画得不怎么样，但是创意却让人眼前一亮。又如第
16册《让世界更美好》一课，首先我让他们说说身边有哪些不美好的事，学生在说到身边的环境污染或其他一些不合理的事时，话匣就打开了，作业中处处反映了他们对现实社会担忧和乐观的态度。只要让学生的思维多与他们熟悉的生活相联系，就能举一反三，从而使美术教学达到事半功倍的效果。

又如第13册《鸟语花香》一课，对于绝大多数没有接触过国画的学生，我采取了一个体验式的教学活动。让学生拿毛笔在准备好的宣纸上画随意的一笔，再让别的学生依次添上第二笔、第三笔，条件是必须和前一笔有区别（如粗细、浓淡），直到学生画不出为止，其他学生也在自己的纸上画。这招非常管用，所有学生的积极性都被调动起来了，有的搜肠刮肚地想、画，有的学生自己画完了，还给旁边的同学出谋划策。之后，我再以上面学生所画的笔触讲解国画的

用笔和用墨，学生就会恍然大悟：原来刚才那随意的一笔叫中锋，是浓墨；这一笔叫侧锋，较淡，所以称淡墨，可以用来画叶子……这样的体验性学习和以往老师画，学生跟着画很不一样，因为学生真正参与进来了，体验到了什么叫用笔，什么叫用墨。再如第 14 册《图表设计》，我把作业内容的设计拓宽了，让学生

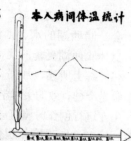

联系生活，设计自己感兴趣的内容，例如喜爱的流行歌曲、课程表、家里的水电费用、自己的功课成绩等等，但是数据必须是真实、准确的。这样的作业让学生很兴奋，他们想到的内容远远比我说的丰富，正因为是他们亲自调查或亲身经历的，所以作业的完成也让他们体会到了作业外的许多东西，加强了他们的调查能力和与同学的沟通能力。比如有些同学做的是自己课外的时间安排图表，一做作业才发现自己玩的时间太多了，学习的时间很少，还在作业旁边写了很有意思的感慨语；有一位同学在做作业期间感冒了，一直发高烧，她就把自己一个多星期来的体温变化画成了图表；有的同学画了自己的身高变化；有的画了自己从小学到初中的跳远成绩变化；有的调查了全班同学喜欢吃的水果……

　　除了课堂上的体验，我们还应把课外的资源也充分利用起来。我们的学生也是很关心家事、国事、天下事的，比如环保，比如伊拉克战争，说到这些都很激动，有很多话要说。再比如影视，学生爱看电视，我有时在课堂上引用央视《探索》等节目里的例子，说到里面的内容，马上就会有同学说："我也看过。"当他说的时候，其他同学听得可认真了，我也在一旁微笑地听着，他已经取代了我，而且起到了更好的效果。这些都是绝佳的资源，妥善利用就是打开知识大门的金钥匙啊！影视、报纸、书籍是一个广阔的天地，里面有些节目内容是很好的，远比老师所讲的丰富得多，引导学生多看有益的节目将对他们的全面发展起着推波助澜的作用。除了这些，还可以让学生走出教室，走进大自然去感受生活，陶冶情操。像在刚过去的暑假中，学校组织了去杭州的夏令营，很多同学都带着相机，我借着这个机会重新把课堂上讲过的构图等知识讲一讲，同学们操作时就能把这些知识融会贯通了。他们都争先恐后地把刚拍好的照片给我看，同学之间也互相交流经

验，看谁拍得更好。上过《美丽的西湖》的初二同学也正好借此机会一睹西湖的水、西湖的荷花、西湖的鱼，漫步于湖光山色中，亲身体验西湖夏季的美，这些可都不是上课看图片可比的。

综上所述，加强、挖掘生活体验与学生的创作是密不可分的。体验是一种有效的美术学习方式，重视培养学生生活体验的累积，能够使学生在进行创作时胸有成竹、乐于表现，能真正动起来。

二、加强培养观察能力，激发学生创作才情

前面已经提过，学生不会画常见的树，对于常见的东西并不熟悉，这也就是"熟视无睹"了。很多学生在平时观察时是漫不经心的，印象最深的是曾有一位同学问我桌子怎么画，当时我没有直接回答他，而是先引导他观察旁边的课桌，告诉他应该有秩序地观察桌子，先看整体后看局部，之后那位同学马上提笔开始画了。经常看到的桌子，却从来没有好好观察过它，可见看和观察，两者有着本质的区别。正确的观察虽然要依靠看，但却是用心地看，分析地去看，理解地去看，很大程度上不能单靠眼睛去看。

每一节美术课都离不开观察，每一幅创作也离不开观察，观察是创作的基础。这里引用契斯恰柯夫曾说过的一句话："首先应该真正地学会观察实物，这几乎是极其必要的和相当困难的一点。"俄国画家列宾经过长期对伏尔加河上的纤夫仔细观察，创作了经典之作《伏尔加河上的纤夫》；顾闳中的《韩熙载夜宴图》亦是如此；达尔文也曾认为自己的成就主要应归功于自己具有"精细的观察能力"。而一个人的观察力既是随着人的成长而日见成熟的，也是可以通过学习而逐步得到有效发展的。

我认为教学中首先应该明确观察目标，引导学生有意识地去观察。例如第14册《诗情画意》中有宋代马远的一幅画《寒江独钓图》，在画旁附有柳宗元的一首诗《江雪》。本课主题——诗情画意，要求学生理解中国画"诗中有画"，"画中有诗"的特点，我就让学生先结合诗句观察画面，设计了以下几个问题：画面是否体现了诗的意境？画面中哪些地方体现出了"寒"和"独"？理解了这两个问题，学生马上就能体会到诗画合一的意境了。从这个例子可以看出，观察得越细致，就越能理解画意和了解画面构成方法，取长补短，从而为自己的创作打下基础。其次是引导学生学会整体观察。常看到学生画杯子时，杯口是椭圆的，杯底却是平的；

画某样被遮挡住的物体时总是变形的，这是缺少整体观察能力的缘故。通过培训，学生就会具备一定的逻辑思维能力，形成视觉上的联系，看到前面的物体，就能联想到后面被遮挡住的物体，看到杯口是圆的就能联想到杯底也是圆的。在学会整体观察后，观察力才能达到洞察秋毫的程度。再次是引导学生要积累观察。除了观察画面，还应多观察生活，生活是另一个大课堂，春花秋月、日月星辰、山石田土、江河湖泊、松竹梅兰、花鸟虫鱼等都是创作绘画的素材。中国的古代画家就很重视这种积累，讲究"搜尽奇峰打草稿"。鲁迅先生说："例如画家的画人物，他是静观默想，烂熟于心，然后凝神默想，一挥而就，向来不用单独的模特儿的。"如果没有经过仔细的观察，怎能做到"烂熟于心"，"一挥而就"呢？

有一种观察方式我不得不提，就是传统的"教师示范，学生观看学习"，有人说这是会扼制学生创造力的一种方式，应该摒弃，但我认为不然。这种教学方式虽然容易导致学生照搬照抄，但是作为一种方法的演示，使用谨慎，引导得当，就能赋予它在新课程下新的内涵。事实上，有时它有着用其他教学方法无法替代的独特魅力。如上第15册《美丽的西湖》时，我在两个班级里用了两种方式讲述水彩画的特点：第一种是通过观察、讨论图片得出结论，水彩画是怎样画的，它的特点是透明的，淋漓流畅的；第二种是在此基础上我又示范画了一个画面，学生很直观地了解到水彩画原来是这样画的，之后我让学生上来自己体验一下。课后两个班级的作业有着很大的区别：前一个班级中大多数同学没有画出水彩画的效果；后一个班级在经过直观示范后大多数能画出透明、水色交融的效果。可见，示范观察也是一种有效的美术学习方式，它让有些抽象的不易理解的概念和方法以更直白的方式体现出来，更容易被学生接受。

观察是美术课中最基本、也是最常用的一种教学方式。学生只有在观察了

解了一个人或一件事物的真实状况和特点，并转化为个人体验后，才能将他们画出来。我们应当积极地培养学生形成正确的观察方式，让他们勤于观察、善于观察。其实掌握了如何观察物体的方法，也就掌握了如何画这一物体的方法。

观察体验是生活体验的基础，生活体验是观察体验的升华，它们是密不可分的。两种体验都需要慢慢积淀，然后潜移默化地影响学生，这需要我们在每节课中和课外时时关注着、引导着。其实，作为教师，在磕磕碰碰的教学探索上同样也需要生活体验和观察体验，不过，我们的体验中多了学生这个主体，平时我们的所思所想若能多感悟学生的体验，那么新课程改革就能走得更稳了。

参考文献
1.《素描进阶教程》 基蒙·尼克莱代斯 ［美］ 著
2.《生活世界是课堂教学的源泉》 林绍良 著
3.《中国美术教育》 2003年

走近青田石

———— 高中篆刻教学实践初探

浙江省青田县中学　　　王炜红

【摘　要】青田石为我国篆刻艺术做出了巨大贡献。青田产印石并且资源丰厚，而学生对本土文化陌生，传承传统文化已势在必行。因此我校根据本地特色，开展篆刻教学实践课。希望通过教学激发学生学习篆刻的兴趣，了解和感受篆刻艺术的内涵，促进他们与家乡石头的亲密接触，并从我国传统文化中领悟民族自豪感与尊严感，培养学生爱好艺术的良好素质。

【关键词】青田石　　中国印　　篆刻教学

青田石是我国三大名石之一，是篆刻的首选佳材，世称"印石之祖"。青田产印石历史悠久，资源丰厚，但青田篆刻艺术的发展却相对滞后。虽然在青田再次响起弘扬石雕文化呼声，但也只是重石雕轻篆刻，我们的学生对此十分陌生。青田石雕曾带青田人走出了国门，走向世界，承担了中外交流的使命，而青田石章其实较青田石雕对中华文明史的贡献更大。青田石在篆刻中具有什么样的优势，在篆刻史中处于什么地位，学生缺乏了解，深究的就更少了。

篆刻是中国艺林中的一朵奇葩。早在明朝篆刻大家文彭就以青田石作为印材取代了金属、牙骨，从此，石材刻印应运而生，青田石为我国篆刻艺术做出了不可磨灭的划时代贡献。因此学习篆刻艺术，欣赏篆刻艺术，不仅能帮助学生提高书写能力和动手能力，感受汉文字的独特魅力，同时还会使他们获得诸如古代官制、地理沿革、民情风俗、封建制度、字体演变、书法风格、工艺制造等方面的信息了解。于是我们根据学生、学校和本地特色，开展篆刻教学实践课。希望通过这个教学活动能够激发同学们学习篆刻的兴趣，动手实践，尝试篆刻，了解和感受篆刻文化的内涵，提高学生与对家乡石头的亲近感，从而热爱祖国的传统文化，增强学生的民族自豪感与尊严感。可是篆刻一直被人认为是艺术上的一座令人仰望不可企及的高峰，它不仅要有熟练掌握文字和书写，驾驭语言文字的能力，还须有一定的文学基础。由于目前教师自身素质等原因，大家一直不太敢尝试这个教学。

2006年，浙江省进入了高中课改，美术课程分模块让学生进行选修，不仅为学生自主发展撑起一片天空，也为教师施展才华搭建了舞台。青田印石资源丰厚，普通印材价格低廉，这些都为我们开展篆刻教学提供了良好的物质基础。我们还得到青田县书协、浙江省刻字创作委员会顾问王经纬先生等老一辈篆刻家的大力支持。2006学年第一学期我们在高二尝试选修篆刻模块，开设了篆刻实践课。但因两星期开一节美术课，还有假日、考试耽搁的，一学期只能上满7-9节课，现将教学中的探索和一些体会记述下来以作借鉴与反思，与同行们一起探讨。

一、摸底调查

在社会调查和配合多媒体图片问卷中，青田有哪些东西值得骄傲，学生的回答是青田石雕、华侨、名人，其他的就不太清楚了。对于篆刻他们更是不知道，认为好像是刻图章，认识模糊；石雕城及市场上的石头只知道是刻石雕的。问到我们青田石雕的文化与历史及青田石在篆刻史中处于什么地位，更是茫然。当从多媒体图片中看到青田石五彩缤纷的色相和听到青田石雕的美丽传说时学生无不瞪大眼睛"哇"声一片。本地的石文化使学生们震惊，也激发了"亲吻"的感情。

上第一堂课《青田石雕与印石欣赏》时，我先用多媒体教学手段，让学生直观地感受青田石雕的历史和文化艺术，特别是青田石的品种及其为我国篆刻艺术做出的不可磨灭的贡献。

对青田石雕特种邮票的发行、青田石的传说、印学鼻祖文彭的故事的了解，对皇家贡品《宝典福书》、大师们的篆刻作品的欣赏，以及对本土文化的认识，把学生的兴趣引向对篆刻的了解：篆刻是从实用开始逐步形成一个独立的艺术体系。学生开始表现出跃跃欲试的强烈愿望，初试的目的已达到，也增强了教学的信心。

二、材料准备

既然是学生自己主动提出试试的，那篆刻课就能顺利开展了。要上好篆刻课，首先要有学习篆刻所必须的物质条件，工具和材料。介绍工具和材料我用了两种方法：

（1）通过实物、多媒体图片让学生认识。

（2）让一组学生出手抄报贴在教室里给大家看，作为提醒，不要忘记准备，有意识地培养他们收集信息的能力。要求同学们每人至少准备三方印石，刀、刷各一把，水砂纸与印泥集体共用，好的作留存拓朱用，还有由学校准备《篆刻字典》，如有条件的同学也可以自己准备一套，便于在学习中使用。

尽管在青田，特别是我们学校就在青田石产地旁边，一出校门就能见到石头，但真的去选印石，还是颇有学问的。青田石有100多个种类，有非常名贵的灯光冻、封门青、蓝花青田、黄金耀等。当然我们用普通石材练习就可以了，否则就显得不现实了，毕竟瑰石可与黄金比价。

选购印石以班级为单位：

（1）老师与学生一起选购。

（2）学生自己独立选购。选购前已告诉大家，印石以质地细润，无硬钉、无裂纹为佳。可是学生没有直接经验，还是买了有硬钉或有裂纹的，不易凑刀或容易破碎。虽然吃了点亏，可收获也不少，学生获得了直接经验，能辨别有硬钉的和多裂纹的石头了。通过购买活动，不仅让学生直接接触了社会，而且培养了学生的组织能力和集体合作精神，收到一定的效果。

三、教学实践

1.基本训练

（1）课前准备：根据以往的教学经验，如单上篆刻欣赏课，抽象难懂，枯燥无味，学生兴趣不浓。因此课前我让学生以小组为单位合作收集有关篆刻方面的知识：

A.有关2008年奥运会会徽的相关资料。

B.有关印史知识及篆刻的审美特征方面的资料。

C.通过各种渠道收集各时期的印谱，主要以秦汉时期的为主。

D.了解几个篆刻名家或他们的故事。

（2）刻"回"文印：这次直接让学生接触石头。学生一旦手中有了使用的材料，兴趣与好奇就谁都无法阻拦，他们像小学生一样叫喊着怎么刻啊？真没想到一把刀、一块石头竟有如此大的吸引力！在教学中我先采用直观教学方法，通过视频播放介绍，使学生从最佳的角度观摩到篆刻的操作细节，从磨石、写印稿、拓

印稿，到如何执刀、运刀、白文和朱文的刻法等，使学生一开始就有一个清晰正确的感性认识，以免走弯路。然后着重提醒学生注意三点：A.磨石时印面与砂纸要平行推进，才能磨平；B.上石时横平竖直；C.刻出的石花不要吹，要用手指轻轻抹去，注意卫生；D.注意安全，刻印以切刀或短冲刀为好。学生动手了，那就让他们在实践中去体会去总结吧。

第一次刻"回"字印，刻"回"字不存在写反字的现象，因此主要做刀法练习。我提示学生落刀要大胆，能听到声音，不要削和抠。不一会各种各样的"回"字刻出来了，同学们尝到了第一次成功的快乐。老师以鼓励为主，充分肯定他们的成绩，在发现问题时，如有的印石没磨平，印出来不清晰；有滑刀的，劲使不上的；转角的地方成鹤膝的……老师做示范加上个别辅导，或帮助适当地修改，或提醒学生自己修正。在快乐的气氛中学生完成了基本训练的要求。

（3）刻"马"字、"心"字印。难度增加了，但这两字的笔画也多是横竖，有了刻"回"纹的基础也就不难了。写稿上石是这次练习的重点。

A.写好印稿翻过来，照着反字，直接书写上石。B.印稿写成与印面一样，再翻到印面上，用水拓磨上石。C.随着科技的进步可用复印，再用风油精磨拓上石。学生写稿时出现

了正字、掉笔划、写简体字等，有的干脆就刻自己的名字，做得比较随意，也有刻较好的。在学生对古汉字知识欠缺的情况下，教师要给予理解与耐心的引导，以保持学生的学习兴趣。不过，他们刻的"马"字，多少也显现出几分"汉印"的韵味，是一个可喜的现象。

2.欣赏和临摹

高中的学生其实是渴望获得专业知识的，技法是篆刻艺术创作的基础，是形式的构成部分。这种技法层面的学习会使他们的好奇心受到影响，要加上理性的理解才能使他们感受中国篆刻文化的深厚内涵，进而提高审美情趣和文化艺术修养。所以适时插进篆刻欣赏课很有必要。主要安排：

（1）肖形印欣赏与练习

A. 肖形印欣赏。因为学生对古文字方面知识的掌握几乎是空白，直接进入难度太大，学生的兴趣难以保证，所以先从肖形印入手。理论与实践相结合，首先让学生在课余时间收集肖形印资料，课堂上老师展示刻有肖形印的挂坠装饰品和图片，让学生看到百兽之象、百鸟之图、歌舞之声、征战之壮观，在方寸之内简练而生动地再现，再一次激起学生学习的积极性，收到良好的效果。

B. 肖形印练习。一枚肖形印的刻制，可以临摹也可以自己创作。在实践过程中，要求习作在注意形象的同时尽量玩出"刀趣石味"来。学生创作了简单幼稚的肖形并刻制出来，有的临习古印又带点自己的意趣。虽不成熟，但在学生的眼里却是"伟大"的创造。在教师眼里，也看到了学生篆刻艺术的天赋。

（2）秦汉印欣赏与临摹

A. 欣赏。"自从文人篆刻崛起以来，印人们在篆刻创作方面无不遵循'以秦汉印为宗'。以此可见，秦汉时期的印章，早就被公认为有着极高的美术性，有着重要的欣赏价值和学习价值"（引自金怀英的《秦汉印典》）。因此，选择有代表性的秦玺、汉铸印、汉凿印、玉印，利用多媒体手段让学生欣赏，通过对比了解秦玺的灵动、汉铸印的浑厚、汉凿印的坚挺、玉印的隽永，以及腐蚀后的古拙和残破美。再让学生有选择的摹写，为临摹做准备。

B. 临摹。临摹一般以汉印为主。a. 学生自己收集的印谱做临摹资料。b. 老师发给一些复印好的汉印资料，供学生选用。重点让学生从临摹的实践中了解古文字的结构、汉印的章法。虽然难度大，但第一次临摹的效果还是令人满意的。

（3）明清印欣赏与临摹

A.欣赏。"明清时的篆刻艺术，是中国篆刻史上的又一高峰。印石的使用和文人参与，使篆刻艺术进入一个复兴、创新和超越的时期。明清印印文，无论是结构、意趣、刀法等，都是对汉印文字的一种升华与完善"（引自《简明明清印字典》樊中岳　陈大英编）。我让学生从文彭、丁敬、西泠八家的印作中体会文人参与后以石为印材的"刀趣石味"和印文刻诗词名句等文学内容，了解明清时印章脱出了实用的范畴，使篆刻成为一门独立的艺术。

B.临摹。文彭刻印，催绽篆刻艺术的春天，文彭被尊为"篆刻之祖"，他使用的青田石无疑也可被称为"印石之祖"。学生亲手在青田石上刻印，就会有一种特殊的情感。在临摹时，注意多字印的章法安排和浙派使用的碎刀切制的刀法。再次练习"复印翻拓上石"的方法，并体会印文内容及含义，品味其文字的内涵。

（4）现代篆刻的欣赏与临摹

A.欣赏。现代篆刻风格各异，流派众多，有的简朴浑厚、斑驳苍茫，有的端庄凝静、工致典雅，有的雄劲奇肆、大刀阔斧。2008年奥运会会徽"中国印·舞动的北京"又一次向世界展示了具有中国精神、中国气派、中国神韵的中国印文化。在知识层面上进一步开阔学生的视野，加深对篆刻的了解，再加入青田籍篆刻名家的介绍，如民国时期的徐禅心、周宪初、王小谷、徐石平等，他们的名字均被画名、书名所淹没，鲜为人知。当代老一辈印家徐来风、王为纲、王经纬等，还有身边熟悉的人的作品。讲述日本友人那须先生专程来青田考察印石，拜师学习篆刻故事。通过以上内容把学生对青田石的感性认识逐步提升到理性的认识上来，进一步提高学生对家乡石头的亲近感和自豪感，认识青田石在篆刻中具有的优势、所处的地位与艺术价值，了解本土文化，激发学生继承传统文化的热情与决心。因为中国印章是具有民族特性的文化传统，其精神已经积淀在国家和民族的骨髓里，奔腾在国家和民族的血液中，是任何外来文化都不能够随意替代和更改的。我们希望通过艺术教育对我国传统文化的保护起到一些积极的作用。

B.临摹。学生有了汉印、明清印临摹的基础，临习现代印要重在体现气息，一些写意印，特别引起学生的注意，要重在章法的多变。通过临习，使学生为自行设计创作篆刻作品做准备。学生们还创作了一些家乡地名及石雕方面的印。

四、参观展示

我们学生用的都是普通的青田印石。青田石宜奏刀，学生已经体验到了。青田石有100多个品种，本身材质就能体现"石不能言最可人"的特质，青田石莹洁如玉，质地温润，是大自然的恩赐，能濡染出人间所有的美色。特别是青田封门石，色高雅，质温润，性"中庸"，是所有印石中最宜奏刀之石，最为篆刻家所青睐。我们是有条件看到最美的青田石的。石雕市场、石雕城及新建的青田石雕博物馆里收藏着优秀的石雕作品，细腻精巧、千姿百态、完美绝伦。博物馆是为民族保存和唤醒文化记忆的地方，这个资源不可浪费。石雕市场、石雕城，还有县里举办的书画展，我们都组织学生课外参观。在高一学习"文人画"欣赏时，我曾经建议同学们去参观过《王经纬诗书画印作品展》，结合本次教学我又组织学生参观青田石雕博物馆。美丽的青田石，精湛的石雕，震撼了我们的学生："我们身边竟有如此珍贵美丽的石头，太令人震惊了。"这些参观都使学生的审美水平得到了一次提升。

主要的展示活动：1.在教室用多媒体展示作品，并进行讨论评价。2.在学校宣传栏里展示学生较好的练习作品。3.举办全校师生书画摄影展，展示师生的优秀作品。4.组织篆刻兴趣小组，利用课余与假日练习篆刻和进行交流学习的体会。

通过篆刻选修课的学习，虽然学生完成的作品幼稚粗拙，但他们对篆刻对印石增加了了解。更可喜的是有部分学生表示喜欢上了篆刻，并愿为此不断地努力。

五、思考与启迪

1.丰富的青田石资源，为篆刻教学提供了良好的物质基础，让学生看一看、摸一摸、刻一刻，引导他们走近青田石，不仅是篆刻艺术的启蒙学习，也是培养学生热爱家乡、热爱祖国的精神苗圃。

2. 兴趣是学生学习篆刻继承传统文化起点。学生对石头感到新鲜，对篆刻感到好奇，都想试一试，刻出来就是成功，只有手舞足蹈的喜悦才能让学生成为学习的主角。但是必须及时补充新的知识、新的好奇，兴趣才能继续。古文字韵味深厚，章法千变万化，刀法的熟练和精到，那是学生以后的事，只要有起步，就会有后续，或许在这个不起眼的园地里真会走出一批篆刻家来。

3. 理论与实践相结合。篆刻教学应偏重于实践，学生一旦有了兴趣，手上拿着印石就非刻不可，有的学生自制力较差，甚至在其他课上也偷偷地刻，所以教学中要先让他们动起来，再在实践中引导、总结和提高。

4. 教师是导演，或者说是设计师，但不是演员。每一节课前应该收集什么资料，准备什么材料和工具以及出小报，布置展示牌，访问什么人物等都需考虑。有计划地安排，甚至对会出现什么问题，得到什么结果，都应做到心中有数。还有教师的自身水平也急需提高才能适应当前教学的需要，才能导演好高中美术选修课中篆刻模块这一台戏。

5. 提高识篆和书篆的能力不可忽视。目前高中篆刻教学由于开设时间不长，教学仅是初试，很多地方尚不完善，只能立足于让学生了解基本的篆刻方法，以培养学习篆刻的兴趣为主，教师起着"师傅领进门"的作用。同学们初学篆刻，对篆书比较生疏，识篆较少，书写和欣赏能力有限，这是学习篆刻的一大障碍。但是识篆和书篆，是学习篆刻的入门功课，因此要教学生借助篆书字典识篆字，尽量创造条件开设篆书书写练习课。

6. 印文的内容应有新意，增加文学内涵。"印语"是一种高度的浓缩，要求精练、鲜活，使人欣赏之余回味无穷。"印语"的表达是很含蓄的，有时甚至是曲折的，让人在想象中明其志，是"约千言于数字"（叶一苇评《原来篆刻这么有趣》）。因此，学生印文

时可选古文和古诗词中的佳词名句来表达自己的情趣志向。选用现代语言则应有一种时代感，这些都会进一步提高学生的文化修养，增加文化底蕴。通过教学活动，我们不仅让学生了解青田石，了解篆刻艺术，还让大部分学生喜欢上了青田石，而且增加了文学修养和审美情趣。

7. 充分利用校外教学资源，有利于视野的扩展。石雕市场、石雕城、书画展、石雕博物馆，身边的书法家、篆刻家、工艺美术大师及私人收藏品，都是校外的艺术资源。聘请专家来校讲座，与专家面对面，得到他们的指导，有助于学生的提高。还可组织班级之间、校际之间的艺术交流活动，扩大艺术活动的范围。目前县、市都有"素质运动会"，其中有篆刻一项，但一个县或一个学校只能派一名学生参加，范围过于狭窄，如果让愿意参加的学生都能报名参加，将更有利于篆刻教学的实施。

8. 学校要给予多方面的支持。设立专门活动教室，配备有关篆刻方面的各种资料，在校超市里设立印石、刻刀、印泥等篆刻材料和有关篆刻字典、印谱等书籍的柜台，便利学生选购。创造出学习篆刻的良好氛围与环境。

让我们沐浴在课改惠风中，通过走近青田石、亲近青田石的篆刻教学，发扬中国传统文化，推动书画篆刻艺术走向世界。让校园里唱响《中国印》的进行曲吧！

参考文献

1.《篆刻史》 叶一苇

2.《青田石雕论文集》

3.《中国印章艺术可以申遗》 侯勇

儿童美术教学中"问"的艺术

浙江松阳县实验小学集团学校　　丁莉芳

【摘　要】"问"是一门教学艺术,是教师引导和促进学生自觉学习的一种教学手段,是学生自主探究学习的起点。在美术教学中"问"具有引发认知、诱导质疑、激活思维、促进交流等功能。其形式有整理式提问、曲折式提问、派生式提问、创造式提问、比较式提问。要使"问"发挥其应有的功效,教师必须深入研究设计每个问题,在教学中讲究"问"的艺术。

【关键词】儿童美术教学　"问"　功能

使用"问"指提问、质疑。"问"是一门科学,是一门教学艺术。"问"是最古老、使用频率最高的教学方法之一,是教师引导学生去探索以达到教学目标的途径。现代教学理念中,"问"包含两层意思:一是教师引导和促进学生自觉学习的一种教学手段;二是学生自主探究学习的起点。在新课程儿童美术教学中,如何"引导学生主动探索、研究、创造以及综合解决问题",如何帮助学生"开阔视野,拓展想象空间,激发探索未知领域的欲望,体验探究的愉悦与成功感"呢?"问"作为重要的教学方法,美术教师要灵活地加以运用和把握,在教学中讲究"问"的艺术。

一、认识"问"的有效性能,合理使用"问"

教学重在引导,而引导之法贵在"问"。"问"是教学过程中的重要一环,"问"能有效地启迪学生的思维,使学生的思维活动逐渐由已知导向未知,达到释疑解惑的目的,实现知识的迁移和能力的飞跃。

儿童在美术活动中主要是通过视觉和触觉的感受进行形象思维和逻辑思维。"问"的引导拓展深化了儿童认知和思维的广度和深度。"问"具有引发认知的功能,在以回忆事实,回忆已有的知识、经验,进行事实陈述,解释为主的认知性应答过程中,能帮助学生回忆、补充、整合已有知识，形成新的概念。以感官观察、触摸，凭直觉感受描述物象特征、细节、色彩的感知性问题能引发学生探讨的兴趣，提高注意力，促进认识的内在发展。

美术活动自始至终是教师组织和诱导学生不断探究问题，进行视觉创造的过程。"问"能诱导学生质疑。当学生进行美术学习时，似乎没有问题，教师要采用课前"问"引导学生去探究，诱导其在学习过程中去亲身经历，发现问题和提出问题，并在解决问题的过程中感受知识的形成。

思考性问题具有激活思维的功能。在"问"的引导下，学生通过观察、记忆、联想、想象等一系列思维活动，进行选择、辨别、判断，学会自己总结，找到解决问题的答案。问答激活了学生多种思维方式，发展了抽象思维、直觉思维和创造思维能力。

"问"促进交流，"问"是师生间知识、经验、信息传递的途径。"问"提供学生发表意见的机会，是师生沟通情感和思想认识的主要渠道，是教师了解学生心智活动及教学效果，改进教学方法的依据。另外"问"在教学中还有突出重点、解决难点、把握教学方向、提高教学效率的作用，有帮助学生学习、进行探索的作用，有评价教学的作用，有组织教学协助教学管理的作用等。我们在教学中要高度重视"问"的使用，充分发挥"问"的有效性能。

二、巧妙使用"问"，引导激发"学"

教学提问是师生共同参与的双边活动，师生在教学过程中通过反复实践，互相了解，达成一定默契，才能掌握问答的技巧，才能充分发挥其教学效果。根据教学内容和学习目的，在美术教学活动中我们要巧妙使用"问"，引导激发学生的"学"。在教学中"问"有以下几种形式可灵活使用：（以浙美版新课程美术第二册《卡通宝宝》的教学提问为例）

1. 整理式提问——温故而知新

美术新课程的学习非常注重课程内容与学生生活经验的紧密联系。整理式提问是根据教学的内容、重点难点、教学的目的，理顺教学的知识点，引导学生把握和理解，促进学生注意，引发思考的方式，也是复习旧知识，为新的教学活动做铺垫的提问方式。在教学的开始阶段，整理式提问可以温故而知新。《卡通宝宝》的教学导入是以学生非常熟悉的动画片《海绵宝宝》为切入点：今天老师带来了一位小朋友喜欢的老朋友，他是谁呢？播放动画片片断。海绵宝宝是谁？学生七嘴八舌地介绍海绵宝宝的各方面已知信息。海绵宝宝是一种卡通形象，什么是卡通？师生共同讨论得出卡通的概念。这些问题理顺了原有的知识和经验，为教学重点的展开和难点的解决做好了准备。

2. 曲折式提问—— 迂回别致，声东击西

古语曰：受之以鱼不如授之以渔。送鱼是直接简单的，授渔就不是件容易的事，要讲究方法和策略。曲折式提问是教学展开阶段主要的引导学习的方法之一。想问这个问题，先从另一个问题开始问，故设疑阵，引导学生如同走迷宫般曲曲折折，一路探索解疑通向终点，达到解决问题的目的。《卡通宝宝》的教学重点是运用夸张变形的拟人手段，将自己喜爱的物品设计成卡通形象，需解决的问题是

卡通宝宝怎么设计。曲折式提问不直接问卡通宝宝怎样设计，而是从情感入手：你喜欢海绵宝宝什么？或海绵宝宝什么地方值得人喜爱？可爱、活泼、夸张、滑稽、有爱心、聪明……引导学生对形象的造型进行分析：哪些地方看出可爱？怎么夸张？学生得出的结论是喜欢海绵宝宝形象的头大身子小、形美、色美、动态美、心灵美。这就是卡通宝宝怎样设计的答案。有时也可故意提出一个错误的看法，让学生通过思辨、分析，然后得出正确的答案。这种富有游戏式的提问，比直接问更能激起学生的兴趣，提高学生关注力。

3. 派生式提问—— 触类旁通，举一反三

派生式提问在这里指将大问题分解成许多小问题，从各个方面提问，启发学生理解、思考、学习，能够触类旁通，学会举一反三。《卡通宝宝》的教学难点是形象的创意性和生动性。对海绵宝宝形象设计的深入分析是学生学会设计卡通宝宝、解决教学难点的关键。海绵宝宝的原型是什么？怎么让它变回原型？去掉五官、四肢、躯干，变成一块普通的海绵，海绵再去色概括就成了一个简单的梯形。然后分别观察理解五官、四肢、躯干有哪些特点？你可以怎样变？及海绵宝宝如何设计成形等。通过师生互问互答，学生对海绵宝宝的设计方法了如指掌。再出

现一个基本形或任意一件物品,你会
变成卡通宝宝吗?学生从变形入手,
设计五官四肢,很快稚趣可爱的卡通
宝宝就诞生了。

4. 创造式提问——升华感知,内
化创新

在获得充分感知的基础上,通过
"问",让学生展开想象的翅膀,
升华感知,内化为丰富的情感,去
创造出一个个新的形象,使教学内
容得以加深和拓展。随着欢笑声,
快乐的海绵宝宝出现在我们面前,
快乐是怎样的?为什么快乐?分析表
情动作,大家随着欢快的鼓乐声表

现快乐,感受快乐的气氛;哭声忽然出现了,哪来的哭声?分析感
受伤心的表情和动作特征。你的卡通宝宝有哪些离奇的事?他开心吗?
他伤心了你会怎么办?他有哪些与众不同之处……学生在教师"问"
的引导下,构思创造出许多富有创意的、具有丰富情感的卡通宝宝。

5. 比较式提问——博采百家,独树一帜

"知己知彼"方可博采百家,独树一帜。为了获得新的知识和
本领,在教学中我们常常将已学到的内容与新的事物、新的现象进行对
比,将艺术创造与生活原型进行比较,将大师的作品和同龄人的作品进
行类比,分析异同,提出问题,供学生深入思考,从而有所发现,有所
收获。教学中的欣赏、评价是比较式提问运用的舞台。海绵宝宝还带来
了一群新朋友,它们是谁呢?欣赏比较各种水果宝宝、日常用品宝宝的

异同和独特之处。来个卡通宝宝大聚
会,让你的卡通宝宝与别的小朋友的
比一比,与卡通明星比一比,你觉得
怎样?通过比较、评价学生知道了自
己的优势与不足,开阔了眼界,激发
了灵感,对进一步深入设计更加胸有
成竹。

爱因斯坦说："提出一个问题，往往比解决一个问题更重要。"在教学中"问"要目的明确，针对性强。有针对性的问题能激发学生的认识兴趣，增强对新知识、新形象的记忆；"问"要新颖别致，富有趣味性，采用学生熟悉而感兴趣的各种现象设"问"；"问"要有科学性，难易适度，要有利于学生独立钻研，积极思考，要与教材重点、难点有关；"问"要灵活，不可机械死板，要根据教学活动和教学对象的不同、教学阶段和学生差异而因势利导，灵活使用。总之"问"的艺术在善于揣摩学生难于领会的问题，把握教学的重点难点，抓住关键之处，相机诱导。为此，教师应该根据教学内容及学生实际情况，精心设计每个问题，引导他们积极主动地探索学会学习，一步步攀登知识的高峰，这样才能使"问"真正发挥应有的功效。

参考文献

1.《全国制义务教育美术课程标准》(实验稿)　北京师范大学出版社　2002年

2.《美术教育与人的发展》　杨景芝　人民美术出版社　2003年

3.《自主学习：学与教的原理和策略》　庞维国　华东师范大学出版社　2005年

4.《课堂学习论》　陈时见　广东师范大学出版社　2001年

5.《课堂提问艺术略谈及其举隅》　甘培中　2004年

游戏式教学带给孩子们的乐趣

——美术案例《水果小超市》

浙江省松阳县岗寺小学　　夏丽红

【摘　要】泥塑课是美术课中重要的组成部分。在泥塑课上，学生可以感受泥土的特性，体会动手创造美的乐趣，将童稚娱乐活动融于美术学习活动中。教师可以充分利用泥塑课的优点使学生掌握简单的立体造型方法，并在教学中培养学生的创造性思维，提高学生的动手能力，引导学生评价与自我评价。

【关键词】泥塑课　双向互动　玩中做　做中学　学中创新　愉快学习

教材分析

一、本课是低年级的一节美术泥塑课，以儿童喜欢的水果为题材，既贴近学生生活，又能激发学生的学习兴趣，使学生体会到美在我们生活中无处不在。

二、本课注重学生创新能力和动手能力的培养，利用陶泥或彩泥、橡皮泥等可塑性材料，通过揉、搓、捏、压、印、粘等基础技法进行多种"水果"造型，拓展学生的想象和表现空间。

三、本课意在创设一个情境：课堂布置成一个水果市场，让孩子们仿佛在真实的环境中开了一个水果店，并且以"水果超市开张"需要进一批水果为由，提高学生的学习兴趣，使整个课堂在一个热闹、快乐的环境中进行。

案例描述

一、创设情境，激情导入

（设置情境）

（音乐起）

师：告诉大家一个好消息，"乐乐水果超市"就要开张了！

（课件"乐乐水果超市"开张动画）

师：超市新开张，需要进一批水果，等一下请大家将自家培育的质量好、外形美观、色彩鲜艳的水果送到小超市来。

生：（兴奋）哇！

师：想不想参加这个活动呢？

生：想！

师：告诉你们，我就是这个活动的主裁判！

（学生大笑）

师：今天这节课我们就来选出几位特级水果培育员，并把证书颁给他们！

（把奖励用的证书拿出来展示）

生：（激动，探头并站起来抢看）

师：今天这节课我们就来学习——《水果小超市》！（板书课题）

二、玩耍中学习造型

师：（启发性语言）水果小超市里应该有什么呢？

生：（争先恐后举手）"好吃的水果！""苹果！""香蕉！""菠萝！"……

师：（满意的笑容）同学们说得真好！我们来看一看"乐乐水果小超市"里要有什么水果呢？（课件播放水果图片）

师：要想做出这些美味的水果来，就要用到我们手中的橡皮泥了！来看看这些橡皮泥，不能吃，但是颜色很漂亮，哇，还有浓浓的香味！

师：（做动脑筋的动作并拿出材料）我们可以用漂亮的颜色和准确的形状来做水果，这样也会使我们胃口大开！

师：（拿出橡皮泥）现在我们就来试一试吧！

师：先要选颜色。

黄色橡皮泥可以做什么？绿色呢？紫色呢？（教师选中一块红色橡皮泥）

师：我想做一个大红苹果，苹果是什么样子的呢？

生：圆鼓鼓的，两头凹下去！

师：说得好，怎样把它变成圆鼓鼓的呢？谁来试一试？

（学生动手把红色橡皮泥揉成苹果的外形）

师：对，圆形的水果我们可以把泥揉一揉，变成我们所需要的

形状。看，上面和下面用点力气就可以让中间的地方凹下去更像苹果了！（演示）

师：如果水果是长长的，比如香蕉，（拿出黄色橡皮泥）怎么做呢？谁到前面来试一试？

（学生动手把黄色橡皮泥搓成香蕉）

师：真聪明，如果要做一个草莓呢？（拿出红色橡皮泥）谁再到前面来试一试？

（学生动手做草莓）

师：我们接着来做草莓。好像还少些什么，是什么呢？

生：叶子……

师：这就要请它们来帮忙了。（拿来尺子、剪子等工具加工）

师：我们可以用橡皮泥做出许多水果。（课件演示真实水果和橡皮泥水果）

师：现在这个盘子里只有一个水果，好看吗？再加些什么来装扮一下呢？

生：摆上花，再放几个草莓和其他水果……

师：我这里有些做好的橡皮泥水果，谁上来摆一摆，让这个水果拼盘更漂亮。（学生摆橡皮泥水果）

师：他摆得真好，如果我加上这些苹果好不好？为什么？

师：颜色要有对比，看起来会才有食欲！

师：如果我加上这些包子、饺子好不好呢？

生：对，放在一起的食品还要是同一类的，这样才合理。

（音乐起，拿起手巾做上盘的动作）今天，乐乐水果超市开张，请大家尝尝这新鲜的水果拼盘，有草莓、香蕉、苹果！再放上这个大西瓜，让你们回味无穷！

（教师把作品摆在大展示台上）

三、鼓励引导，自主创新

师：制作的时候还可以自己发挥想象创作水果，比如太空水果啦，宇宙水果啦。

生：（站起观看，兴奋）哇！

师：看到这里，同学们，你们想不想也试一试自己的手艺呢？

生：（兴高采烈）想！

师：来，小手举起来，先来活动一下小手腕！

（教师领做小手操，音乐起，整个课堂的气氛推向高潮）

（学生制作开始，配乐，将水果图片循环播放以供学生参考）

（十多分钟之后，展示台上摆满了学生做的各种橡皮泥水果）

四、游戏体验，评析交流

（评出优秀小组并为优秀小组的成员颁发奖状）

师：我们请这些特级水果培育员来为我们表演两招，怎么样？

（掌声）

（"水果培育员"们即兴表演）

（五六分钟以后）

师：这节美术课我们上得非常好，每个同学都做出了可口的水果。在以后的生活中，我们也要多多动脑，学好知识，不仅要会用橡皮泥做水果，还要学会种真正的水果，种出新品种的水果！

案例反思

爱玩是孩子的天性，尤其本课所面对的低年级学生正处在"玩不够"的年龄段，他们活泼好动，思想无拘无束，具有惊人的想象力，但相对的他们自制力差，对事物的注意不能持久，且动手能力较弱。本课的设计即针对以上特点，是一节教孩子们"玩"的课。因此，这节课对学生来说是一节快乐的美术课，他们可以随意想象并做出各种好吃的水果；他们可以自由地找寻喜欢的合作伙伴；他们还可以自由地表演即兴的节目……在这节美术课上，学生是快乐的、自由的，他们是课堂的主人。正是本着这种"愉快教学"的思想，我在美术教学工作中始终是快快乐乐的，我的笑容投在每一名学生的脸上，学生开心我就开心，我和我所教的孩子们愉快地生活在每一节美术课课堂中！

我心目中的"愉快教学"就是千方百计设计新颖的教学内容让学生喜欢学，然后进一步使他们达到——愿意学，再发展成为——愈学愈有趣，快乐在其中的状态。当然我不指望每一名学生都能画出精美的画面，做出优秀的作品，我的目的就是通过"愉快教学"使每一个孩子都能够接受教师的指导，快快乐乐地拿起画笔来画画，充分发挥他们的想象力与创造力。

一、灵活运用教材，创设情境，激发学生游戏的欲望美术教学的内容直接决定学生的绘画兴趣，好的美术课设计可以有效地调动学生的学习积极性。例如《水果小超市》一课，我注意遵循学生的年龄特点及认知规律，采用课件铺垫，创设情境。在这节课中，我制作了"乐乐要开水果超市"的动画课件，通过动画这一深受学生喜爱的形式，既引出本课课题，又吸引学生注意力，激发他们的情感，调动他们动手动脑的创造愿望。

二、根据儿童特点，在游戏中运用角色扮演，玩中评价开展愉快教学

学生的一个普遍特点就是好动、好玩儿，爱做游戏。我们必须针对学生的心理特点，让学习与游戏相结合，玩中有学，学中有玩，学玩结合。当然，这不等于说上课就是玩儿，很多功课不可能具有游戏性，我只是说，备课、讲课要挖掘教材中的游戏性，设计教案要考虑游戏性。只要这样做，就一定能调动学生的学习积极性，并把他们的想象力与创造力充分发挥出来。在《水果小超市》一课中，学生制作的过程就像是在做游戏，每个学生都找到了自己在游戏中的角色。在巡视中我发现，有很多学生扮演水果培育员，边讲边做，那专注的神情真是可爱。可以说，在游戏中上课学生是快乐的，在快乐中学习学生是幸福的。那么我们何不多制造些快乐，让学生在美术课中去感受幸福呢？

三、鼓励引导，玩中学习，玩中创新

对于低年级学生来说，只看不动几乎是不可能的事。在《水果小超市》一课中，我抓住学生在看过课件后跃跃欲试的创作热情，放手让学生自己动手玩彩泥，然后再总结基本技法：揉、搓、捏、压、印、粘等，让学生在玩中学到知识和技能。在学生掌握了基本技法以后，再继续玩彩泥。在玩中我适当鼓励引导，让学生在玩中不断创造出新奇的"水果"。

四、丰富活动形式，适当竞争开展愉快教学

在教学中引导学生参与竞争是提高学生学习兴趣的重要措施。如果你仔细观察，就会发现学生在竞争中是非常活跃的，连后进生都不甘示弱。用竞争的形式进行作业评价，这是调动学生热情，使他们快乐的有效方法，能使学生用积极的眼光看待自己的活动。在《水果小超市》一课中，我采用了分组竞争的形式贯穿整堂课。黑板布置成一个"水果小超市"的大幅图画，这幅图在渲染气氛的同时又是一个评比台，

哪个小组完成得最好、最快、纪律最好，哪个小组就可以选取几样水果贴在上面。学生们的积极性被调动起来了，同时黑板上也贴满了各种水果的图片，让学生们参考。

我们可以尝试在每节课中都有一个小比赛，每个班级都有一个美术课的评比台，"看谁画得好"、"我们的画大家评"等等。小比赛的结果就发布在评比台上，老师要注意不能总评个别学生，这样学生在每节课中都能保持良好的情绪，认真地学习，并且能够体验到成功的喜悦。

总之，教师乐教就会带着感情上课，就能创造和谐的气氛，就会教出意趣来；学生在愉快中学习就会更好地领会课堂内容，呈现更多精彩的作品，使美术课上得有情有趣，师生乐在其中。让我们携起手来把我们的美术课堂变成学生最喜欢、最快乐的课堂！让我们的孩子在愉快中茁壮成长！让我们的孩子运用他们的想象力与创造力完成更多更优秀的作品！

你知道这些水果是怎么做出来的吗？（通过设问，激发学生学习彩泥粘贴造型的兴趣）

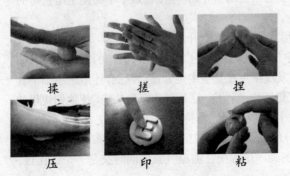

揉　搓　捏

压　印　粘

展示橡皮泥制作基本技法，对学生创作进行指导。

学习建议
● 用橡皮泥创作各种各样的水果。
● 同学之间作品进行相互评述。

和我们一起动手做一做吧！

237

校园美术课程资源的开发和利用

浙江省宁波镇海区棉丰小学　　江玲玲

【摘　要】随着美术课程改革的不断深入，人们越来越关注课程资源，特别是校园美术课程资源的开发与利用，但从具体的实施情况来看，现阶段对校园美术资源的开发和利用力度不够、效率不高，针对如何提高美术课程资源的实效性，本文从开发和利用校园美术课程资源出发，探索提高美术教学效果的具体操作方法，并运用于实际。

【关键词】美术课程标准　　校园美术课程资源的开发　利用

《美术课程标准》指出，要"尽可能运用自然环境资源（如自然景观、自然材料等）以及校园和社会生活中的资源（如活动、事件和环境等）进行美术教学"。校园美术课程资源指学校范围内可以用于美术学科教学的各种人员、物质、人文、活动、信息方面的素材和条件等，是美术学科教学最重要的资源，也是其他美术课程资源开发、利用的基础。随着美术课程改革的不断深入，人们越来越关注课程资源，特别是校园美术课程资源的开发与利用。

从 2005 年 10 月到 2006 年 1 月，我抽样调查了镇海区部分小学美术教师和学生关于校园课程资源的开发和利用的情况（附表），调查发现：

1. 学生普遍喜欢老师上一些书本外的内容，也喜欢到大自然中去写生，但学生的思路常常受到老师个人思维、能力的限制。事实证明，老师"指"得远，学生步子迈得大；老师"指"得近，学生步子小。

2. 把环境因素融入教学，能使美术课堂更显实效性。有些教师较多地利用环境课程资源上课，平均 5 节 / 学期，但有些老师这方面挖掘得还不够，利用环境课程资源上课平均 2 节 / 学期。记录反映多方面的环境资源，并加以想象创作，是极重要的，但从调查表中可以看出，美术教师对美术课程资源开发的主动性还不够。

虽然开发校园资源已被许多美术教师所重视，但从实际操作情况来看，教师缺乏理论和实践的引导。因此本文从学生的视角出发，充分挖掘和利用校园美术课程资源。下面我就怎样积极开发与利用校内的美术课程资源这一点谈谈自己的运用策略。

一、欣赏学校自然景观，提高美术鉴赏能力

学校自然资源包括自然景观、自然材料等。我们仔细全面地来看看我们的校园，不难发现校内有很多的风景资源可运用到美术中。春天，学校碧绿的草坪、盛开的鲜花就是一处好景点；夏天，荷花池里满池荷花加上岸边垂柳和小桥流水又是一幅美景；秋天，火红的枫叶与假山、亭子组成另外一种美景；冬天，银装素裹优雅洁净，更是美不胜收。这些都是平时写生、创作儿童画、泥塑和中国画的好题材。利用这些校内景点，我常组织学生去领略大自然的美景，引导他们去观察事物，让他们懂得存在于大自然中的审美对象所构成的线条美、空间感和生机感，培养学生的观察分析能力，活跃他们的想象和思维。我让高年级同学用铅笔进行风景写生，再进行中国画风景创作；让中年级学生画水彩画，以及进行泥塑创作，捏假山、亭子等；让低年级小朋友用油画棒画儿童画。

在教学浙美版第五册《四季歌》时，我安排了两课时。我把孩子们从室内带到户外，带到大自然的怀抱中，在校园中欣赏春天的美景。花坛里百花盛开，红的似火，白的如云，粉的像霞，黄的赛金，学生细细观赏着眼前争奇斗艳的鲜花，已经完全沉浸在花的海洋中。通过感受大自然绚丽的色彩、奇特的造型、蓬勃的生机，学生开阔了视野，丰富了素材。我让学生选择自己喜欢的植物，用油画棒等绘画工具画下来。半小时后，我们又回到教室赏析名家的诗画作品，让学生对自己的画进行适当修改。最后给自己的春景图配上一句或几句表达自己感受的话或诗歌，让他们体会画画与作诗相互融合的感觉。通过表现春季的象征景色，进一步培养学生的色彩表现力和综合创造能力，锻炼和发展了形象记忆、思维、想象等能力。

二、利用图书馆资源，开阔学生视野

图书馆资源包括学校美术理论书籍、美术教育理论书籍、美术作品集、美术杂志、美术教育杂志、光盘等。根据新课程标准要求，教学活动应注重学生的自学和合作学习以及教师自主地开发教材内容，这些都需有大量而丰富的美术教育资源作为参考。因此建立和应用学校图书馆的美术资料显得尤为重要。学校图书馆应该基本满足学生课外阅读的需要，这些资源还应有专项管理，以供学生学习美术以及教师进行美术教学选用。平时我经常带领学生去翻阅这些书籍，提高学生的鉴赏能力，同时积累创作素材。另外，在课堂上还可以利用一些美术教程的光盘、录像等教材资源，通过欣赏和观摩，学习和掌握一些技能技法。

三、开发信息化资源，增添学习新内容

当今社会信息来源既广泛又快捷。美术教学应根据学校的有利条件进行信息化的美术课程资源开发，应鼓励学生在校内充分利用网络获取最新的与美术有关的信息，同时美术教师也应用网络不断获取美术教育的信息，了解美术教育的新动态，开发出富有创意的教学内容及方法，也可以和其他的美术教师、教育研究者等进行多方面的研讨。我们要引导学生积极进行信息方面的交流，可以利用学校的网络功能引导学生学习、制作个人网页或班级、学校的美术网页，开展学生、学校、省市甚至国际间的学生作品交流。开发利用信息化资源，给学生增添新的学习内容，不仅使学生所学的知识更全面，还会提高学生收集信息，获取新知识的能力。

四、美化教室，陶冶学生艺术情操

教室是学生学习、生活的主要场所，整洁、温馨的教室环境可以陶冶情操，激发学生的学习兴趣。我们要提倡美化教室，为学生点燃一盏心灯；要着力把教室建成能促进学生发展的最丰富的课程资源中心，使学生在潜移默化中受到艺术的熏陶与感染，并形成积极的艺术情感，从而将艺术认识内化，并升华为艺术信念和艺术理想。我校把班级文化建设作为美术教育的一项重要内容。每学期初，大队部和美术组都会组织举行一次美化教室比赛，各个班级积极参与。全体师生将教室的美化当成一台戏，由教师导演，学生主演，充分发挥学生的创造力和动手能力，让学生自己动手设计、布置教室。教室除了有学校统一规范的布置外，还有适应本班实际的特色文化布置，充分展示了同学的个性

风采。有的班级把教室装扮得犹如童话世界，有的设置了各学科园

地，图文并茂，形式丰富，真是一个让人流连忘返的乐园！在班级布置中凸现艺术文化的色彩，能营造一种优雅、生动的班级文化氛围。

另外，教室美化也包括了美术教室的环境设计，良好的美术环境能为创作增添气氛，浓郁的教学氛围是激发学生学习兴趣的动力。我在美术教学中十分注意对教学环境的布置，比如把美术教室布置成一个小型博物馆，在墙上和柜子里挂满或摆放各种石膏几何体和学生自己的作品。桌椅的摆放也是时常变换，让学生有新鲜感。美术教室环境布置要营造气氛，尽量使学生一步入美术教室就如同沐浴在艺术的海洋里，受到美的感染，从而产生强烈的求知欲和创造欲。学生在这样赏心悦目的美术教室学习感觉轻松，更喜欢在这样的环境中创作绘画。

五、运用板报资源，培养学生运用能力

板报是每个班级进行学习宣传的常用工具。板报制作涉及文字编辑、版面设计、花边、插图、文字抄写等综合内容，这些都是美术知识的具体运用。学校里的运动会、联欢会等文艺活动涉及到海报设计、队列编排、舞台设计、时装秀等多项内容，这与美术知识息息相关。美术教师要指导学生运用学到的美术知识进行图案设计、文字书写，运用多种多样的字体和颜色配置，将学生吸引到丰富多彩的美术世界中去，从而激发起学生学习美术的兴趣。教学浙美版第六册第五课《设计小海报》时，在讲授相关知识，欣赏其他同学的优秀设计后，我让学生以小组为单位，依次负责完成板报设计。学生抓住这个大好时机，结合每月主题和节庆活动编辑设计了板报，展示自己的美术才能。排版、编辑、刊头设计等一切都是学生自己别出心裁的作品，不仅教学目标得到了落实，更将自己的美术才艺发挥得淋漓尽致。

六、开辟画廊资源，学生体验成功快感

画廊资源是指美术教师收集学生课内外的优秀作业和创作作品，在学校门厅、走廊、橱窗等场所进行展示。积极开创利用画廊资源，不仅可以美化校园，营造艺术气氛，丰富校园文化艺术生活，也有助于提高学生学习美术的兴趣与欣赏评价艺术作品的能力。学校的画廊位于老师、家长、外来参观者和小朋友们进出的必经之路，不管是谁经过都会不由自主地在这里呆上一会儿。有人会问："瞧瞧，多棒呀！这是谁的画儿啊？"这无形中提高了作者的荣誉感和自豪感，也激励了其他孩子的学习积极性。同时，孩子们布置校园画廊的时候，在教师的指导中还学会了如何将版面处理得简洁而有美感。所以我们要利用学校的每一面墙，每一块地创造出浓郁的艺术环境，形成立体的艺术教育氛围，使学生一踏进校园就感觉到自己走进了艺术天地。

画廊作品展览应多形式和多内容，从平面绘画到立体工艺制作等等均可采纳。我利用橱窗举办了各类美术课堂作业展览、美术创作展、中外儿童优秀作品展等，还根据学生的特色举行艺术作品展。剪纸是我校的传统艺术，多年来，在橱窗中展出的学生剪纸作品近千余幅，年年月月，从未

间断过，橱窗成了学生剪纸作业的展示平台。另外，学校走廊上也有多幅优秀的剪纸作品展示，为学校增添了一道亮丽的风景。

对于保存时间短但很有价值的作品，像泥塑作品、手工制作等，我就用数码相机拍下来储存到电脑中，利用电脑网络让不同年级的学生通过电脑看到好的作品，这样既可以把有价值的东西长期保留，还可以作为教学资源供其他教师参考，同时也可以发到网上参加比赛，给学生展示的机会。画廊、电脑展示平台的开辟，让学生体验到了成功的快乐。

七、创建"艺术壁画"，提供学生实践舞台

校园壁画是画在学校建筑物的墙壁或天花板上的装饰性图画。壁画作为建筑物的附饰部分，具有装饰与美化功能，是构成校园环境艺术的一个重要方面。为了创建良好的校园文化，给学生提供更多的实践舞台，我校积极开展了"巧手绘制七彩蓝图，童心装扮美好校园"的活动。学生利用课余时间，在学校教学楼墙壁上进行绘画创作，营造良好的育

人环境。壁画内容围绕学校校风展开，以"我健康我快乐"为主题，以欢快明亮的色调为主，以儿童游戏为题材，表现健康快乐的校园生活。创作期间，小画家们兴致勃勃，齐心合作，没过两天一幅幅构思巧妙、想象奇特的壁画就诞生了。壁画内容非常丰富，从滚动的足球到跳跃的音符再到春意盎然的田野，色彩明快，童趣十足，学生用自己的巧手画出了他们自己心中的缤纷世界。教师给学生一片创作天地，学生不仅用色彩和智慧构筑出一个美丽的壁画校园，还轻松快乐地掌握了美术基本知识技能。徜徉于这样一个独具魅力的校园环境，感受着浓郁的文化氛围，孩子们在用自己的心灵解读、感悟校园环境所传递的文化信息的过程中，心境得到了净化，情操获得了提升。

八、开辟比赛平台，调动学生积极性

比赛能够调动学生学习美术的积极性。我校除了定期出版教育的知识版报，征集书画作品以外还开展许多富有特色的月活动，例如：3月份开展制作"绿化宣传牌"活动，树木挂上队员设计的"养护牌"，全校掀起了"爱绿护绿"的热潮；

4月份开展"五一"节日海报设计大赛；5月份开展师生"大地画"活动；6月份，儿童节演出舞台设计大赛和"美在我身边"摄影比赛；9月份开展服装设计创意大赛、泥雕展等；10月设计"水果拼盘"大赛；11月份开展厕所、食堂、图书室等标志、标语设计竞赛；12月举行"地球——我们唯一的家园"科幻画比赛……充分结合本校的地理环境以及校文化的特色，开展了形式多

样的活动，使学生在活动中展现自身的美术专长，为学生未来的发展开创更大的空间。

通过挖掘富有特色的校园美术课程资源，引导学生去发现并运用，使我校的美术教学活动开展得有声有色。如今，学校的领导和美术教师也越来越重视校园课程资源的开发和利用了，但改变和完善对校园课程资源的开发和利用不是一朝一夕的，还存在着许多问题。例如：美术教师对美术课程资源开发的意识还比较薄弱，仍有大量课程资源被埋没、闲置和浪费；教师们开发的课程资源由于没有及时深入研讨，在美术教育中的有效性及教育价值不够高；开发的美术课程资源由于不能共享而导致另一层面的浪费等等，这些还需我们广大的美术教师在理论和实践中作进一步的探索。相信只要我们平时在教学的同时多思考、多挖掘，可利用的校内美术课程资源还有很多。拓展教育渠道，延伸艺术课堂，把美学的高雅艺术迁移到学生的生活与学习之中，把美术教育与校园生活结合起来，校园课程资源将被开发和利用得更好，美术教育的明天一定会迸发出无限的生机和活力。

附表：宁波市镇海区小学美术教学与校园课程资源开发和利用现状调查。

1. 具体目标：小学美术教学与课程资源开发与利用的现状调查

2. 调查方式：抽样问卷

3. 调查对象：镇海区城镇小学、农村（完小）小学

教师问卷

调查问题	选择回答
1. 在美术教学中，你是否利用了周围环境中的课程资源？	是（　　） 否（　　）
2. 你是否运用校园的课程资源自己设计教案？	是（　　） 否（　　）
3. 你每学期有几次课是利用校园环境中的课程资源，自己创编教材？ 4. 你认为怎样的教学才是符合学生需求的？	（　　　　）次
5. 请举例说说自己利用校园环境上得较成功的课。	第（　　）册 课题《　　　　》、《　　　　　　》

学生问卷

调查问题	选择回答
1. 在美术学习中，你的老师是否结合了周围的环境因素？	是（　　） 否（　　）
2. 在美术课中，你的老师是否让你欣赏或绘画校园的环境？	是（　　） 否（　　）
3. 你的老师一学期有几次利用校园环境给你们上课？	（　　）次
4. 老师上怎样的美术课你最喜欢？	
5. 请谈谈你印象最深的书本外的美术课内容。	

参考文献

1.《美术课程标准》 北京师范大学出版社

2.《美术课程标准教师读本》 华中师范大学出版社

3.《美术课程标准解读》 北京师范大学出版社

4.《课程资源的筛选机制和开发利用途径》 吴刚平 上海教育出版社

5.《美术教育的新资源》 钱初熹著 2001年

6.《课程资源的内涵与有效开发》 段兆兵 2003年

生态与生成

——谈小学美术与综合实践课程的整合

浙江省宁波镇海区庄市中心学校　　沃虹霞

【摘　要】近年来，笔者所在学校开展了小学课程整合的课题研究。通过课题研究和实践，整合在课程教育中的效果凸显。尤其是笔者从事的小学美术教育在与小学综合实践课程的整合过程中，小学美术课程的生态性状况与生成性特质极为明显，美术课程视野豁然开朗，外延扩展，学生兴趣盎然，课程活动积极，事半功倍。整合后的小学美术课程把自然、生活、社会和人本身的许多东西都引入到美术课程学习活动，使课程的空间增大许多，同时也使小学美术课程与小学综合实践课程的合理整合成为必需和必然。

【关键词】小学美术　综合实践课程　整合　生态性

现代教育中最能体现视觉智力培养的课程就是美术教育。由此，现行小学美术教材和美术课将《美术课程标准》的基本理念体现在教材和教学过程的每一部分、每一阶段，经笔者归纳不外乎五个方面：(1)以学生的发展为本。在价值观上为了学生，在伦理上尊重学生，在行为观上依靠学生。(2) 科学与人文整合。在相互交融中寻求理性与情感的协调，让它们能够更多地结合在一起，而不是对立。(3) 回归生活世界，打开师生的视野，把对教科书本身文本的关注转移到对自然、生活、社会、世界和人本身上来，使课程的空间增大。(4) 创新与发展。发挥教师和学生在课程中真正有效的作用，让他们从原有的状态下解放出来，共同成为教学的主人。(5) 民主化。体现科学和开放的精神，使所有的人都能够分享多样化而不是单一化的管理和决策。

本校的研究主课题对学科间整合的策略从三个方面进行了阐述：教学目标的整合、教学内容的整合、方式手段的整合。而笔者所谓的学科整合呈现的生态性，是指学科本身的实践性、学生学习的亲历性、教师教学的参与性。学科本身的实践性在本文所探究的是小学美术学科的实际性和实践性；学生学习的生活性，指学生最能够使学习活动产生效益最大化的生活体验和实践体验；而教师教学活动的参与性，顾名思义就是指教师在按照教学规律实施教学活动的过程中积极参与学生的学习活动，任何有悖于规律的教学活动，往往会令我们的学生"丈二和尚摸不着头脑"，学习犹在云里雾里。小学美术的学科特点和小学综合实践活动课程的特点决定了教师参与学生学习活动的重要性和必然性。只有掌握了学科本身的实践性、学生学习的生活性、教师教学的参与性，美术学科与小学综合实践课的整合才能追求教学效果的最大化，才会有生态性特点的呈现。

一、实践性：学科自身具有的整合基础

知识源于实践，学科发展的趋势迫使我们要具备学科整合的视野。美术学科和小学综合实践课虽是两门独立的学科：美术学科强调艺术性、技巧性；综合实践学科强调综合性、生成性，各自具有本身的学科特点，然而，他们都具有共同的基础，即实践性。在此基础上，两课还有较多的共性，如图所示：

	第4课 我的胸卡	让学生以胸卡这一有趣的载体，在新班级中进行自我介绍，锻炼人际交往能力，丰富生活经验。
第一册	第9课 花式"点心"	尝试泥塑的表现手法，在玩泥中发展动手创造能力，训练手指的灵活性，培养百折不挠的精神。
	第14课 我做的笔筒	了解笔筒的使用价值与收藏价值，利用身边的废旧物品制作用品，变废为宝，学习浅显的装饰知识，培养美化生活的情趣。
第六册	第3课 新老厨房	让学生明白观察厨房就是观察生活、感受生活，了解社会经济发展给人们生活带来的美好变化。
	第6课 灯彩辉映	了解传统节日挂彩灯的含义，学习利用各种材料制作彩灯，为学生的创作提供平台，使学生有一个较深刻的创作体验。

小学各年级的美术教材中，实践性内容极为丰富。下表以浙美版小学教材为例加以说明：

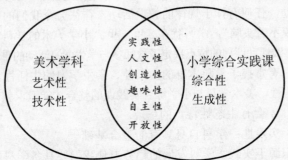

同样，在新课程理念下，我校编写的综合实践活动课程校本教材,活动中具有显著的区域人文特征。下表为我校低段实践活动内容目录及课程显示的人文性要点：

1. 阿拉宁波——通过看宁波地图，了解宁波特产，走访商帮名人,探寻宁波名胜古迹等，培养学生作为一个宁波人的自豪感和振兴宁波的使命感。

2. 走进水果世界——让学生到农庄实践，通过望、闻、问等手段走进水果世界，了解家乡庄市勤勇村"红小玉"小西瓜"小、红、甜、汁水多"的特点，体验培育西瓜的艰辛，培养对劳动者的敬佩之情。

3. 小小商店——教师带领学生到庄市街头采风，了解街头商店的类别、经营情况和商店装潢情况等。通过相片的比较，让学生懂得"学会包装"是其中的一条经营之道。

5. 我能自己上学——让学生画出自己上学的线路图，提高安全意识，培养自理能力。

6. 捡一片落叶——通过捡落叶的活动，感受落叶的美妙多姿，能从形状、颜色、脉络等多个方面去了解落叶。

两种学科的整合，必须正确认识并把握实践性特点。整合不是简单的相加，而是有机的融合。因此，在上美术课《美丽的秋天》一课时，结合综合实践课开展活动：找秋天。让学生接触生活，感受秋天的色彩，体会生活带来的乐趣。我们带学生到校园里、公园里、田野里去找寻秋天的足迹，并且通过校园里的花坛、树叶、小朋友、公园里的花、草、树木、鸟儿、湖水，田野里的稻谷，天空中的大雁、燕子等候鸟等事物进行关于"秋天"的讨论交流。在选择记录秋天的方式时，学生按照不同的爱好形式，自己组织分组，成立了不同的记录组，如摄影、绘画等等。最后同学们用蜡笔画、水彩画、铅笔画、剪贴画等形式描绘了绚丽多彩的秋天。学生在亲自参与实践中找到了秋天，意识到秋天就在我们的周围，美就在我们的周围。这样就拉近了学生与大自然的距离，使表现对象与他们的生活经验联系在一起，从而使学生的找寻活动更为轻松，美术的表现更为丰富。"美丽的秋天"使美术教学中的认识内涵与外延扩展了，体现了学生的实践能力，在美术学科中有机地整合了综合实践活动课程，加强了生态性。

再如我校综合实践活动一二年级校本教材《多变的云彩》、三四年级教材《气象与生活》等课，老师可以引导学生用美术的形式记录多变的云彩及各种气象状况。这时学生笔下的云彩、气象不再是概念的、迟钝的，而是鲜活的，有情感的。因为，他们有生活的体验和感受，在记录时有自己的情感融入，并通过相互交流自己的气象故事，体会活动的乐趣，感受到绘画带来的愉悦。教学内容拓宽了，美术让综合实践活动课程"活"了起来。

二、亲历性：学生学习方式的整合

能力是"习性"的产物，从根本上来说，它是"习得"的，而不是"学得"的。"习得"是现代语言学习理论的一个重要概念，"习得"强调的是学生主体的"亲历性"，这种"亲历性"决定了教学中实践的重要：学生主体的操作实践，成了实现教学目的的重要途径。

所以，美术课程和综合实践课程的整合，更讲究学生学习的亲历性。也就是说，必须让每一个学生在学习环节中亲身体验，亲手制作，亲历过程，在亲历过程中获取知识，才真正合乎新课程标准的理念。

在浙美版第一册《我做的笔筒》、人美版第四册第6课《吊饰》等课的教学中，教师并不直接讲授制作方法，而是课前准备好一些成品或半成品，让学生通过探究性学习方式自己找出解决问题的方法。也就是说，在此类教材的教学过程包括教学设计中，强调学生学习的亲历性。如《吊饰》一课，课前教师将几个制作手法各具特色的吊饰悬挂在教室之中，使学生一步入教室就直观地认识到吊饰的美化功用，既营造了良好的教学氛围，同时又成为学生在教学活动中研究的实物。每个组通过对吊饰实物的观察、研究、讨论，直接对吊饰的制作方法进行研究，再通过几个组的横向比较认识到制作形式的变化，教师只是适时、适度地引导与点拨。这样，学生在亲历的过程中，通过自己的努力、自己的思考了解了吊饰的美化功能，掌握了吊饰的制作方法以及多种变化形式。

这样的教学是学生在教师指导下的自主活动过程，学生参与了课堂教学的全过程，他们独立思考，自主学习，并集体讨论，每一个学生在学习的每一个环节都"亲历亲为"，教学活动鲜明地体现了学生学习的亲历性特点。

三、参与性：教与学的整合

以前，小学美术课等学科教学非常强调教师教学的示范性，按照新课改以前的教学观点，小学美术学科和综合实践活动课其实都同其他学科一样需要教师的示范，或者说更需要教师的示范。这同语文教师的范文、数学教师的习题演算、体育教师的动作示范完全相似。实施新课程以来，笔者认为仅强调教师教学过程中的示范性是不够的，还是没能突出学生学习的自主性和亲历性，自然也没能突出和强化学习的实践性。笔者的鲜明的观点是教师要参与学生学习的全过程！为什么？就因为在实施美术学科和综合实践活动课程的整合过程中我们必须认识到，教学主题决定了教师参与的必要性。从示范性到参与性，教学观的改变是跨越而不仅是跃升。

例如，浙美版第一册第4课《我的胸卡》一课，老师事先把自己的年龄、职业、爱好做成一张漂亮别致的胸卡，挂在胸前，当老师走进教室的一刹那，学生的眼光不由自主地集中在了老师的胸卡上。好奇心让学生都抢着问老师：这是什么，能不能拿下来让我挂挂等等。这里老师的参与巧妙地将本课的意图打开了，并由此激发了学生学习胸卡设计的兴趣。老师的主动参与激活了学生的创作欲望，生态的火花在这里迸发。

再如，我校综合实践活动校本教材《一样的花朵，一样的笑脸》一情系庄市外来学生学习状况社会实践调查案例。调查之前，老师和学生对庄市外来学生的学习状况可以说一概不知。为了调查清楚庄市外来学生的学习状况到底是怎样的一个现状，老师带领学生做了大量的社会调查，走访了庄市几所学校，对庄市外来孩子上学情况、外来学生分布数量、各学校录取外来学生的标准等情况做了详细的记载，并向街道、社区等调查是否有没能上学的外来学生。老师的直接参与调查，调动了学生的积极性，培养了学生的实践能力。

其实还不仅如此，小学美术教学和小学综合实践课的整合，使教师的参与性比课改前更加重要。因为教师参与了学生学习的全过程，这就使得小学美术和小学综合实践课整合的生态性特点更为显著。

四、资源共享性：学科关联教学资源的整合

小学美术和小学综合实践活动课的相关联学科可以整合的教学资源极为丰富，可以共享的学科资源也极其丰富。

1. 学校生物角：六个实验班级作为学校综合实践活动基地前沿，种植了各种花卉，还养了小动物，不但满足了综合实践活动课程的需要，同时在美化环境的基础上，更直接地为美术教育提供了物质资源。

2. 校外综合实践活动基地：陶艺制作浙美版教材第四册第16课《花瓶》及第五册封底的陶艺欣赏，激发了学生对陶艺制作的兴趣、想象和创造，因此在校外综合实践活动基地，学生在陶艺制作过程中兴趣盎然，制作出来的作品丰富多彩，各种能力得到整体提高。

3. 在综合实践活动课中，利用收集到的各种废弃材料，通过美术课上的拼贴、组合，制作出各种军训迷彩服，应用在实践活动中。

以上几点充分体现了小学美术课与综合实践活动课程教学资源的有机整合和共享。

由此，笔者认为小学美术课程角度的研究与小学综合实践活动课的整合，两者合理整合的生态性特点（延伸为可持续性发展）和生成性特质（引申为教学活动参与的人的素质）更需要成为一种可操作的常态。

参考资料

1.《多元智能与课程改革》　梅汝莉　2003年
2.《国家九年义务教育课程综合实践活动指导纲要》
3.《美术课程标准解读》　尹少淳主编　北京师范大学出版社　2002年
4.《新课程综合实践活动的实施与案例》
5.《智能的结构》　加德纳　光明日报出版社
6.《课程实施：整合与优化》　刘云生、张鸿　2003年

美术实践活动的实效性探索

浙江省宁波市镇海区中心学校　　徐英

【摘　要】重视美术实践活动将是美术课程改革的一个趋势，然而从目前的现状来看，美术实践活动的开展还存在着一些弊端，实效性有待于提高。因此，为改善现有的实践活动，笔者从活动前的准备、活动目标的确定、活动内容的安排、活动过程的设计，以及活动中师生、生生间的交流等方面进行了有效的探索，充分挖掘活动资源，提高美术实践活动的实效性。

【关键词】美术　实践活动　实效性

《美术课程标准》十分重视美术实践活动，特别设置了"综合·探索"这一新的学习领域，旨在发展学生的综合实践能力和探究发现能力。《美术课程标准》还指出："美术教学要特别重视激发学生的创新精神和培养学生的实践能力。"在美术教学中，不仅要向学生传授美术的基本知识和技能，更重要的是通过美术学习提高综合实践能力。同时，能力的提高又会反过来促进知识与技能的掌握，并能使学生善于发现问题，善于解决问题，成为一位有创新精神和实践能力的新人。

一、美术实践活动存在的问题

笔者通过对美术实践活动的认真观察与研究，发现从美术教育的现状来看，不乏一些创意新颖、组织巧妙、效果突出的美术实践活动，但也存在着一些不合理、不科学的做法，实践活动的实效性有待提高。

（一）活动目的不明确，失去了活动本身的价值

在有些美术公开课上，教师为了活跃气氛，刻意安排学生进行实践活动，但由于活动的目标不明确，层次不清晰，造成活动看似气氛活跃，实则没有多少价值，是实实在在的"演戏"，对于实现该课的教学目标无多大意义，学生从中收获甚少。

（二）活动准备不充分，活动资源未能充分挖掘

有些教师备课不够充分，对活动前的准备工作、活动中的组织程

序、学生可能出现的状况、活动后的小结、拓展等一系列准备工作缺乏全面的设想，缺少预见性，对活动细节考虑不够。还有的教师准备活动时只考虑了自己，而没有充分发动学生，致使在活动中学生缺少应有的配合，使活动不能达到预期的效果。

（三）意外事件缺少应变措施，未能巧妙利用事件中的教育资源

在美术实践活动中不可避免地会出现一些教师意料之外的事件，对这些事件的处理需要教师有较强的组织应变能力、丰富的教学经验，以及较强的教育资源意识。一个意外事件处理不当则可能会使实践活动不能顺利进行或影响活动效果，反之处理巧妙则可能使实践活动锦上添花，收到意想不到的效果。

（四）活动形式过于单一，内容不够丰富，缺少趣味性

我们总以为孩子参加活动时是非常快乐的，可实际却不然。有些实践活动组织形式单一，缺少变化，每次活动都是同样的模式，使学生失去了活动时应有的兴奋、渴望与激情，其结果是课堂气氛变得沉闷，活动缺少了应有的吸引力。缺少了学生的积极参与，其效果不言而喻。

二、美术实践活动实效性探索

针对美术实践活动存在的这一系列问题，笔者结合自己的美术教学实践，对美术实践活动的准备、活动目标的确定、活动内容的安排、活动过程的设计，以及活动中师生、生生间的交流等方面进行了有效的探索，提高了实践活动的实效性，深受学生喜爱。

（一）活动准备应做到全面性与预见性

一堂优秀的美术课必然是经过精心准备的，同样一次精彩的美术实践活动也需要师生做好充分的准备工作，要做到成竹于胸。

1. 全面考虑，精心设计

活动设计的主要环节，包括活动的形式、活动的目的、活动的准备、活动的过程、活动的小结，有时还可以有活动的拓展等。每方面又可细分，如活动前的准备，既包括教师准备，又包括学生准备。以学生准备为例，有些准备较为简单，学生自己就可完成，但有些则需要提前一周或更长的时间，需要事先分设好活动准备小组，有些可能还需要教师安排时间进行指导，以及家长的配合等。如三年级第五册《我驾神舟游太空》一课的课前准备，就既需要学生收集有关太空的知识资料，又要挑选部分学生和教师一起把教室布置成类似太空的环境。因此课前

准备的形式并不是绝对一致的，要视具体情况而定。

2. 充分预见，关注细节

除了精心设计活动的主要环节以外，教师对活动的开展也应有基本的预见性，还有许多活动细节也需要做到心中有数。如准备一年级第二册《画画亲近的人》一课时，教师应充分了解本班学生的实际情况，避免由于教学语言的使用或教学环节的设置不当，对个别特殊家庭背景的学生造成意外的伤害。另外，活动中可能会出现哪些情况，学生可能会有什么反应，教师分别要怎样引导与评价，活动可能会给学生带来哪些收获等教学细节，都需要事先充分考虑。

（二）活动目标应注意多元性与层次性

基础教育改革提出"一切为了学生的发展"的口号，为美术教育带来了绝好的发展机会。美术课程是以促进学生的发展、完善学生的人格为最终目标的。笔者认为，美术实践活动的目的不是为了实践而实践，更不是为了场面的热热闹闹，其关键是要让学生通过实践活动有所体验、感悟和发展，使学生通过参与美术实践活动，完善情感、态度、价值观。因此，我们在设置实践活动的目标时，不能仅仅停留在活动结束时能直接感知的成果（如技能的掌握、作业完成的质量等），更应考虑在活动过程之中学生能体验到什么，学生的情感与观念会受到怎样的影响，对学生的动手、交往、表达、思维等能力的培养与提高是否有益。也就是说在确定美术实践活动的目标时，要关注学生知识与技能、过程与方法、情感态度与价值观等多方面目标的发展。如二年级第三册《奇妙的字母》一课中，内容安排丰富多彩，唱字母歌曲《ABC》、编讲字母小故事、欣赏奇特的字母作品、创作多种形式的字母作品、用创作作品布置墙面等，实践活动目标设置多元化，不仅注重学生联想、设计、造型、表达等多种能力的培养，又善于引导学生发现并表现生活中的美。

（三）活动内容应具有生活性与情趣性

美术实践活动是学生学会用美的眼光去观察世界，认识生活，领悟美术学习价值的重要载体。《美术课程标准》指出：教师要选择贴近学生的生活实际，联系社会，加强趣味性、应用性，使学生始终保持参加美术学习活动的浓厚兴趣和创造欲望。因此，教师在设计美术实践活动时，要密切联系现实生活，着力开发身边的教学资源，为学生的实践活动选择有现实意义或有美术情趣的题材，并以学生喜爱的形式展开活动，贯彻"寓教于乐"的原则，引导学生在活动中感受美、认识美、创造美，培养学生的美术实践能力。

1. 美术实践活动要源于生活，服务于生活

《美术课程标准》的"综合探索"学习领域中指出："认识美术与生活的密切关系，发展综合解决问题的能力。"艺术来源于生活，其目的也是要更好地服务于生活。让学生感受到课堂上所学的知识技能将会符合他们的现实需要，是今后生活和事业上获得成功的准备，能解决他们在生活、学习中的实际问题。①校内活动。学习制作彩带、彩球，在"六一"节前开展"巧手扮靓教室"的美术实践活动，美化教室，营造节日氛围；制作面具，设计服饰，布置场景，开展童话剧表演；还可以制作立方体、长方体、钟面等学具配合数学学科学习。②家庭活动。开展"我的天地我作主"实践活动，引导学生制作简单的生活或学习用品，点缀自己的生活，布置自己的小天地。如，笔筒、日记本、卡通垃圾盒、小花瓶、壁挂、小小装饰品等。联系《多姿多彩的课程表》一课，在暑假前设计《暑假作息时间表》，引导学生有计划地学习，健康地生活。③参加学校或社会上的一些设计征集活动，服务于社会。如参加学校的艺术节节徽、吉祥物、小树名片的设计等。在这些体验活动中，学生能一展才华，他们有了成功的体验，认识到了美术学习与生活的关系，他们的兴趣就会更持久，积极性就会更高，主观能动性就会充分调动起来，这样有利于激发他们进行自主实践与探索。

2. 美术实践活动要有情趣，能吸引学生主动参与。

小学生特别是低年级学生精力旺盛、活泼好动、喜欢模仿、好奇心强，容易被新颖的事物所吸引，对自己感兴趣的事情积极性特别

高，但存在注意力不易集中、持久性差的特点。在美术实践活动中，教师要特别利用具有趣味性的实践活动来吸引学生自主参与，从中培养创新意识和能力。如采用一些模仿、表演、竞赛等趣味性游戏活动，游戏的活动内容要既贴近学生生活现实，又具有趣味性。如学了一年级第2册《花式点心》一课后，笔者尝试增加了一节《小小食品店》实践拓展课，以小组为单位成立几个食品店，并让学生自己为食品店取名，每一位学生都是食品店的食品设计师，并以比赛的形式来开展活动，比知识、比技艺、比团队精神……学生们都积极地参与到活动中，主动承担任务，为集体争光。每个食品店都各显神通，制作出了许多有创意的食品。整堂课的效果很好，师生都参与在了快乐的活动中。

（四）活动过程要突出活动性与体验性

美术实践活动倡导"让学生去经历"，重视学生的实践、体验与感悟，强调活动与体验对美术学习的重要性，使学生在活动与体验中加深了解，全面认识。事实上在新课程小学一年级的美术教材中，体验学习的内容占了较大的比重：如"看谁涂得好看"是对色彩、线条的体验；"滚动乐园"是对圆的形状、性能特征的体验；"泥巴真听话"是对泥土性能、气味、特性的体验；"花点心"是对橡皮泥可塑性的体验；"剪剪、撕撕、画画、贴贴"、"五彩路"、"美丽的天空"、"让我的飞机上蓝天"、"巧用纸餐具"、"卡通明星总动员"是对合作学习的体验。因此，教师要充分利用丰富多彩的美术实践活动，充分刺激学生的视觉、触觉、听觉，从而获得感知认识，完成对客体的认知。如在"滚动乐园"教学中，学生在把玩、抚摸水果的过程中，通过手的触觉体验到水果圆的实体，果皮的细嫩、光滑、舒服；通过鼻子对水果的嗅觉体验，闻到了水果的清香；通过滚动水果的观察和视觉体验，不但认识了圆，而且发现滚动的水果与静止的水果的区别；通过动手绘画体验，才发现平面上的圆与生活中的圆有很大的差别，但又互相联系。

（五）活动交流要突出多向性与交互性

在美术实践活动中师生之间、学生之间的交流非常重要，特别是语言的交流，教师要把握好语言的多向性与交互性，充分发挥交流在实践活动中的作用。

1.交流的多向性

在活动中，由于学生性格的差异，有些学生很容易成为活动中的主角或亮点，这部分学生往往与教师交流的机会比较多，教师要通过交流使他们在体验到成功的同时，引导他们精益求精，如"真不愧是我们的'名主持'，反映灵敏，吐字清晰。老师建议你适当控制语速，不要太快，那样效果会更好。"而有的学生由于表达、表演等方面的能力较弱，又不够大胆，他们常常害怕失败而不敢主动参与，只是充当旁观者的角色，作为教师也要积极鼓励这部分学生，适时适当地给予他们指导。因为多数学生不是不希望参与，而是不善于参与，因为他们对自己没信心，害怕做得不如别人，而导致别人的嘲笑。这时教师的语言使用是否得当是很重要的，它能给学生以信心，能鼓励他们走出关键的第一步，如"老师发现××同学的手可巧了，我们请她来介绍一下她的作品吧"。"挺不错的，普通话多标准啊，如果能大声点就更好了"。

2. 交流的交互性

在课堂学习中，学生才是真正的主角，因此教师要掌控好语言的度，学会倾听，避免出现整堂课教师"唱独脚戏"的现象。同时交流的交互性并不是指导简单的"你问我答"，而是师生、生生情感的交流、思想的碰撞。作为教师可以通过与学生交流来启迪学生的智慧，鼓励学生的积极性，影响学生的学习情绪，而学生则可以通过与教师或伙伴的交流阐述自己的见解，进行积极的合作，培养自己的能力。

因此，重视美术实践活动，提高实践活动的实效性将是美术课程改革的一个趋势。作为美术教育工作者，必须创设有益于学生发展成长的美术实践活动，改变现有实践活动的弊端，充分挖掘活动资源，提高活动的实效性，发挥实践活动存在的价值。

参考文献
1.《美术新课程标准》（实验稿）　北京师范大学出版社　2001年
2.《小学美术新课程教学论》　陈卫和　高等教育出版社　2003年

多方位引导　　自主性体验

——谈美术课堂教学中体验性学习的几点探索

浙江省宁波市镇海区九龙湖中心学校　　金卫红

【摘　要】"体验"是《美术课程标准》里最重要的几个概念之一。我们美术教师应在教学中强调体验性学习，引"好动"为"主动"，融"游戏"于"教学"，化"个说"为"众说"，以"评价"促"发展"，多方位地进行引导，让学生自主地参与到美术学习活动中来，积极主动地进行探究，从中体验美术活动的乐趣，获得对美术学习的持久兴趣。

【关键词】引导　体验　探究　自主　兴趣

《全日制义务教育美术课程标准》（以下简称《美术课程标准》）提出："在教学中教师不要急于用简单的讲解代替学生的感悟和认识，而应当通过比较、讨论等方法，引导学生体验、思考、鉴别、判断，努力提高他们的审美情趣。""教师应重视对学生学习方法的研究，引导学生以感受、观察、体验、表现以及收集资料等学习方法，进行自主学习与合作交流。"显而易见，"体验"是本次课改最重要的几个概念之一。所谓体验，是指通过亲身实践来认识周围的事物。体验性学习不仅是理解知识的需要，更是激发学生生命活力，促进学生成长的需要。

因此，我们美术教师应在教学中强调体验性学习，让学生自主地参与到美术学习活动中来，积极主动地进行探究，从中体验美术活动的乐趣，获得对美术学习的持久兴趣。这样的话，学习活动对孩子们来说就不再是一种负担，而是一种享受，一种愉快的体验。那么如何在美术教学中实施多方位引导，让学生自主地体验美术活动的乐趣呢？

一、引"好动"为"主动"，体验探究的愉悦

低年级的孩子好动、好奇，对整个世界都充满浓厚的兴趣，什么都要摸一摸、碰一碰。美国教育家萨奇曼认为，人生来具有一种好奇倾向，这种本能的倾向会使人们在面对陌生的现象时尽力找出其发生的原因。他坚信儿童具有自然而又旺盛的探索精神和强烈的求知欲，会想方设法弄清楚这些新鲜事物，这是一种进行科学研究的可贵

的动力和资源。因此，作为美术教师应充分利用孩子们的"好动"特点，巧妙地设计教学情境，激发学生的探究欲望，引导学生"主动"探究，从中体验探究的愉悦。

例如，在教学第三册《刮出来的画》（浙美版）这节课时，教师创设了一个情景：小兔子送给小猪的一幅蜡笔画画坏了，它想办法进行了补救，结果成了一幅漂亮的图画（蜡笔刮画）。这时可让学生猜想一下小兔是如何进行补救的。学生产生了探究欲望，大胆猜测，气氛热烈。接着，还让学生为小兔出主意，用些什么工具来刮画。

老师先涂一层浅的底色，再涂上一层深的底色。

师：接下去谁能猜出小兔是怎么做的？

生：我知道，现在要用工具把画刮出来。

师：小朋友们能帮小兔出出主意，告诉它该拿什么工具来刮画吗？

生：让小兔用牙签刮好了。

生：用铅笔吧。

生：用发卡。

（学生各抒己见，跃跃欲试）

师：小朋友们就自己动手试一试，然后再告诉小兔你觉得哪种工具好，行吗？

（学生上来拿各种工具进行尝试）

师：现在谁来说说你刚才的发现？

生：我觉得牙签挺好的，因为它刮出来的线很清楚，刮出来的颜色看起来特别漂亮。

生：我觉得校徽也挺好使的，刮出来的线条比较粗，而且可以刮得比较深。

生：用铅笔刮不好，刮出来的颜色不好看，因为铅笔芯的灰颜色把底色盖住了。

生：发卡很好用，侧着刮线就细，横着刮线就粗。

生：这根树枝也可以用来刮画的。

生：我觉得只要是有点尖的、有点硬的东西都可以拿来刮画，当然像剪刀这样的东西是不行的，因为它太尖了，会把纸刮破。

师：小朋友们说得非常好，小兔子在感谢你们了。

每个学生都积极尝试，通过操作、实验、思考，很快学会了刮画的正确方法。正所谓"万物皆可入画，万物皆可作画"，学生通过动手尝试，找到了很多适宜刮画的工具，体验到了探究的乐趣。就这样，在有限的课堂时间内学生经历了一次探索、体验、求知的历程。

二、融"游戏"于"教学"，体验造型的乐趣

好玩是孩子们的天性，尤其是低年级的孩子更是活泼好动。让学生参与到玩的过程中来，能使他们的注意力较长时间地集中起来，并能产生强烈的愉悦感，充分调动他们的积极性。教师应努力为学生创设轻松活泼的课堂氛围，融游戏于教学中。例如浙美版第二册的《水彩游戏》，差不多一堂课都是在游戏中度过的。

师：谁能帮老师把水彩宝宝请上天？

（学生纷纷高举小手）

老师点名叫学生上去涂上蓝色的水彩颜料。

师：小朋友们，水彩宝宝可喜欢盐了，它跟盐在一起时会怎么样呢？大家是不是很想知道？我们一起看吧。

学生都目不转睛地盯着老师的举动。

老师在画上洒上盐。

"哇！"学生发出赞叹。

师：大家觉得很新奇吧？谁来说说。

生：我觉得盐撒上去后，天空像是飘起了雪花。

生：我一直只知道盐是用来做菜的，没想到还能画画。

师：瞧，我这里有四张画，我们看看水彩宝宝又会怎么玩。（播放幻灯）

学生尝试染、吹、淌、滴的方法，教师适时进行示范。

接着教师让学生谈谈自己是怎么玩的，有什么新奇的感受。

生：我在滴的时候，使劲地抖笔也没滴下来，后来我加了点水进去才滴出来。

生：让水彩宝宝流淌的时候，水要多加点，红色和绿色流在一起会变得不好看，变成黑灰色了，但是它们跟黄色流在一起，就很鲜艳了。

师：大家玩得很开心，是啊，水彩宝宝真是太调皮了，一会儿滴一会儿淌的，请小朋友们再看看，水彩宝宝真的是个无厘头吗？

学生低头仔细观察自己的图画，稍后举起了小手。

生：我是吹出来的，像是一棵大树，是动画片里看到的大树。

生：我让水彩宝宝流淌，它现在就像是池塘里的水草。

师：小朋友们，让我们展开想象的翅膀，来创作一幅新奇有趣的画吧，再给它取个题目。现在我们的桌子上有个大盒子，你们可以选择里面的工具，尝试新奇的玩法。（教师播放音乐）

学生摩拳擦掌，纷纷动手开始与水彩宝宝玩起了游戏：有的鼓起小腮帮使劲地吹；有的拿着盐往上面洒；有的用笔杆子蘸着水彩在纸上印；有的拿起了蜡烛，有的还打起了牙刷的主意……

交流：

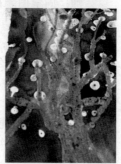

生：我用各种绿色让它们流淌在一起，又加了一些黄色和蓝色，最后画上小蝌蚪，就成了一幅画，我叫它《快乐的池塘》。

生：我用蜡烛滴成了梅花，再涂上水彩颜料，很漂亮。画的题目叫《美丽的梅花》。

生：我用水彩画了一块石头，在上面滴了几滴墨水，墨水就出现了一丝一丝的图案，就像松花蛋上的花纹。我就叫它《松花石》。

在与水彩宝宝的亲密接触中，我们可以看到建立在"在玩中体验，在体验中感悟"的课堂氛围中，学生尽情地释放纯真和快

乐，个性得到自由充分的发展。因此在教学中，我们应该适时地让学生玩一玩。相信在游戏中，学生通过动手实践制作的尝试，能进一步调动思维和情感的积极性，体验自我实践、探索、造型的乐趣，最终获得创造与成功的愉悦体验。

三、化"个说"为"众说"，体验艺术的瑰丽

美术欣赏教学是美术教学的重要组成部分，是提高学生文化艺术修养的有效途径，对培养学生的审美感受能力具有特殊的作用。然而，我们现在的很多欣赏课，往往就是老师一个人说，从作品的来历讲到作者的奇闻趣事，最后挖掘作品的思想内容。一节课下来口干舌燥，学生却神色漠然。有人说："有一千个读者，就会有一千个哈姆雷特。"《美术新课程标准》也建议："教师不要急于用简单的讲解代替学生的感悟和认识。"由此可见，我们的欣赏课也应该可以让学生来畅所欲言。

例如在教学浙美版第五册《中国民间玩具》这一课时，教师先出示了欣赏作品。

师：请同学们自由欣赏，可互相聊一聊你对这些民间玩具的感受和想法。

学生先自由读画，不久就交头接耳，议论纷纷。

师：同学们聊得很热烈，很开心，下面我们一起来说一说这些民间玩具。

课件出示话题：你喜欢或不喜欢哪几件民间玩具，为什么？（可以从民间玩具用什么材料制成的、表现的内容、色彩图案、寓意以及它给你的感觉等几方面来说）。

学生回答：

1．我喜欢《鹿鸟》这件玩具，还有《老鼠偷油》，它们都是用糖做的。我是第一次看到，蛮好玩的，看够了，还可以把它吃掉，这样也不浪费。

2．我觉得《挂虎》很好看，它一点也不凶，反而很可爱。它是用泥做的，上面的图案就像是一幅生动的画。老虎的耳朵上还有两个小孩子坐在荷花上。

3．我不喜欢《不倒娃》，它的图案不是很清晰，画得也不够精细。

4．我还是喜欢《三勿猴》，它是用滑石雕的，三只猴子的外形

都差不多，但是动作不一样，很调皮的样子。

5. 我要补充一下，我从网上知道了《三勿猴》名字的来历，就是"非礼勿说，非礼勿听，非礼勿看"，这是它告诉我们的做人道理。

师：同学们谈得太精彩了，老师还为同学们准备了一些资料，我们一起来看看吧。

学生们有的说感受，有的说见解，有的做补充，各抒己见，宛若一群艺术评论家，在谈话中感受绘画艺术的魅力。这不正是欣赏课要达到的目的吗？同时这堂课也让学生体验了艺术语言的瑰丽，培养了自主探究的能力，尊重了学生独特的见解，取得了事半功倍的效果。

四、以"评价"促"发展"，体验收获的喜悦

《美术新课程标准》指出："美术课程评价是促进学生全面发展，改进教师的教学，促进美术课程不断发展的重要环节。"美术作品是没有标准答案的，所以在评价学生作业时，教师应鼓励学生以欣赏、宽容的目光，多角度、多形式地去评价，这样才能促进学生潜能、个性和创造力的发挥，使学生树立自信心和保持持续发展的动力，从而在评价中促成学生的发展。例如在教学浙美版第四册《花瓶》时，我是这样设计评价的，给每个学生一个"金币"，让学生进行买卖花瓶的游戏，即在卖花瓶的同时，也买同伴的花瓶。游戏结束后交流：你买了谁的花瓶，你喜欢吗？为什么？

生：我买了沈科展的花瓶，我很喜欢它。瓶子的外形很漂亮，剪也剪得很仔细，上面的花纹是用花边贴上去的，是花的图案，很漂亮。

生：我买了同桌的花瓶，她的花瓶是粉红色的，我最喜欢这种颜色。

生：我买了熊渺的花瓶。它的外形很奇特，瓶颈上有两对耳朵，而且上面的装饰也很美，剪了一排小树贴上去，中间还画了一个可爱的小熊威尼，就像是威尼在树林中寻找蜂蜜……

师：看来大家对自己买的花瓶都很满意，你再回忆一下自己的花瓶，觉得哪些地方满意，哪些地方还存在不足，有待改进呢？

生：我觉得自己的花瓶上面的图案都是剪出来贴上去的，不像有的同学的花瓶是镂空的、添画的，不过我觉得我的花瓶的颜色搭配还是挺漂亮的。

生：同学的花瓶上的图案很有意思，那几片叶子是用树叶拓印上

去的。我的不够有新意，要是也采用一些别的绘画技法就好了。

生：我的花瓶外形太小了，下次要画大些，还有瓶颈太粗了，瓶身又很肥，感觉很笨重。不过我喜欢花瓶上的花纹……

上面的这个评价设计，我们可以看到与以往的评价有所不同。教师通过游戏的创设，使学生在探究中评价，在评价中探究，让学生毫无拘束地用自己的审美眼光去评判，欣赏他人的作品，在欣赏中体会、发现各种风格各种效果的作品，再让学生交流，鼓励学生发表自己的审美见解，发现作品中的亮点，又能知道自己的不足之处，以评价促发展，鼓舞、激励学生，体验收获的喜悦。

综上所述，体验性学习方式是丰富多彩的，各种体验性学习方法既是独立的，又互相联系。我们美术教师应该积极引导，为学生创设情境，让学生自主地参与到美术学习中来，感受美，欣赏美，创造美，从而体验美术学习的乐趣，真正成为学习的主人。

当然，我们在美术教学中，应以教材内容和学生需求出发，并有所侧重，既保证体验学习的实效性，又保持体验学习方式的多样性，使每一堂课都成为学生对美术的探究，对生活的体验，对客观世界的领悟，从而使他们情绪饱满，思维活跃，兴致高昂，正如《美术课程标准》中所说的"丰富视觉、触觉和审美经验，体验美术活动的乐趣，获得对美术学习的持久兴趣"。

参考文献

1.《全日制义务教育美术课程标准》实验稿

2.《浅析艺术活动中的体验性学习》 常熟市实验小学 薛晓红

3.《综合体验 多元表现——刍议综合探究课奇妙的空气的教学设计》 浙江省平湖市教育局教研室 朱敬东 叔同实验小学 冯国健

4.《把课堂还给学生——谈课堂教学中的师生角色转换》

5.《"探究式"学习——美术教学中一道亮丽的风景线》溧阳市文化小学 吴君

主　编：骆振龙　　李永正
编　委：余琳玲　　李　方
　　　　章献明　　朱国华
　　　　王卫华　　马　宁

出 品 人：奚天鹰
责任编辑：黄晓峰　马　宁
装帧设计：肖　风　张　然
责任印制：陈柏荣

图书在版编目（CIP）数据

亦教亦美：浙美版美术教育论文集．1／章献明编．
杭州：浙江人民美术出版社，2008.3
　　ISBN 978-7-5340-2478-8

Ⅰ.亦… Ⅱ.章… Ⅲ.美术课－教学研究－中小学－文
集 Ⅳ.G633.955.2-53

中国版本图书馆 CIP 数据核字（2008）第 027359 号

亦教亦美
浙美版美术教育论文集 ❶

出版发行：浙江人民美术出版社
地　　址：杭州市体育场路 347 号
网　　址：http://mss.zjcb.com
经　　销：全国各地新华书店
印　　刷：富阳美术印刷有限公司
版　　次：2008 年 3 月第 1 版·第 1 次印刷
开　　本：889 × 1194　1/32
印　　张：8.5
书　　号：ISBN 978-7-5340-2478-8
定　　价：48.00 元
如有印装质量问题，影响阅读，请与承印厂联系调换。